じごくゆきっ

桜庭一樹

集英社文庫

もくじ

じごくゆきっ

Jigokuyuki

Kazuki Sakuraba

暴君

ねぇ、教育の目的がなんだか知ってる？　あたしの親友の田中紗沙羅によると、それは『まじで気が狂わない程度に神経症の子供をつくること』なんだって。えらい哲学者が言ってたらしいけど、言いえて妙。あたしたちは十二歳で、中学一年生で、こんなのどかな田舎（島根県益田市っていう、山奥の小さな町）で生まれてマンガ読んだりゲームしたりしながらだらだら育ってるだけなのに、もう半分、神経症。あたしと紗沙羅が春から通ってる県庁所在地である、近くの都会、松江市のミッション系女子中学でも、厳粛な朝のミサのときに髪の毛かきむしって走りだす女の子とかいるんだから。えーと、それあたしだけど。

あたしはこれから、なんで賛美歌を歌うのをやめて走りだしたかって話を、これを読んでる大人にもわかるように語らなくちゃいけない。だとしたら、中学一年のあの夏、あたしが遭遇したあのおっかないモノ――、オバケヤシキのことを語らないといけない。

はーぁぁぁ。いやだけどね。

あたしの名前は、金堂翡翠。中学一年生。親友は田中紗沙羅。それからこの物語にはもう一人、三雲陸くんって男子が出てくる。

これはあたしたち三人の一夏の、カミュと出刃包丁とオバケヤシキをめぐる物語。

〔シーン1〕

稲穂が青々と高くなると、夏。

風が吹いて幅三メートルぐらいの間隔でこっちから向こうに稲穂をさらさら倒していって、まるで目に見えないおっきなタイヤがびゅんと通り過ぎたような、不思議な情景を見せるようになったら、島根県益田市の夏。

その日あたしは、入学して二か月ちょいが経った松江市でいちばんの女子中学の制服を着て、山陰本線にがたごと揺られて、大あくびしながら下校していた。一両編成のボロ電車の手動ドアをうんしょと開けて、無人駅に降り立つと、風が運んできたあったまった有機肥料の臭いがぷぅんと鼻をついた。牛糞と藁を混ぜて発酵させた、甘酸っぱいへんな臭いだ。

あたしはちょっとだけ教科書と筆記用具を入れた革鞄を持ってだらだら歩いた。かしいでちょっと錆びているバス停まで行って、バスを待つあいだおじいさんが店番している駄菓子屋でアイスを買って、すぐに溶けだしたのであわてて一生懸命かじったりしていた。

坂を上ってきたバスに乗って、三十分。

だいぶ山間に分け入った辺りにあるこぢんまりした集落が、あたしが生まれて、育った場所だ。いつもは同じ中学に進んだ紗沙羅といっしょに帰ってくるんだけど、今日はタイミングが合わなくて一人で帰ってきた。

バスを降りたら、それからだらだらと、汗が噴きだしてきた。暑い。あたしは小さな本屋さんでマンガを立ち読みして、それからだらだらと、舗装されてない道を歩きながら、ときどきトラクターに追い越されて砂埃にせきこみながら、歩いた。

いつも通る、大きめの一軒家の前を通った。三雲さんちだ。あたしたちと同い年の男子がいて、小学校のとき同じクラスだった。三雲陸。兄弟が多くて、ええと、妹とか弟とかがいたな。三人ぐらい。兼業農家で、父親はJR松江駅で働いていたはずだ。母親はうちにいて、畑をやってたんだっけ。……そんなことを考えながら通り過ぎようとしたら、うちの中からなんかへんな声が聞こえた。「うーん……」とうなるような、か細い、低い声。

あたしは立ち止まって、耳を澄ました。

もう一度、小さく声が聞こえた。

「う、うーん……」

あたしはそっと玄関に近づいた。

「あ、あの、どうかしました？」

返事はない。あたしは首をひねって、道路に戻ろうとした。するとそのとき、またかすかに声が聞こえたので、仕方なく取って返した。

「あのっ！　だれか、いるの？」

鞄を玄関において、靴を脱いだ。この辺りは田舎だから、どこのうちも玄関に鍵をかける習慣なんてなくて、勝手に入って回覧板とかおいていったりする。だけどうちの中まで入るのは、さすがにやらないから、あたしはおそるおそる入っていった。

「あの、三雲、さん……」

廊下を歩いて、右側の居間らしき部屋をのぞきこんだあたしは、びっくりしてひっくり返った。

小学校のとき同じクラスになったことがあるけどしゃべったことのない男子、中肉中背で顔も普通でとくに特徴を思いだせないけど悪いやつじゃないような気がする三雲陸が、仰向けに倒れていた。

お腹（なか）に出刃包丁が刺さってた。

ご、強盗だ、とあたしは思った。不景気だし、鍵かけてないし、ここ兼業農家だから昼間おとうさんいないし。あやしげな地元ニートの兄ちゃんや無職で賭け事好きのおじさんたちの顔がばーっと脳裏で検索されていった。

「大丈夫、三雲くんっ、三雲くんっ！」

あたしが居間に飛びこんで半泣きで抱き起こすと、青白い顔でぐったり倒れていた三雲陸がうっすらと目を開けた。焦点があわないらしく、しばらくぼうっとこちらを見上げていた。それからあたしの顔をじっと見て「あぁ」とつぶやき、なぜか少しだけ笑った。

「三雲くん！　ねぇ、あたしがわかる？　金堂だよ。小学校のときよく、一緒に、下校……」

「……ム」

「なに？　犯人？　犯人の名前？　もう一回言って、ム？」

「コ、コンドー……ム」

「は？」

三雲陸は血のついた人差し指を震えさせながら、まっすぐにあたしの顔を指差した。そしてなぜか大真面目な言い方で、苦しそうにはぁはぁと、

「おまえ、小学校んとき、男子に陰で、そう、呼ばれてたんだぞー……」

「失敬な！　コンドウだってば。このサル！　サル軍団！　男子なんかみんな死ね！」

あたしはキレて、うっかり、瀕死（ひんし）の三雲陸の頭をグーで殴ってしまった。ゴチンと大きな音がした。あたしの細い腕の中で、青白い顔をした三雲陸はぐったりと目を閉じて、

動かなくなった。死んだ!?　あたしはあわてて「三雲くんっ！」と叫んだ。

どすどすどすっと大きな、聞きなれた足音が玄関から入って、近づいてきた。

「いまの声、翡翠？　おーい、翡翠？　どうしてここに……」

あたしを呼びながら、どすどすと紗沙羅が入ってくる。はちきれそうな女子中学の白い夏服。身長百五十センチちょい、体重七十キロの巨体を揺らして廊下をいそいでくる。真っ白な雪のような肌。大きな瞳に、長い睫毛。整った目鼻立ち。横幅は少女二人分。巨漢の美少女。

田中紗沙羅。あたしの親友だ。

たぶん、一本後のバスで下校してきたんだろう。居間に飛びこんできた紗沙羅はびっくりしたように足を止めて、ぐったり倒れている三雲陸と、お腹の出刃包丁と、それを助け起こして血だらけになっているあたしを見た。

「妹は？」

紗沙羅が聞いた。

「へっ？」

「こいつの妹。あと弟。やつらはどうした？」

「わっ、わかんない」

紗沙羅はすばやく廊下に戻ると、うち中をどすどす走り回った。一階中を走って、二階に駆け上がって、しばらくの静寂。

紗沙羅のかすかな声。悲鳴か、つぶやきか。

それが続いた。

それから紗沙羅はゆっくりどすんどすんと足音を響かせて階段を降りてきた。紗沙羅の制服もなぜか、あたしのと同じぐらい血まみれになっていた。その姿で紗沙羅は、まるで神さまみたいな厳粛な表情で、あたしのことを、かわいそうな生き物を見るように哀れみをこめて見下ろした。

「翡翠。そいつがまだ息があるなら、救急車。じゃなかったら、警察だ」

「なに、なんのこと？　二階でなにがあったの？」

「全員、死んでる」

紗沙羅は厳粛な声で言うと、じゃらじゃらとストラップをつけすぎの巨大なかたまりと化した携帯電話を取り出した。

ピッポッパッと三つ押して、どこかに電話をかけ始めた。わざとの子供っぽい声で「あのぅ、いま近所のうちで、たいへんなことになってて……」と話しだす。

あたしは気を失っている三雲陸をそうっと床に下ろした。三雲陸はいつのまにか、血だらけの左手であたしの右袖をぎゅうっとつかんでいた。指を一本一本開いて、離させる。

紗沙羅が静かな声で電話に話し続ける。あたしはゆっくりと廊下に出て、階段を上がっていった。

点々と血が落ちていた。上に上がるほどにそれは増えて、二階の廊下に出ると血だまりになった。あたしはゆっくりと歩いた。紗沙羅の厳粛な顔の意味が少しずつわかってきた気がした。

二階には子供部屋があった。

三雲陸の妹が一人、弟が二人。それぞれ壊れた白いお人形みたいに倒れていた。妹は丸まって、背中に穴が空いて血が流れていた。弟の一人はうつぶせで、もう一人は仰向けだった。あたしはガラス玉みたいに見開いたその六個の目ン玉を、ひとつひとつ、閉じていった。

涙が流れてきた。

後ずさるようにして、あたしはその部屋から出た。犯人と同じ道程(みちのり)をたどって、二階の血まみれの廊下から、階段を降りて、また一階に戻っていく。

足が震えてきた。

紗沙羅はまだ説明をしている。

「わたしたちにもよく、わからなくて。ええと、わたしと友達がいっしょなんですけど」

大きな一軒家の中、命あるものはあたし、金堂翡翠と、田中紗沙羅。あと、倒れている三雲陸の三人だけだ。

開け放した玄関からの、牛糞と藁の甘酸っぱい臭い。

厳粛にしてチープな、おかしな静寂が流れている。

やがてどこからか、パトカーのサイレンが近づいてきた。

かすかに睫毛が揺れた、と思ったら、倒れていた三雲陸がうごめいた。

「こ、金堂……？」

あたしと、電話を切った紗沙羅は、同時に三雲陸の顔を覗(のぞ)きこんだ。

ゆっくり目を開けた三雲陸に、聞く。

「誰にやられたの？　こんな、こんな酷(ひど)いこと」

「……ク、ソ、ば、ば、あ」

三雲陸は短く、なんだか悲しそうに、言った。

「クソばばあ？」

あたしと紗沙羅はそろって聞き返した。ちょっとハモッた。

そして、同時に――、
このうちにいない人のことに、気づいた。中学一年の兄、陸と、妹と、弟たち。みんな刺されてる。兼業農家で、パパはいま松江駅のホームで発車オーライとか言ってる。

じいちゃんやばあちゃんは、確かもういない。

……ママは？

紗沙羅が警戒するように、辺りを見回した。野生動物のように鋭い、そのまなざし。あたしもぞくっとして、廊下や窓のほうをちらちら見やった。

怪我をしていない危険な人物、つまり犯人がまだ近くにいないか、確かめたんだ。

パトカーのサイレンが近づいてくる。陸がまだなにか言おうとしているけれど、か細い声はサイレンに容赦なくかき消されていく。あたしたちはあせって、陸の青白い唇に耳を一つずつ、近づけた。

陸は言った。

「腹、いてぇよ……」

あたしと紗沙羅は、悲しいときの顔になって、お互いに顔を見合わせた。

パトカーが、三雲家の前で、停まった。

――これがまず、あたしたち三人と出刃包丁の話。

つぎに、あたしと紗沙羅とカミュの話をしなくっちゃ。

〔シーン2〕

さっきも言ったけど、あたしの名前は金堂翡翠。十二歳。島根県益田市に住んでる、中学一年生。当たり前だけど、三月まで小学生で、共学の市立小学校に通ってた。サル軍団の一員、三雲陸と同じ学校に。

家族は父母と祖父母と、あと妹。ふつうの家庭。ママがちょっと、おばあちゃんとへんな光線を出し合ってバトルしてるけど。あたしはどっちの味方にもならない。

中学は、紗沙羅につられて制服がかっこいいミッション系の女子中学に入った。受験勉強とか面接の訓練みたいなのをしているうちに、あたしはちょっとだけ神経症ぽくなった。きっと、少し大人に近づいたんだ。大きくて白くて美しい生き物であるあたしの親友、田中紗沙羅は、制服で選んだんじゃなくてサルがいないからって理由で女子中への進学を選んだ。男子はばかで騒がしくてうんこの匂いがする下等動物で、繊細さの欠片(かけら)もないわけのわからない宇宙人で、だから、かつては、美しかった紗沙羅のことをマドンナ扱いして騒いでいたのだった。だけど小四のときから紗沙羅は急激に巨大化し始めた。

美しいままで、どんどん横に広がっていく紗沙羅のからだ。白い肌、大きな瞳、長い睫毛。その急激な変化にはじつは深くて暗い理由があるんだけど、それはまたべつの話だ。

その巨体の美少女、田中紗沙羅を、サル軍団は今度は、百貫(ひゃっかん)デブって毎日毎日、虐(いじ)め倒すようになった。紗沙羅は黙って耐えていた。女子の一部も紗沙羅に冷たくなっていって、少しずつ孤立が深まっていった。

そして、男子のいない中学生活に入った途端、紗沙羅は開眼した。

いまの紗沙羅は生き生きとしてて、どこに向かってなにを思索したらいいかわかんないあたしたち、十二歳の文学少女たちを、モーゼみたいに海を割ってどこかに連れていこうとしてる。

「さあ、今日も黒い本を読もうぜ」

紗沙羅の一声(ひとこえ)で、紗沙羅がつくった、放課後の〝悪の文学サークル〟が始まる。

三階建ての木造校舎。古いチャペルと、素敵な校庭と、花壇。校舎の上に輝く、くすんだ金色の十字架。あたしたちは三階の教室の隅で、椅子を動かして丸く輪になって座っている。開け放した窓から、春と夏の中間の季節に特有の、暖かな風が滑りこんできて、白いカーテンと、あたしたちの黒髪を揺らしていく。

読書好きで、だけど小学生のときは図書室で子供用の本しか借りたことがなくて、中学生になってからはなにを読んでどう黒くなったらいいのかなって迷ってるあたしたち、小さな十二歳女子の群れは、ただ椅子に座って、紗沙羅の一声を待っている。巨体の紗沙羅はあたしたちを指導して、日々、大人向けの本を朗読し続けている。

といっても、紗沙羅の持論は、じつは、紗沙羅以外の少女にとっては、わけがわからないのだった。

「なぁ、おまえら。わたしたち中学生はみんな、ゴッドコンプレックスの思春期人間なんだよ」

「なにそれ？」

と、紗沙羅。

と、みんなを代表して、あたし。

「神さまみたいに、すべて知ってるふりして達観して、現実に、夢みたいに君臨したくないか？」

「したい」

「それ。それのこと」

「なんだ」

「だけどな、そんなの無理。それが現実。わたしたちなんてみんな、自分だけ特別なつもりでかっこつけてる、平凡で愚鈍な一般大衆の卵なんだよ。子供だからってだけで、魂が特別なわけじゃないしな。だから、神は無理でも罪なら気の持ちようってことで、ひとつ、罪深そうな本を読んでお茶を濁そうってこと」

「へぇ。でも、そんなことしてても、結局、もうしばらくしたら年取って、つまんないおばさんになっちゃうでしょ」

「うん。愚民の子は愚民。でもいまは、罪っぽい本を読んで、無駄ににやにやしようぜ。そのための子供時代だ」

「ふぅん」

紗沙羅はニヒリストだ。

確かにあたしはときどき、自分がつまんない普通の人間だってことにがっかりする。紗沙羅は自分自身のこともただの愚民だというけど、でも、あたしはひそかに、紗沙羅だけはただものじゃない気がしているのだ。あたしたちの希望の光。特別なカラーとパワーが近くにいると、自分も少しだけ救われるようだ。そんな紗沙羅が、紗沙羅もあたしも一緒くたに愚民呼ばわりするとき、なんだかほっとする。

紗沙羅だって普通のおばさんになるんなら、まぁ、いいや、とか思ってる。

そんな感じで、あたしたちは放課後になると毎日、いろんな本を持ってきて、女子五人でつくったサークルで朗読会を開く。

あたしたちのだらだらした朗読の声が、その日も続く。

それで、紗沙羅がその日、つまり、あたしと一緒に三雲家の惨劇を発見して通報した翌日の放課後、騒ぎをよそにいつもどおり開いたサークルで選んだ本が、カミュだった。

カミュの『カリギュラ』。図書室で借りてきたらしい、毒がしみこんだような古い古い文庫本。

紗沙羅のさらりとした声が響く。

「おれは人間が絶望することもあるとは知っていた、だがおれはこの言葉の意味するところを知らなかったのだ。おれは、ほかのやつらと同じように考えていた、それは魂の病気だと。違う、苦しんでいるのは肉体なのだ。おれの皮膚が痛む、おれの胸が、おれの手足が。おれの頭の中は洞(うつろ)なのに、おれの心臓が突き上げられる。いや、一番我慢のならんのは、口の中のこの味だ。血でもない、死でもない、熱でもない、それが全部一つになった味だ。おれが舌を動かしただけで、すべてがまっ黒になり、人間どもは見るもおぞましい姿に変る」

紗沙羅は読み続ける。

「おれはただ、神々と肩を並べる方法はただ一つ、神々と同じく残酷になることだと悟ったのさ」

「暴君になればいいわけだ」

「いったい、暴君とはなんだ？」

「物事が見えなくなった魂です」

紗沙羅の声にあたしたちは耳を傾ける。

「恐怖もまた、長続きはしないからな。おれは再び見出すのだ、心の静まるあの巨大な空虚を」

紗沙羅は読み続ける。

〔シーン３〕

その日サークル活動が終わってあたしと紗沙羅が手をつないで教室を出ようとすると、仲間の女の子たちが口々に、昨日の惨劇のことを聞いてきた。

「三雲くんちのあれ、金堂さんたちがみつけたって、ほんと？」

「あ、うん……」

あたしは図書室に返すために薄っぺらい文庫本『カリギュラ　誤解』を片手に握ったまま、うなずいた。昨日はあの後、警察で話を聞かれたり、迎えにきたママに怒られたりして、とにかくさんざんだった。愚民の代表のような、つまらないことしか言わないあたしのママは、あたしを心配するより「こんな事件の発見者になって。みっともない。近所の人になんて言おうかしら」と必殺世間体攻撃をしてきて、あたしはカチンときた。でも、そんなさんざんだったことはおいといて、どうやら三雲陸のほうは、発見も早かったし、なんとか助かったらしい。よかった。

それきりいつもどおりの生活に戻ったあたしと紗沙羅より、なぜかほかの女の子のほうがその後の情報に詳しかった。廊下を歩きながら相槌（あいづち）をうつ。どうやらあの事件は、パパが若い愛人をつくって出ていって、それでテンパッたママが無理心中を図ったってことだったらしい。ママはもともとノイローゼ気味でちょっとおかしかったそうだ。そのママは事件の後、一人で逃げて、どこかで自分も死のうとしてて、あの後警察に電話をかけてきた。警察の人に「長男は助かったから早まるな」と説得されたけどなにか叫んでガチャンと電話を切っちゃって、それきりまだみつかっていないらしい。

「こわっ」

「ワイドショー、ワイドショー」

「ねぇ、ママに殺されるってどんな気持ちだろ？」

「まったく想像できませんねぇ」

みんなそれぞれしゃべりながら、廊下を歩いていく。あたしはぱらぱらと文庫本をめくっていて、この、めったに借りられないらしい緑とグレーの表紙の『カリギュラ　誤解』の貸し出しカードに、はるか昔の日付で、誰かが借り出したらしき記述をみつけた。

日付は二十年以上前の春のとある日で、名前は、三雲聖子。

〝クソばばあ〟だったりして。

あたしたちが歩いている廊下のずっと向こうを、幻の、二十年以上前の少女が、それでもあたしたちとまったく同じ古めかしい制服を着て、颯爽と通り過ぎる情景が脳裏をよぎった。ふわりと風が吹いて制服の重たいスカートが、揺れる。

黒い黒い、そのスカート。

幻。

「――かつての、アブない、女の子。大人になれずに、産んだ子を殺す」

マザーグース風にフシをつけて歌ってみた。すると、となりで紗沙羅の大きな肩が震えだした。笑ってるらしい。

あたしは、つないでいる紗沙羅の手をぎゅうっと強く握った。はかない手触りだった。女の子の手だ。

〔シーン４〕

それからあたしと紗沙羅は、手をつないだまま学校を出た。顔を見合わせて、どちらからともなく、お腹にぽっかり穴の空いたかわいそうな戦友、三雲陸のお見舞いに行くことにした。大人たちがなにを調べて、なにを殺して、捕まえて、とかはよくわからない。だけどとにかく、陸は負傷者だ。

松江市立病院のアスファルトがばりばりに割れてる古い駐車場を手をつないだまま横切って、受付で陸の病室を聞く。テレビとか新聞の記者の人とかは足止めされてるみたいだったけれど、あたしたちは名門中学の制服といたいけな顔のおかげでスルーで、四階のはしっこにある陸の病室に着いた。看護師さんが笑顔で「いまも、べつの人がお見舞いにきたところよ」と言った。

あたしたちはうなずいて、病室のドアを開けた。

個室。大きなベッドが真ん中に一つあって、カーテンが引かれていた。窓から西日が当たって、あたしたちは一瞬、目を細めた。視界が元に戻ってくる。

とんでもない情景が、カーテンの向こうにシルエットになって浮かんでいた。

昔話に出てくる、山姥(やまんば)だ。

髪を振り乱した狂女が、出刃包丁を振りかざしている。ベッドに半身起こした、ほっそりした少年のシルエットは、まるでそれに魅入られたように動かない。その腰に馬乗りになった女が、包丁を……。

「あ、あ、あ、あ、あ……」

あたしは動けなかった。出たっ、とか、陸を助けなきゃ、とか思った。悲鳴も出なかった。のどが死んでしまったみたいだった。そのとき、野生動物みたいな身のこなしで、となりの紗沙羅が走りだした。

大きな、白いからだが、飛翔する。

白熊みたい。きれい。

紗沙羅は「ほわちゃー！」とへんな叫び声をあげながら駆けぬけて、カーテンを開けた。髪を振り乱した中年の女の人が、カッとこちらを振りむいた。真っ赤に充血した瞳。浅黒い肌。包丁を握って、いやな表情を浮かべていた。どこかで見たことがある。たしかにそれは、近所に住んでる三雲家のママの顔だった。

警察に電話したとき、一人生き残ったと聞いて、自殺を思いとどまるんじゃなくて、きっと、生き残った子の息の根を止めにきたんだ。

紗沙羅がまた「ほわちゃー！」と叫んだ。驚いているおばさんを平手で殴ると、包丁を奪い取ろうとした。おばさんは抵抗した。あたしは硬直したまま、陸を見た。陸はただ目を見開いてその情景を見上げていた。

青白い横顔だった。

陸は抵抗しない。ただ事態を見ていた。生贄（いけにえ）みたい。

〈ねぇ、ママに殺されるってどんな気持ちだろ？〉

〈まったく想像できませんねえ〉

ついさっきの、友達の声が蘇(よみがえ)った。

あたしは震え声で「陸……」と呼んだ。陸はそっと目を閉じた。そのときぶしゅっと鈍い音がして、あたしがそちらを見ると、おばさんの胸に包丁が深々と突き刺さっていた。

紗沙羅が、その柄(え)を握りしめていた。

おばさんはよろよろっとよろめいた。あたしはようやく声が出るようになって、狂ったようにナースコールを押すと、廊下に飛びだして「誰かきてっ、誰かっ、陸が！」と叫んだ。

医者や看護師が、ただならぬ声に一斉に廊下の向こうから走ってきた。

背後から、がしゃあああん、とガラスの割れる音がした。振りむくと、窓ガラスが大きく割れていて、ベッドには目を閉じて横たわる陸、それから仁王立ちする紗沙羅がいるだけだった。あたしがあわてて窓に走り寄って外を見ると、なんと、胸から包丁を生やしたおばさんが、落っこちた植えこみの奥からもぞもぞと這(は)いだしてきて、長い髪を振り乱して、ぼろぼろのアスファルトの上を走り始めた。

「えええ!?」

あたしはびっくりして、その狂った大人の女の人の後ろ姿をぼうぜんとみつめていた。

アスファルトに点々と血がたれていて、それでも走り続けて、あっというまに、おばさんの姿は病院の窓から見えなくなった。

〔シーン5〕

またもや警察で説明することになって、大人たちがいちばん話を聞きたいはずの陸があれきり眠り姫みたいに眠り続けて揺すっても叩いても起きなくて。あたしと紗沙羅がわかる範囲でいろいろと説明した。

警察でわかったことは、あのクソばばあの名前がやっぱり三雲聖子だったたってことだ。あたしたちと同じ制服を着て、同じあの木造校舎に通って、賛美歌を歌って、授業を受けて、そして同じ文庫本を読んでいた。かつての女の子だ。

警察であたしは、紗沙羅がどうなっちゃうのかよくわかんなくて、こわくて震えていた。それに、とてもショックを受けてもいた。陸を守るためだけど、あんなに迷いもなく人を刺したりできるなんて。紗沙羅は平然としていて、あたしのほうが泣いていた。紗沙羅はやっぱり、ひどく特別な女の子なんだ、と、あたしは泣きながら、漠然と考えていた。

やがて迎えにきた、姑問題でいつもぴりぴりしてて文句ばっかのあたしのママは、今回はがみがみ言わずに黙ってあたしを連れて帰った。世間体の話をされるのがいやだからあたしは黙っていた。

　うちに帰ったらパパが、

「危ないから、三雲さんちの子にはもう近づいちゃだめだ。へんな事件に巻きこまれて噂になるのはよくないことだ。三雲さんの奥さんがみつかるまで、そうしなさい」

「でも、陸は？　陸も危ないよ」

　そう聞いたけれど、パパもママも答えなかった。


　あたしはその夜、そっとうちを出て、田舎のでこぼこ道を一人で歩いた。うちからわりとすぐ近くにある、あの三雲さんちの古い一軒家。でこぼこ道を踏みしめてゆっくり近づくと、その大きな灰色の家は夜の闇に沈み、だれも入らないよう、太い荒縄で、石製の古い門の辺りからぐるぐる巻きにされていた。罪を犯したために、神の手で呪縛されているようだった。あたしは三雲家の前に立ち尽くしていた。そうしながら、夕方のサークルで読んだあの文庫本のことを考えていた。

　あの本には、いやなことがたくさん書いてあった。三雲家でずっと暮らしていた、かつての女の子、三雲聖子も読んでいた、あの緑とグレーの古い文庫本。いやな本だった。だけどそれが、やっぱり女の子であるあたしの心のどこかにひっかかって、へんな引っかき傷をつくって、なんだかやけに気持ち悪いのだった。

〈誰がひざまずきなんかするものですか。もうこの地上では、居場所も奪われ母親にも捨てられ、犯した罪にかこまれたまたった一人とり残されてしまった。罪こそ我が家〉

〈わたしがこの世でほかにいったい誰を味方にできて？　一緒に人殺しをやった者でなくて？　でも間違っていた。罪もやはり一人だけのものだった、たとえ千人かかって犯しても。わたしは一人で生き、一人で殺し、一人で死ぬ〉

〈真人間になりたいなんて、ただ眠りたいってことよ〉

三雲聖子は、なにを考えていたんだろうか。どんな道を通って大人になり、こんな事件を起こしたんだろうか。

罪こそ、我が家。

その夜あたしは、うちに戻ってからもあんまりご飯が食べられなくて、ベッドにもぐりこんでも眠れなくて、いつまでもいつまでも寝返りを打っていた。

そして、きっと、紗沙羅はいまごろ平気で眠っているんだろうな、と思った。あたしはなんと平凡で、狂気の足りない、愚民なんだろうか。目の前で人が刺されたことが、仲のいい子が刺したことが、こんなにショックだなんて。

そして紗沙羅に「ほわちゃー！」と返り討ちにあったあのクソばばあ、三雲聖子はそれきり物語上から消え、季節が変わってすべての人に忘れ去られたころに、じつに意外な場所から飛びだす死体となってあたしたちと再会するのだけれど、それはまたべつの話だ。その夜のあたしは寝返りを打ちながら、涙を流しながら、自分は平凡なつまらないおばさんになるのだと確信して目玉をぱっちりと見開いていた。

——これが、あたしと紗沙羅とカミュの話だ。

それで最後に、オバケヤシキの話をしなくっちゃ。

〔シーン6〕

そしてつぎの週の朝のミサでのことだ。しばらく学校を休んでいたあたしと紗沙羅は、その朝、いつもの顔をして、手をつないで、登校した。紗沙羅はあたしの手を強く強くぎゅうっと握っていたけれど、あたしの手は力なかった。なんだかこわかったんだ。あたしは紗沙羅といつも一緒に悪の文学サークル活動をしていたけれど、だけど紗沙羅は変わった子で、あたしは普通の子だった。あの瞬間――三雲聖子が包丁をふりかぶってるところに出くわしたあのとき、あたしはびっくりして立ちすくむばかりで、だけど紗沙羅は、陸を助けた。でも、あんなふうに平然と、迷いなく人を刺せる紗沙羅という子のことが、あたしにはなんだかとても遠く感じられた。

ミサが始まると、小さなざわめきが学校の礼拝堂の中に広がっていった。みんな、同級生も上級生たちも、色白の、いかにもいたいけな少女の顔をして、こちらをちらちら見ている。指差している子もいる。あたしはその視線たちが自分じゃなく、列の後ろのほうに並んでいる紗沙羅のほうに向けられているのに気づいた。

それは責めるような、恐れるような視線ではなかった。あたしは驚いて辺りを見回した。色白の可憐(かれん)そうな顔で賛美歌を歌う少女たちはみんな、口をぱくぱくさせて歌いながら、みんな、讃(たた)えるような表情を浮かべて紗沙羅のほうを振り返っていた。

紗沙羅は神に近づいた。この少女だけの一過性の王国で。迷いなく人を刺したから。大人を刺したから。そのたくさんの澄んだきれいな瞳で、みんなが紗沙羅をみつめていた。あたしにはついていけない、紗沙羅の狂気。ああ、これは中一の夏であるいまから、高等部を卒業するまでのあと五年半続く、強大な権力となるだろう。紗沙羅はゴッドコンプレックスの少女たちの王国、この小さな学園に君臨し続けるだろう。紗沙羅はわれらの蠅(はえ)の王だ。

だけど、その友であるあたしは、何者であるのか。果たして。

ゆっくりと……黒い、深い、憎しみが胸の奥に湧きあがってきた。特別な紗沙羅への。ひどい殺人鬼のおばさんへの。愚鈍に生まれついたすべての者への。止めようのない怒りと、苦しさ。

あたしは髪をかきむしった。

「い、い、ぃぃぃ……」とへんな声を上げた。

それから、急にいてもたってもいられなくなって、賛美歌を歌う列から飛びだして、走りだした。観音開きのドアを開け、木製の階段を踏み鳴らして走り、外へ。

太陽のさんさんと照る校庭の真ん中まで走った。それから、はぁはぁと肩で息をした。校庭にのびる自分の影。かきむしった髪が逆立って、あの日あの病室で見た山姥みたいな狂女のシルエットが思い出された。

かつてこの王国の住人だった、あのおばさん。

影はまるであたしたちの未来を暗示するように、乾いた校庭の砂の上で、ゆらゆらと揺れていた。

〔シーン7〕

それであたしは、その日の放課後、紗沙羅と連れ立ってではなく一人で、改めて三雲陸のお見舞いに行った。陸は相変わらず、眠り姫みたいにぐぅぐぅ眠り続けていた。お腹の傷口はだいぶふさがって、陸は騒がしい六人部屋に移されていた。バイクで事故ったお兄さんとか、おじさんとか、外科だからか比較的若い入院患者がたくさんで、六人部屋はものすごい喧騒だった。武勇伝やおいしいラーメン屋の話で盛り上がっている。

あたしが入っていくと、お兄さんやおじさんたちは一斉に振り返って、こっちを見た。陸のベッドに近づいていくと、一人が気を遣うように「眠ってるよ」と話しかけてきた。

「さっきまで起きてたけど、でも、朦朧としてた」

「そう、ですか」

「女の子がお見舞いにくるかも、って予言してた」

「ふぅん」

誰のことだろ、あたしと紗沙羅のことかな、と思っていると、お兄さんの一人がからかうように、

「君だろ、コンドーム。陸がしゃべってた人相書きと一致する」

「あぁ、この子がコンドームか。ようやくきたか」

「そうか、そうか」

あたしはむっとして、おじさんたちを睨みつけた。まったく、大人になってもサル軍団だとは。

あほあほサル軍団のことは無視して、あたしはそっと陸のベッドに近づいた。陸はぐうぐうと眠っていた。青白い顔が、真っ白なシーツを敷いたマットレスと、同じ色の枕の奥に沈みこんでいた。こんなに整った顔だったたっけ、とあたしは不思議に思った。ごく普通の中学生の顔だったはずなのに、眠り続ける三雲陸の顔は青白くて、きれいで、まるで童話に出てくる眠り姫みたいだった。

糸車の針で刺されちゃって、王子さまがやってくるまで眠り続ける、かなしい眠り姫。そのまましばらくあたしが寝顔をみつめていると、陸が目を閉じたままで、恐れるように震える声で、

「……誰？」

「金堂だよ。金堂翡翠」

「あぁ」

陸はため息のように返事をした。

「そろそろ、くるかと思った」

「うん」

陸は目を閉じたままだった。かすかに寝息も聞こえ始めた気がして、あたしはあきれた。

「ねぇ、起きてよ。見舞い客がきてるんだよ」

「……眠ってないよ」

「そうなの？」

「うん。眠ってるんじゃない。ただ目を閉じているだけだ。見たくないものを見なくてすむように」

「こわいの？　世界が。世界が」

「こわい。世界が。とても」

「じゃ、いま、目を開けなよ。そしたら、いま見えるのはあたしの顔だけだよ」

「そうか」

陸は怯(おび)えたように少し躊躇(ちゅうちょ)して、それからゆっくりと目を開けた。黒目を動かして、あたしをじっと見た。

しばらく黙ってみつめあっていた。陸はそれから、急に「ははは」と笑って、

「ほんとだ」

「でしょ」

「うん。……もう一回、眠るわ」

それから、また目を閉じた。

「なんだか、起きて、られないんだ」

ふと、病室の窓からなにかが入ってきた気配がした。振りむくと、幻なのかなんなの

か、ピンク色をした霧みたいな、水に溶かした桃色の絵の具みたいな、よくわからないものがゆらゆらと揺れて、こちらに近づいてきた。それはゆっくりと陸に近づいて、取り巻いて、そして陸のからだの中に沈みこむようにして、消えた。

びっくりして見ていると、ベッドから軽い寝息が聞こえてきた。辺りを見回したけれど、いまのピンクの霧を見た人は誰もいなかった。あたしはそれを誰にも言わないことにした。自分はなにかきっと、とても悪いものを見たのだ。そんな気がした。

しばらく陸の寝顔を見ていたけれど、やがてあたしは、そっと病室を出た。

〔シーン8〕
それから一度、あたしたちのお話は途切れる。一か月ぐらい。最初の喧騒も静かになると、あたしはまた紗沙羅とつるんで帰宅したりするようになった。だけど〝悪の文学サークル〟はあれ以来大人気で人数が増えてしまっていて、だから紗沙羅は、あたしからだいぶ遠い人になった。スターに。
夏休みが近づいた、ある日。
午前中で授業が終わって、三階建ての木造校舎を出てぶらぶらと歩き出した。夏の影は黒くて濃くて、あたしという小さな女の子のカタチをアスファルトの上に黒々と描いていた。歩くたびに影がふらふらと揺れた。あたしは孤独だった。その日は一人だった。

いつもつるんでいた紗沙羅と離れて、あたしは一人になりがちだった。

校門のところに、痩せた、背の高い少年が立っていた。同じ制服を着た同じような女子中学生がばらばらと出てくる中、その少年は迷いなくあたしをみつけて、小さく手を振った。

眩しそうに目を細めている。

陸だった。

あたしは三雲陸が松江市立病院を退院して、おとうさんは再婚して、行くところがなくて、夏休みのあいだに遠くの親戚のところに引っ越すのだと噂で聞いていた。親戚は大阪にいるらしかった。すごく都会だ。陸は弟妹を殺されて、いろいろなくして、だけどそんな都会に旅立っていけることがあたしには不謹慎にも少しだけうらやましかった。こんなになにもない田舎。愚民の自分。緩慢に幸福だから、すべてが退屈で仕方なかったのだ。

あたしはゆっくりと陸に近づいた。黒くて濃い影がぶるっと震えた。

「よぅ」

いつのまにか、低くなっている声で陸が言った。

「よ、よぅ」

あたしも、なれない男子の言葉で返した。それから目を細めて、よぅく陸を見た。

すごく背がのびて、声も低くて、なんだか大人の男の人みたいだった。ごく普通の顔の男子だったはずなのに、その顔には透明感があって、凄(すご)みのある美形に変わっていた。瞳が――妙な感じで潤んでいた。きらきら。きらきら。通り雨の後のアスファルト道路みたいに。

あたしは三雲陸のなにかが決定的に変わってしまったことに、なんとなく、気づいた。長い長い眠り。謎の、ピンクの霧。そのことを思いだしたら、泣きそうだった。

〈眠ってるんじゃない。ただ目を閉じているだけだ。見たくないものを見なくてすむように〉

クソばばあはまだつかまっていなかった。生きているのか、どこかでのたれ死んじゃったのか。そのときはまだ誰にも行方はわからなかった。クソばばあは三人のこどもを死なせて、残った一人の心も破壊して、どこかべつの悪趣味な平行世界に吸収されていったようだった。

〈かつての、アブない、女の子。大人になれずに……〉

節をつけて歌ったあの歌。マザーグース風の、あたしのオリジナル。

「――遠くに行くんだ」

急に陸が言った。

「だから、お別れを言いに」

いつのまにか、みつめあっているあたしと陸を、下校中のほかの女生徒たちが気にしてちらちら見ながら通り過ぎていた。あたしはべつに気にならなかった。急にぽろっと涙をこぼすと、陸は「む。泣かれてもなぁ」と言った。

太陽が眩しかった。

それから急に、陸はくいっと、高く高くのびた背を曲げて、その美しくなった凄みのある顔を近づけてきた。びっくりしているあいだに、あたしの唇に陸の唇が触れた。目を見開いたまま硬直していると、周りの女生徒たちが一斉に携帯電話をこちらに向けて、ばしばしと、決定的瞬間を撮りまくった。

「金堂さんが、金堂さんがキスした！」

「超かっこいい人と！　いま！」

騒ぎながら走ったり、友達に転送したりし始めた。あたしは硬直しながら、少しずつ離れていく陸の美しい顔をただぽかんとみつめていた。

陸は少しだけ笑った。

「じゃあな、金堂さん」

「う、うん」

「あのとき……」

陸の影は長く、細かった。あたしのより色が薄い気がした。はかない、影法師だ。陸はあのピンク色をした不思議な霧に包まれたとき、えらく無力で、そして美しいなにものかに変わってしまった。

あれはいったいなんだったんだろうか。あの、まるで死のような、ふわふわは。

すべてを失った少年にとり憑いた、霧。

あれを見たのはきっと、あたしだけだ。

陸はきっと夏休みが終わったら、遠くの都会の中学校に、山陰地方の山奥からやってきた不思議な美しい転校生として登場するのだろう。でも、それは本当に、あたしたちが知っていた三雲陸くんなんだろうか――。

あたしが影を見下ろして不安な気持ちでいると、陸は小さく、ぶっきらぼうに、

「あのとき、助けにきてくれて、ありがとう」

「う、うん。だって通りかかって、そしたら声が、聞こえたから」

「おばさんになっても、人、殺すなよ」

「約束する」

真面目な顔でうなずくと、陸ははは、と笑って、

「冗談だよ」

「うん……。でも、約束する」

「さよなら」

「さよなら」

――それが、渦中の人、美しくなってしまった三雲陸との別れだった。そしてそれきりあたしは陸と二度と会うことはないんだけど、それはまたべつの話だ。


帰り道、あたしは山陰本線に揺られて黙って座っていて、それから無人駅に降り立って、かたむいて錆びたバス停に向かい、バスに乗って、うちのある集落に戻った。稲穂が青々と茂る、ぼろぼろのアスファルト道路を歩く。

誰もいなくなった、三雲家の前を通りかかった。

ごく普通の、田舎の、大きくて古い一軒家。

いまはもう警察の捜査も終わって、あの、侵入者を防ぐ太い荒縄も消えていた。だけどあたしの目には、いまも、夜に沈むこの家をぐるぐると取り巻いていた、神の手による呪縛のような、あの荒縄が見えるようだ。

〈誰がひざまずきなんかするものですか〉

あたしはそうっと、石でできた古い門をくぐった。おそるおそる、玄関に手をかけてみる。驚いたことに鍵は開いていた。この家の持ち主、三雲家のパパだった人はもう、この場所をただ廃墟(はいきょ)としてほうっておいているんだろうか。

〈もうこの地上では、居場所も奪われ母親にも捨てられ、犯した罪にかこまれたままた

った一人とり残されてしまった〉

あたしはゆっくりと、暗い玄関に入った。

〈罪こそ我が家〉

ぷぅん、と黴（かび）のような臭いが漂ってきた。誰もここに入っていない。掃除をする人も、よどんだ空気を入れ換える人もいない。閉ざされた窓。残された家。あのときのままの空気。

あたしはそっと、靴を脱いで、廊下を歩き出した。足が震えた。

〈わたしがこの世でほかにいったい誰を味方にできて？　一緒に人殺しをやった者でなくて？〉

一階の居間で、倒れていた陸。床にはまだ血の跡が残っていた。震えながら、階段を上がる。二階にもまだ、からからに乾いて、赤茶けたこわい模様がそこかしこに残っていた。

二階の部屋の一つに、上等な桐簞笥（きりたんす）があった。血飛沫（ちしぶき）がかかって台無しになっている。その引き出しを、あたしは上から順番に開けてみた。

幾つめかの引き出しに、それをみつけた。古いアルバムを。ちゃんとプリントされた写真が並ぶ、いまのあたしたちの世代が持ってないレトロなアルバム。ひとりの女の子が、こっちを見ていた。冷たい目。

〈でも間違っていた。罪もやはり一人だけのものだった、たとえ千人かかって犯しても。わたしは一人で生き、一人で殺し、一人で死ぬ〉

あたしたちと同じ、松江でいちばんのミッション系女子中学の、可憐な制服。長い黒髪。細い目。じっとカメラをみつめている。

三雲聖子。

アルバムは、クソばばあの短い年代記だった。同じ制服だけどだいぶ大人びた顔つきに変わっているのは、高等部に進学したころだろう。地元の短大に入学した写真。年代記は進んでいき、三雲聖子はやがて幸福な結婚をした。角隠しをかぶって、着物を着て新郎と並んでいる。子供の写真。家族旅行。三雲聖子はもうカメラのほうを見ず、かわいい子供のほうに顔を向けている。

振りむけ。振りむけ。こっちを見て、いまどんな目をしているのか、見せてみろ。そう思いながらアルバムをめくる。めくっていく手の動きがだんだん速くなる。三雲聖子は最後の写真で、もう一度だけ、こっちを見た。

幸福そうに笑う、普通のおばさんの顔だった。目じりの皺（しわ）。ついてきた脂肪。たくましい二の腕。このからだの奥に、罪で神に近づくことを欲する、かつての、アブない、女の子の魂がひっそり眠っているなどと、誰にわかるだろう。

〈真人間になりたいなんて、ただ眠りたいってことよ〉

あたしはアルバムを取り落とし、後ずさった。息が苦しくなった。この家にずっと、それが眠っていたのだ。息をひそめ。まるで、ある種のＤＮＡについたあざやかな瑕(きず)のように。

この山間の集落の、どこにでもある古い一軒家。そこに住み続けた、普通のおばさんになったはずの、聖子。

狂っていく友達、紗沙羅のことを思った。

息が苦しい。

あたしはその部屋を飛びだした。階段を降りながら、こわくなって、手のひらで耳を覆った。廊下を走りぬける。

ああ、いまも……。

いまこの瞬間も、この家のどこかから、か細い、助けを呼ぶ少年の声が聞こえてくるような気がした。

時間はどんどん行き過ぎていく。でも、行き過ぎないものも存在する。ループする時間軸にとらわれているもの。

美しくなって都会に去った、陸。でもそんなことはもしかしたらすべて嘘(うそ)かもしれない。あの日あのときの三雲陸くんは、もしかしたらいまもここにいて、二階には弟妹の壊れた人形みたいに小さくて白い死体が転がっているのかもしれない。

この家。この、ごく普通の家庭に隠れて存在し続けた、それ。ある種の少女のからだの奥でのみ生成される、不謹慎で、甘ったるい、真っ黒なオバケたちよ。

まるでオヽバヽケヽヤヽシヽキヽだ。少女の肉体というものは――。


あたしはもつれる足で三雲家を出て、玄関を閉め、鞄を両手で胸の前にしっかり抱いて、歩きだした。でこぼこ道を、それでもいつもどおりに、とことこと。

と、遠くから、見慣れたシルエットがゆっくり近づいてきた。うちのママだ。眩しい西日を背に、買い物籠をさげて力強くのしのしと歩いてくる。

太ったなぁ。なんだか、がに股。化粧っけもなくて、不機嫌そうな顔。

ママがあたしをみつけて、笑顔になった。

「いま帰り？」

「うん」

そのままあたしは、ママと一緒に生協に行って、新鮮な食材を選んで買って、今度は二人で、さっきの道をまた歩きだした。

「学校は？」

「んー。いつもどおり」

「そう」

また、あの家の前を通る。

あたしは心臓がどきどきしてきた。不安で、思わずママの空いてるほうの手と、手をつなぐ。

ママはあきれたように、

「もう中学生でしょ。どうしたの？」

「ん……」

あたしはしくしくと泣きだした。ママがびっくりして、あたしの手をぎゅっと握った。それから、そこが例の事件の現場になったうちの前だと気づいたようで、

「翡翠、大丈夫よ」

「うん……」

「ママと一緒に、おうちに帰ろ」

「うん……」

涙が止まらなかった。陸の唇の感触が蘇ってきた。あの冷たい、死人のような唇。美しくなってしまった顔。ピンクの霧。神になった紗沙羅。オバケヤシキと、カミュと、あのきらめいていた刃物。この夏。

あたしは子供みたいに、しくしくと泣き続けた。

〈おれはただ、神々と肩を並べる方法はただ一つ、神々と同じく残酷になることだと悟ったのさ〉

〈暴君になればいいわけだ〉

〈いったい、暴君とはなんだ？〉

〈物事が見えなくなった魂です〉

愚民（あたし）の子は愚民（ママ）の手を握って、泣きながら歩き続けた。長い夢から、ようやく醒（さ）めていくようだった。

ビザール

明け方、夢を見た。

わたしは人間の尊厳を超えてぎゅう詰めの満員電車におとなしく乗っている。窓の外は夜で、風は怖いほど凪いでいる。

息が苦しいけど、これに乗らなければ帰れないから。わたしは、家に、急いでいるから。

カーブでスピードを落としたときに、隣の線路を上り電車が通り過ぎていく。ほとんど誰も乗ってない涼しげな車内を、つい憧憬の気持ちで見やる。

そのとき、誰かと目が合った。ドアの横に立っている見知らぬ人と。男性だ。だいぶ、おじさんの。

おやっ。夢のなかの自分は、おじさんが誰かを知っているらしい。その人の名前をつぶやいている。

それどころか、どうやら相手を追いかけたいとまで思っていて。焦って、苛ついて、そのうち足踏みまでし始めて、でも満員の下り電車を降りることもできないし。混乱していく。

ゴォォォォッと轟音を立てて電車がすれ違い、誰だかわからないその人も、遠ざかっていくばかりで……。

目が覚めると、寝汗をかいていた。

寂しく人恋しい気持ちを抱いてもいて、わたしはそれをもてあました。目を閉じても、もう眠りにはつけない。

○

その朝は、転職して一日目の大事な出社日だった。

二十五歳。初めての転職だ。このまま転がる石のように職場を変え続ける人になるのは自分でもすごくいやだったから、改めて気を引き締めるのだった。大学を卒業して新卒で入った会社では、わたしは学生時代の気分を引きずっていて、同僚や先輩についい自分のことを話しすぎてしまい、どこかサークル気分で周りとつきあっていて、不平や不満もよく口にして、で、ある日気づいたら、居辛い環境になっていた。ばかだねぇ、職場には職場用の顔というものがあるんだよ、ほら、こういうの、見て、見てっ、と学生時代の先輩に見本とやらを見せられて、なんですかその割れそうな笑顔、気持ち悪いし、とため息をついた。

前のよりずっと小さな会社だけど、このご時世にぶじに再就職できたし、こんどこそはうまくやろう、とわたしは決意していた。先輩の真似をして、なんだかよくわからない硬さの笑顔。それを鏡の前で練習してから、家を出た。

早めに出たら、早めに着きすぎた。明日からはもうすこしゆっくり家を出ようかな。

経理課で、紹介されて、自分の机に座って、如才なくはいはいとうなずいて、働き始めた。夕方そっと手鏡を出して自分の顔を見た。朝は若干、むりしてる感じに見えた微笑が、おぉ、すでにちゃんと板についていた。遅ればせながら大人になってきたということかな。

笑顔の向こうに、こっちを窺い見ている男の人の顔が小さく映っていたので、えっと振りむいた。と、隣の課の人だった。係長か何かだったっけ。朝、紹介された気もする。四十代ぐらいの。目が合うと、顎を引くように顔を伏せてパソコンを叩きだした。わたしは、なんだろ、と首をかしげながら手鏡をしまった。

夢で見たのと同じような満員電車に揺られて、帰宅する。

寂しくなって、学生時代の映研の友人にメールした。でもなかなか返事がこない。まぁ、忙しいのだ。あの子は初志貫徹して小さな映画会社に就職して、すごく苦労してるはず。わたしにはできない芸当だ。わたしはそういう業界じゃなくて、普通の道を選んだほうだし。

Twitterを立ちあげて、みんなはいまなにしてるのかなぁと読んでいく。仕事や恋愛で忙しいけど、週末に封切られる単館上映の映画には一緒に行こうよと言いあっている子たちがいたので、仲間に入れてもらった。すこし、ほっとする。すこしだけ。まだあの子たちに置いていかれてはいない、と。

その夜は夢も見ずにコトンと寝た。

二日目。

この時間に出ればぎりぎり会社に間に合う、と計算した時間に、電車に乗ろうとして唖然とした。朝とはいえ、夢で見たのよりずっと凄まじい混み方だったのだ。これではとても乗れない、とあきらめかけたとき、同じぐらいの歳の駅員がわたしを荷物みたいにむりやり押しこんだ。人間であることをやめてタタミイワシになったような気分だ。ぎゅううう、と音を立てながら。目をつぶって、ううう、と我慢していると、電車が動きだして……と、こんどはもぞもぞと動く手があり、あっ、痴漢だと気づいた。

やめてください、と怒ること自体はべつに怖くはなかった。でももし相手から開き直られて冤罪だと騒がれたり、こっちが被害妄想っぽいおかしい女の人にされてしまったら、と想像すると気が重かった。口で、というか、まくしたてる理屈で、大人の男の人に敵うはずないもの。

と、車内をどうやってか、すこし向こうにいた男の人が近づいてきた。痴漢男とわたしのあいだにうまく入ってくれる。なんというか、あまりにも思わぬ助け舟すぎてぴんとこずにいるあいだに、その人が、

「おはよう。……近田さん？　おはよう」

「……えっ。おはようございます……？」

誰ですか？

知らないおじさんだと思いかけたけれど、そういえば相手はわたしの名字を知っているようだ。つくづくと顔を見てみる。目鼻立ちのはっきりした、小柄な、そして普通の男の人だ。スーツが妙にだぼっとしていて。

目つきだけすこし鋭すぎる気もする。でも同時に、眠そうでもある。目がうるんでいて、瞬きがやけに多くて。

「サラダ」

「は？」

「更田。……名前ですよ」

眠そうなまま、自分の顔を指さしている。昨日会った新しい会社の誰かなのだと気づいて、途端に緊張した。ええと、と例の職場用の微笑を思いだそうとして、でもとっさにできないまま、

「あっ。えっと。おはようございます」

「近田さん、君、あと十五分早く起きられる？」

「はい。……どうしてですか？」

「俺、今日は寝坊！　いつもはもうすこし早いのに乗ってる。十五分だけ早めると……」

気づくと真剣な顔で聞いていた。あの笑顔を忘れて。どうしてだろう。

低い声が、心地よかったからか。

電車が揺れて、みんなで一斉にかたむいて、すると相手の胸とわたしの肩がぴったりくっついた。

「空いてるよ」

耳元で声がした。低くて、重い。

「……えっと、その、そうなんですか」

髭剃りの後のローションかな。ふと懐かしい匂いが漂ってきた。おじさんの匂い、ということかな。

昔嗅いだことのある……。子供のころに……。それって、いい思い出ばかりじゃ、ないけど……。懐かしいのは、確か……。

そのまま、胸に肩を預けてなぜかじっとしていた。

電車がようやく駅に着いて、ホームに押しだされて、更田さんはずんずんと先に歩いていく。遠ざかっていくのをぼんやりと見送りながら、あっ、と気づいた。いまのはきっと、昨日、手鏡越しにこっちを見ていたあの人だな、と。振りむいたら途端に顔を伏せてしまった人。隣の課の、えぇと、係長か何かだったっけ？

轟音とともに、いま降りたばかりの上り電車が、わたしの背後でまたどこかへ走りだす。


三日目。

隣の課のあのおじさんに言われた通りに、ぴったり十五分早いのに乗ってみた。べつに上司だから気を遣ったとかではなくて、ただ乗りたくてふと乗った感じだった。

確かに車内はびっくりするぐらいのんびりまったりと空いていた。ドアの横に立っている更田さんに気づくと、ここはまだ会社じゃないのに、面倒だとも煩わしいともなぜか思わなくて、

「あっ。おはようございまぁす」

と、自然に笑って声をかけた。

かけてしまってから、でも自分はよくても向こうは面倒くさいかもと気づいて、すこし顎を引いた。ぼんやりと振りむいた更田さんは、しばらくわたしの顔を眺め下ろし、昨日の朝の会話を思いだしたのか、

「おぅ。起きられたか。ははは っ」

「あ、はい」

ほっとして、髪をいじくった。

「でも、朝ごはんは食べられなくて。おにぎりにして持ってきちゃいました」

「俺もそうしてる」

「えっ。どこで食べてるんですか」

どうしようかと思っていたので、つい聞いた。

駅に着くたびに、人が増えてくる。押されて、すこしずつ距離が近くなる。「会社の一階の裏口に喫煙室があって、でも朝は誰もいないから。朝の穴場だな」「えーっ」「誰にも言うなよ。まだみんな気づいてないから。秘密」「でも更田さんはいまわたしに言ってしまいました……。ふふっ」わたしは本当の笑顔に近い表情で笑いだしていた。わたしは本当にたわいもなかった。学生時代みたいに、たいした話なんてまだしてないのに、不思議ともう気心が知れてるような、仲間のような、そんなふうなお気楽で無責任な気分に浸った。

駅に着くと、今朝は一人でさっさと歩いて行かずに、更田さんは歩調をゆっくりと合わせてくれた。会社まで並んで歩く。

仕事のこととか、職場の人の話題は、どっちも出さなかった。

ビル裏口の喫煙室は、こぢんまりして、古びて壁が黄色っぽくなっていて、漫画雑誌まで整頓しておいてあって、落ち着く小汚さだった。

更田さんが自動販売機で缶コーヒーを買ってくれる。おにぎりと甘い缶コーヒーというのが、また学生時代っぽい適当さで、こっそりくすっと笑ってしまった。

あちこち破れた古い革のソファに並んで腰かけると、ズボンの裾が上がって、更田さんの靴下が見えた。ごく普通のスーツ姿なのに、暗い赤色の靴下で、あれ、なにが描かれてるんだろうとかがんでよく見ると、綱で痛々しく縛られた牛という、これまたわけのわからない柄だった。

どこにでもいる普通のおじさんらしく見えたのは、もしかしたらわたしの会社用の微笑みたいなもので、本当はちょっとだけ変わった人なのかも、と思った。奥さんが買ってきた下着や靴下をなにも考えずに身に着けたりとかじゃ、ない感じ。自分でわざわざこんな柄を選ぶなんて。へんなのっ。

「ほんものの牛、見たことある？」

しげしげと靴下を眺めていたら、上から急に聞かれた。

わたしは顔を上げ、眩(まぶ)しく見上げて、

「あっ。ありますよぉ、わたしだって。だって、昔……。実家が……」

「実家、どこ？」

一瞬、言葉を呑みこんでから……。

わたしは正直に地名を言った。

前の職場で飲み会になったときに、ついその話をしてしまって、辛い思い出や、あのときの気持ちをいろいろワッと吐きだしてしまって。そういう、感情を剝き出しにして相手に甘えすぎてしまう幼稚なところも、居辛くなった原因だとわかっていたから。新しい会社ではもうぜったいしない、地名さえ言わない、と決めてたのに。まだ三日目なのに。

すると、更田さんはおおきな目に、ほんの数秒、動揺したような揺らめきを浮かべた。

それから、

「俺も！」

「……あっ！」

わたしは背筋を伸ばして、間近から更田さんの顔をしげしげと見た。

思えば、このときも顔が近すぎた。

でも、同じ町出身の人に、この都会で会ったのは初めてだったから。

髭剃りローションの匂いが、また漂う。

その地名はたぶん聞けばみんなが思いだす。七年前に珍しいほど激しい台風シーズンがあって、山陰地方で大規模な土砂崩れが起こった。小さな町が一つ、ほとんど全部押し流されてしまった。当時はおおきく報道された。

懐かしいでしょと、できるなら生まれた町に帰りたいでしょと、〝いい人〟たちからよく聞かれるけれど、でもわたしはそう思ってはいなかった。

ときどき、あの町のことをそーっと思いだすときには、地面に座って、酔ってしまっている情けない姿の父を、なんとか起こそうと引っ張っている自分のちいさな手が、目の前にユラユラとよみがえってくる。子供の力で父が起きあがれることはなくて、わたしも父もいつまでも途方に暮れていて。

実際の事故のときには、わたしはもうおおきくなり、進学していた。父は家ごと土砂で押し潰されたけれど、母と姉と弟は助かった。それぞれ町の外の職場や学校にいたから。

更田さんはなにも聞かなかった。

でもその顔に浮かんでるものを見て、この人は故郷の町にいい思い出がある人なのかなと思った。わたしとは、ちがって。寂しげだけども、どこか幸せそうでもあった。わたしにはわけのわからない表情と思えた。

と、話題を変えるように、

「趣味は?」

「……映画、好きなんです。子供のころから。学生のときは映研に入ってたの。みんなで撮ったりもしてて。そのころの友達は映画の会社に入ったりしてます」

「ほんと？　俺も好きだよ。えっ、どのへん？」

ただべつの話題にシフトしたかったはずが、本当に盛りあがってくる。

ぷっ。ほんとに学生時代みたいな会話だな。二十歳近く、歳がちがいそうなのにな。おじさんだし。

顔をひきつらせていたはずなのに、わたしはすぐににこにこし始めて、あれとか、これとか、あとねぇ、といつになく人懐っこく話しながら、更田さんが取りだしてかぶりついたおおきなおにぎりを凝視した。

一口齧(かじ)ったところから、茶色い……ジャガイモみたいなものが……。

「えっと、香港(ホンコン)映画なら、ジョニー・トーとか、パトリック・ヤウの監督作品が……」

「いいね。でもパトリック・ヤウ監督作品って、要するにジョニトーだよな」

「そうなんですか。あの、更田さん、それよりカレーの匂いがしませんか、ここ」

「これだろ」

おにぎりを指さしている。

得意そうな顔だ。子供っぽい。いや、大人げない。

「昨日作ったカレーの具だけ拾って入れた。カレーおにぎり！」

「えっ。野蛮な朝ごはんですねぇ」

「本能がつられる匂いだろ。ふっ」

「うーん。……お昼はカレーにしようかな」

すっ、と更田さんが目を逸らした。

壁時計を見上げる。つられてわたしも。

あっというまに、十五分、経っていた。始業時間だ。

○

土日だけ、わたしはわたし。

具体的には、友人と会ってごはんを食べたり、映画を観たり。部屋で一人、借りてきたDVDを楽しんだりしていた。社会人になってからできた友達はいまのところ一人もいなくて、だから学生時代の仲間が大事だった。だけど、だんだん過去の話が多くなってくる感じ。あのころ楽しかったよね、とか。

前につきあっていた男の子の近況を聞くのは、背後からの不意打ちのパンチみたいで、目眩がした。なんか結婚するみたいだよ、子供ができちゃったんだってさ、というのがいちばんおっきな目眩かな。

友人は細長い海老の春巻きを齧りながら、

「って、避妊しない男なわけ、あいつ？」

「えっ？……あー」

「なによ、あー、って」

「えっ、いや」

「カノ、いまエロい顔しましたけどー」

「やめてよぉ。あはっ」

ああ、あのころ妊娠してしまわなくてよかったな。と、ぼんやり考えた。わたしはなんていうか流されてしまう質で、そういうことも、気づくと相手に押されてなおざりになってることが多かった。だけどわたしは、社会人になってから奨学金をすこしずつ返してるありさまだし、子供なんて、とても。

なんてことを、その日。帰宅してから、友人以外にはどこの誰ともわからないようにと注意深くプロフィールを隠しているTwitterのアカウントで、ぽろっと零してみた。と、男にははっきりノーって言わないとだめだよ、という、友人たちと、よく知らない女の人たちからのもっともな正論の波をザバーッと被った。確かに、そのとおり……。みんなの言うとおりだな……。

こんなふうに、観た映画とか、食べたものとか、ふと思ったことをTwitterでぽろぽろと零すのは、そういえば週末が多い。平日は会社できちんとしたふりをしていて、そのことにちょっと疲れて、週末がくるのをただじーっと待ってるって感じかな。

あ、でも……！

といっても、土日以外にも、わたしがわたし、の時間がすこしだけあった。

朝の、十五分のことだ。ビル裏口の喫煙室でのひととき。

傍らにはいつもあの更田さんがいた。

「へんな柄の靴下、どこで買うんですか？」

「通販だけど？」

「えっ、通販？」

毎朝、買ってもらっている缶コーヒーを開けながら聞きかえすと、更田さんはなぜかびっくりしたように何度も瞬きして、

「夜中とかに、暇だなぁと思うと、探して。……ところで、柄、へんか？」

「はい、へんです」

おおきくうなずきながら、見下ろす。

普通のスーツと、普通の革靴。そのあいだに挟まっている薄いグリーンの靴下は、女の人のふくらはぎがびっしりと積まれてる柄だった。ご丁寧にも、切断面が赤い。わたしは真顔で相手を見上げて、

「へんで、素敵です」

更田さんが、一瞬の沈黙の後、すっと目を逸らした。

「……土日、なにしてたの？」

と、話題を変えられる。

あれっ、靴下の話はいやなのかな？

「土日？　えっと、映画を観にいってました。また学生のころのグループで。でも、だんだん集まりが悪くなってきちゃってて。……だって、みんな忙しいから」

「なに観たの？」

タイトルを言うと、ふぅん、と更田さんはうなずいた。更田さんも日曜は映画館に行っていたらしい。なに観たんですか、と聞くと、タイトルをつぶやく。

「へぇ……」

「近田さんは、観た後、友達と感想を言いあうわけ？　俺は一人で行くから、黙って帰ってくるけど」

「あれっ？　そういえば、最近は誰ともあんまり話さないかなぁ……。際限なく時間があるわけじゃないから、会ってるあいだはわぁわぁとほかの話をしてるかも。で、家に帰ってからTwitterを見て、なんだぁ、あの子はあの映画を観てそういうふうに感じてたんだぁってお互いにおどろいたり、そこで初めていろいろ言いあったりして。で、夜中に長いリプライの応酬になったりするの」

「Twitter？」

「あっ。やだっ」

と、わたしは口を押さえた。更田さんがふっと気づいて、横目でこっちを見る。唇の端でだけ苦く笑ってみせて、

「あっ？　なに？」

「えーっと。職場の人には言わずにやってるんです。でも、まっ、更田さんだからいいやっ」

「へぇ？　あれってさ、楽しいの？　アカウント名は、カノだからKANOとか？」

「うーん。そうだなぁ。どうだろう。あっ、しがらみがないところでやると、けっこう楽しいと思います。だって職場のぐちとかもばんばん言っちゃうもの。アカウント名は自分の名前じゃなくて、bizarreです」

胸を張って答える。

「ん？」

「えっ」

「近田さんは、いま、俺に言ってしまいました……。ははっ」

「あははっ。ふっ」

なんでか、おかしくなって明るく笑いだしてしまった。相手の目がすこしずつ細くなっていって、目の下に深いしわが、二本、三本と増えながら浮かんでいくのを、声を出して笑いながらじぃっと見ていた。

そんなふうに、朝の十五分だけ、たわいのないおしゃべりを続ける。

ふっ、と更田さんが壁時計を見上げる。そのタイミングはいつも正確で、体内時計がよっぽど優秀なのだろうか、必ず始業時間ぴったりなのだった。

でも……。そうして職場のフロアに上がってからは、まるで部室みたいな、歳の離れた友人のような、おかしな親密な空気はどこかに飛んでいってしまって、まったく目も合わせないし、わたしたちは互いに会話もなにもしなかった。仕事が終わった後も、飲みに行ったりごはんを食べたりすることもないし。週末も、きっとどちらも映画を観に行っているはずだし、だんだん、じつは同じ日に同じ映画館に行っていたと、月曜の朝の会話で判明したりすることが増えてきたけれど、だからといって、こんど一緒に行こうと言われることもなかった。本当に平日の朝だけのつきあいなのだ。

だけどこの時間のおかげでか、新しい職場でもうまくやっていけるようになってきていた。朝、あぁ、会社に行きたくない、とはもう思わなかったし、この十五分でチャージされた不思議な元気が、すくなくともお昼過ぎぐらいまでは続くのだ。

Twitterで、朝だけ仲良く話す上司がいる、と漏らすと、みんな、女性の上司と勘違いして、いいじゃない、それって楽しそう、と乗ってくれた。いや、おじさんだと言ってしまったら、ばか、気をつけなとか、カノのことを好きなんじゃないのとかって、へんな感じになりそうなので、そこは黙ってることにした。

更田さんという存在が、いつのまにかとくべつ気に入っていたけれど、かといって異性だからという感じでもない気がしたし、第一、歳も離れてるし、それに奥さんも子供もいるんだろうし。

なんとなくなりゆきで女という設定になってしまったので、靴下のことは言えなくなったけど、でも面白い具のおにぎりのことは、友人たちから楽しみにされるいつもの話題になった。「今日は、具はなんだったの?」と聞かれて、昼休みに自分のデスクで、一人ぼっちで、持参した冷たいお弁当をつつきながら、「やけにでっかいなと思ったら、中からロールキャベツが。ほら、コンビニのおでんに入ってるようなの」「えっ!」「キャベツが嚙(か)みきれないって四苦八苦してたの。で、わたしが、零れてくる米粒を手のひらで受け止める助手に」「その上司さん、えーっ、四十歳過ぎてるんだよね……?」「うん。わたし、あの人好きだな……」そこまで書いて、左手に持っていた携帯電話を、コトッと置いた。右手にはプラスチックの弁当箱とセットのお箸。気づかれないように、そーっと振りむくと、更田さんも隣の部署のデスクで、家から持ってきたお弁当か、それとも買ってきたなにかなのかはわからないけど、とにかくお昼ごはんを食べていた。つけっぱなしのパソコンの画面を眺めながらで、しかもなにが楽しいんだかにやにや笑いをし始めていて、幸い、こちらの視線には気づかない。……あ、でもそういえば、あの最初の日以来、職場で更田さんがこっちを見ていることは一度もないな。

わたしは更田さんから目を逸らすと、携帯電話の光る画面にまた視線をゆっくりと落とした。

いろんな人からの返事がまたきている。

わたしだけじゃなく、みんな、わたしが語る更田さんに対して好意的だった。友人たちは、さいきんカノが元気そうで安心だよ、とも言うし。

そう言われると、わたしもくすくすと笑顔になる。


朝の十五分だけのつきあいが平和に続いて、半年経った。

そのあいだの変化というと、わたし自身にはとくになんにもなくて、その代わり友人たちが、急に関西に転勤になったり、転職して上海（シャンハイ）に旅立ってしまったり、はっきり断らなきゃだめよと言ってた子が、予定外の妊娠をしてそのまま結婚することになったり。だから、おめでとうの会とか、壮行会みたいなのがすごく多くて、周りの変化がめまぐるしくて、目を白黒させるばかりだった。

距離的には近くに住んでいるはずの子たちも、それぞれの仕事で華やかに忙しかったり、社会人になってからのオトナっぽい人間関係があったりで、なんとなく、そろそろ本格的にみんなに置いていかれつつあるような、そんな感じも、してて。

で、珍しくそんな変化を祝う会のひとつもない、ぽっかり予定の空いた春の週末。わたしは夕方、部屋にいて、のんびりＤＶＤを鑑賞している途中で、眠ってしまって。

夢を見た。

昔、住んでいたあの小さな町の。山陰地方の。土砂崩れで夢のそのまた向こうに消えてしまったはずの。

どこか、不気味な夢だった。

わたしは小さな子供にもどっていて、また母に頼まれて、父を捜しにあちこち歩いている。家の裏手の、舗装されてない細い農道で父をみつける。体育座りして、膝のあいだに頭を差しこんで。首が折れてるのかと思うぐらいの角度で曲がっていて、首の後ろまで酔っていて赤黒い。わたしは手を伸ばして、だらんとした太い腕を引っ張る。でも酔った男と、眠った赤子は、重量を増すし。父はぜんっぜん動かないし。わたしも、一人ではうちに帰れなくて。

鈍い音がして、振りむくと、山の向こうから土砂がやってくるところだった。空から現れたような唐突さで。わたしはあわてて父の手をもっと引っ張る。

「おっ、おとうさんっ……」

「カノ……」

「逃げようっ！」

「なんで？」

「えっ。なんでって、だって、おかあさんが、おとうさんのこと捜してきてって。それにこの町はもうすぐなくなっちゃうんだよぉ！」

「いいよぉ、俺は」

「よくないっ。ちょっ、おとうさ……」

「生まれた町だし」

「でもっ。おとうさんっ。……生まれた町と、死ぬ町は、ちがうしっ」

「……あれ、近田さん？」

「えっ。あーっ！」

顔を上げた父を見て、わたしはびっくりする。

夢だから、その顔がいつのまにか更田さんに変わってるのだ。その場にしゃがんで覗(のぞ)きこむと、髭剃りローションの匂いが、ぷん、とする。あぁ、これ！　そうか、父が使ってたものと同じ匂いだったんだ……。あのとき懐かしいと感じたのは……。

子供バージョンのわたしは、唖然として更田さんの顔をみつめる。やだなぁ、そういや年齢も父が亡くなったときと同じぐらいだし……。

　土砂がどんどん近づいてくる。

　空から生えるように音を立てて増えてくる。

　更田さんの顔が、いつのまにかまた父のものにもどっている。

　力なく手を離した。父の頭はまた膝のあいだにガックリとうなだれて隠れてしまって。

　そしてわたしは地面を蹴って、走りだす。

　父を置いて。

　地面に。

　酔って動けない肉親を、置いて。

　だって、生きていたいから。

　この先に……。未来に、行きたいから。

　一人ででも。

　だから。

　走る。

　自分の足が、赤いスニーカーを履いた小さな子供のものから、だんだんおおきくなっていって、茶色いローファーを履いた女学生のものになって、それから、クリーム色の地味なヒールと肌色のストッキングの、いまのものになって。ヒールの細いかかとが土にめりこんで、いまにも折れそうにきしんで。それでも、よろめいて走って……。

ずっとずっと先に、友人たちの華やかな背中が見えて。羽でも生えてるかのように自由で楽しそうな、才能と勇気のあるあの女の人たちの、眩しい背中が。

でも背後からは、土砂も。わたしは混乱してしまって……。

叫んで、目が覚めた。

寝汗でびっしょりだった。こんなに魘(うな)されたのは、転職した初日のあの明け方以来だな。

わたしは起きあがって、壁にもたれてしばらくじっとしていた。

夢に更田さんが出てくるなんておかしなことだ、と思った。しかも、父の役みたいな感じなんて。本人には……なんだかいやだろうから、言わないでおこうかな。

○

四月になった。同じ部署に配属されてきた男性から、デートに誘われた。

二十九歳で、都内に実家があって、次男。顔立ちも整っているし、第一、感じのいい人だった。すこしだけ迷って、昼休みにTwitterでそのことを漏らしたら、友人たちがみんなして、行け行け、絶対、と大合唱する。それは、そうだよね。結局、金曜に食事に行く約束をした。

会社帰りに落ち合って、一緒に洒落たレストランに。こういうのって、そういえば久しぶりだ。会話も滞りなく弾んで、やがて趣味を聞かれたとき、えっと、映画……と、急につっかえて答えた。

へぇ、女の人はやっぱりラブロマンスものが好きなのかな、僕は男だから、アクションも入ってるのが好きだけど、と言われたので、えぇ、そうなんですよとうなずいた。本当は血みどろの香港ノワールとか、韓国のホラーとか、つまりすこぶるオトコ受けの悪いものが好きなんだとは、いきなりは言いづらいし、それにきっと、それってむりに言わなくてもいいことだし。ごく普通の大人になっていく道は、ここだな、こっちに行けばいいんだ、と思いながら。

帰り路、結婚を前提に交際してほしい、といかにも生真面目そうに言われて、急だなぁ、とも思ったけれど、わたしももう二十代の半ばを過ぎているし、異存はまったくないから、にっこりとうなずいた。すると相手はほっとしたように笑ってから、性急に抱き寄せてきた。腕がやけにひょろ長い。わたしは目をキョロッと開けたままで、なんだか笑ってしまいそうになるのを堪えていた。

顎に指がきたな、と思ったら、軽くキスされていた。えっ、一回目のデートでそこまではしすぎ、とあわてたけど、もとから流される質だからか、抵抗しなかった。満足したような顔で両手を振っている彼と別れて、駅の改札を抜け、それからホームの隅にある椅子にぼけーっと腰かけた。初デート終わって帰るところだよ、別れ際にキスされちゃった、とTwitterに送信した。あらっ、で、どうなのよ、と友人の一人に聞かれて、さて……。

いったいなんて返事しようかな、さて、さて、どうなんだろう、でも、少なくとも悪いことじゃないみたいだしな、とぼんやり顔を上げたとき、ホームをこっちに向かってぶらぶら歩いてくる更田さんを、目が勝手にみつけた。珍しく携帯電話をいじくりながらで、わたしがいるのにも気づかない。

じっとその姿を見た。

朝、会うときよりもずっとくたびれた印象で、スーツがよれっとしていて、髭もすこし伸びている。おおきな目は、幾度も瞬きしていて、なにかに戸惑ってるような、でも眠そうな、えぇと、つまりよくわからない感じで。

こっちには気づかないまま通り過ぎちゃうんだろうな、でも、まぁいいや、とぼんやり眺めていたら、更田さんはなぜか、こちらをちらりとも見ないままで、隣の椅子にどすんっと乱暴に腰かけてきた。

おどろいて横顔を見ていると、携帯電話を仕舞いながら、

「俺と、飲みに行こうか」

「……えっ？」

心底、おどろいて、わたしは聞きかえした。

更田さんは不安そうに目を左右に泳がせている。いつものように悠然としていないせいか、なんだか正体不明の怪しい中年男と見えた。

「いいから！」

「はぁ？」

「話が、あるから！」

あんまり急なことで、携帯電話越しに友人たちに相談する時間もなかった。気づいたら、更田さんと渋すぎる飲み屋さんのカウンターで隣りあっていて、困って、うつむいたまま自分の指だけを一生懸命睨(にら)んでいるばかりだった。

「好きだ」

と、低くて重いあの声で、強引に繰りかえされるのが、もう三回目で。

わたしはようやくすこしだけ顔を上げて、

「えっと、でもぉ」

「でもぉ？」

「その。奥さんとか、子供、とか？」

「独身だよ！」

「えーっ」

わたしの上げる細い声に、更田さんはおどろいたように瞬きした。

「じゃ、ずっと、所帯持ちだと思って話してたのか。自分でおにぎりを握ってくる男を？」

「あ！　ほんと、ですね……。すみません……」

「いったいなんのつもりだったわけ？」

「えっと。その。毎朝、仲良くしてくれてうれしいなぁって。こう、部室で会う、友達みたいな……。男女とか、あんまり、こう、関係なく……。趣味とか、暇とかで、繫がれてる、仲間っていうか……」

口にしてみると、なんでだろう、今日の今日まで当然だと思いこんでいたことが、どうもばかっぽく聞こえて、どんどん声が小さくなっていった。ちらっ、と更田さんを見ると、焼酎のストレートが入ったグラスをぎゅっと握って、あきれたような、でも好意も隠さず見えてるような、複雑でよくわからない表情でもってこっちをじっとりと見下ろしていた。

「あの、ほんと、すみませんでした……」

「あのさぁ。好きでもない相手に、わざわざ、毎朝、このくそ忙しいのに、時間さかねえだろ。コーヒーおごったり、話したり。早起きしたりさぁ」

「早起き？」

更田さんは舌打ちして、

「……人事から履歴書見せてもらったから。住所から最寄駅もわかるし」

「あれ、手の込んだナンパだったんですか？　まさか！」

「どうして、まさか、なんだよ！」

「だって、その……。歳が……。それに、結婚してる男の人なんだって、ずっと……」

と、言い訳すればするほど、わたしはほんとにばかみたいな感じだった。

うつむいて、また自分のつまんない指を眺め尽くして困りきっていると、更田さんが急にがっしりした手をこっちに伸ばしてきた。わたしの右手を痛いほど強く摑(つか)んで、自分のほうに引き寄せる。

「えっ？　なんですかっ？」

「簡単じゃないか。俺とつきあえばいいじゃないか」

「やですよっ。……あっ」

おおきな声で断ってから、自分でもはっとする。わたし、そんなにいやなのか、と。

更田さんは眉をひそめて、

「なんでだ？」

「だってっ！　歳がっ！　あまりにさきに死んじゃいそうですから」

「えっ？　それに、なにか問題が？　じゃ、あんなしなびたキュウリみたいな男のほうを？　自分でもピンときてないくせに、あっちを選ぶってのかよ？　ばっかじゃねぇのか！」

「ねぇ、更田さんは恋愛とかの話をしてるんですよね？　でも、わたし、今年でもう二十六歳なんですよ。だから、ピンとくるなんてことよりも、条件とか……。つり合いとか……。えっ？　あれっ？」

　なんとか反論を続けようとして、わたしは更田さんの分厚い手を振りほどくと、空中で両手をなにかの形にしながら揺らして……。

　ゆっくりと、気づいて、

「しなびたキュウリって？」

「あっ」

「っていうか、更田さん、今夜に限って、どうして飲みにって誘ってきたんですか？　もう半年以上も、毎朝一緒だったのに、それにじつは独身だったくせに、なんにも言ってこなかったくせに。……あっ、もしかして！　『Twitter？』」

　疑うようにこそっと覗きこむと、更田さんは目を伏せた。ちょっとだけドロボウじみたずるい笑みがよぎる。

「えーっ、信じられない！　勝手に履歴書は見るし、Twitterのアカウントは覗くし、そのくせ……毎朝、十五分、話すだけで……」

「……純愛だよ」

「キモチのワルイこと言わないでくださいっ」

「しゃがんで、石橋を叩き続けてたんだって」

「はぁっ？」

と、怒りだしたはずなのに、怒りのボルテージをしっかりと上げ切る前に、それをうまく抑えようとするように、また手を強く摑まれた。空中を蝶のようにひらひらと彷徨っていた両手をぐぅっと腿の上にまで下ろされる。

そのまま、手の甲越しに腿を撫でられる。

顔を上げる。

と、真剣すぎる顔がすぐそばにあった。もうこれまでみたいに視線を逸らさずに、こっちを睨むように見ている。半年も経って、ようやくか。このおじさん、いったいなんなんだろう。もうっ。

「なぁ、近田、さん……。カノ……」

「名前で呼ぶなっ」

「カノ！」

「もうっ」

「君はね、ほんとはすごくヘンな子なんだろ。職場では、平凡な、ごくごく量産型の女の子、つまり、仕事はそこそこだけど、いい奥さんにはなれるタイプですよってふりをしてるけど。だいたいbizarreって、奇怪な、とか、不調和すぎる、とか、グロテスクでコミカルな、って意味じゃねぇか。俺だって知ってるぞ。わざわざそんなおっかしな単語を選んで、仮想空間で、名乗ってさ」

「ちょっ……」

「なに？」

「土足で、入ってこないで、くださいっ」

「入るよ。好きなんだから。浮かねえ顔で初出社してきたあの朝から、ずっと」

「はぁっ？」

「君は、職場以外でもずっと建前の顔のままで生きていくつもりか？　恋人の前でさえも。結婚したら、家庭でも。そんなことできるか？　だって、生きてるんだぞ」

「あの……。もうっ……。いやっ……」

「カノ、君は俺と似あいだろ。だって俺となら平気でbizarreなままでいるじゃないか。毎朝、さ……。先週だってわざわざ日帰りで大阪の映画祭に行って、日本未公開で終わりそうなインドネシアの映画を観てきたくせにさ。今週だって……。明日なにを観るつもりって、あのキュウリみたいなやつに言ったか？　おい？　どうなんだよ、そういう話できるのか？」

わたしは更田さんに潰れそうなほど手をぎゅうっと握られたまま、助けを求めるように辺りをちらちら、ちらちらと見回した。

まくしたてる理屈で、口で、男の人に敵う気がしなかったから。昔からそうなのだ。そういえば父もそうだったなぁ。論破すると決めたら、けっして許してくれない大人で。

でもね、更田さん……。わたしは、わたしはね……。

こう、思ってるのだけれど。

更田さん、そんなことないの、わたしはbizarreな子なんかじゃなくてね、ほんとは、ヘンな子になりたいと願った、普通の女の子なのよって。学生時代にはわたしみたいな子が周りにもたくさんいてね、みんなで劇を演じるように、のびのびと、一般とはちがうセンスの女の子グループの役にひたってたの。

でも中にはときどき、ほんとにすごい子も交ざっててね、その子たちはね、卒業と同時に背中に羽を生やして、映画界で働いたり、上海に旅立っちゃったりとかしてるの。すごいよねぇ。まぁ、いいなぁってうらやましくは思うけど、でも、わたしは……。ちがうの。

ヘンな子のふりで、生きていけるのは、学生時代までだと思う。

アカウント名bizarreは、そのころの夢の幽霊かな。

職場にいたり、今夜、デートしてたごく普通のわたしのほうが、これからは本当のわたしになるの、って。

ねぇ、更田さん……。

そこまで好きになってくれて、うれしいけど……。まぁ、おじさんだから、びっくりはしたけど……。

「なんだよっ？」

「え、えっとねぇ……」

と、うながされて口を開いた割に、わたしは思ってることの三分の一も、やっぱり言えなかった。ひどくつっかえながら、わたしはちがう、平凡な女の子で、特別なことはなにもないの、いまでも週末、こっそり好きなタイプの映画を観てる時間は、夢みたいなもので、だから……。もう、こんな歳だし……。普通の結婚をして、安定した生活をしたいだけ、羽なんていらないし、と、もごもご話してる途中で、

「もう、なんでもいいって。行こう」

「……は？」

なんだか時間切れみたいな感じで、むりに遮られた。

店を出て、繋いだままの手をかなり強く引っ張られて、あの朝、最初に見た更田さんの靴下の柄にあった、綱で縛られた牛を思いだすような謎の息苦しさで、でもその苦しさにすこしずつべつのなにかも混ざってきてしまってるような。それが怖くて、嫌悪感も立ちのぼって。ちょっと、更田さん、どこに……。わたしはほんと、状況に流されちゃう質の女の人みたいで、それって、Twitterでも漏らしちゃってたことだけど……。でも……。さすがに……。

ついては、いかないから……。

ラブホテルのパネルの前で、更田さんが部屋を選んでるのを、まだ逃げる隙を探すように、いや、世間に後ろめたいのを隠したいだけみたいに、やけにきょときょとしながら後ろから眺めていた。

引っ張られて、エレベーターに乗る。

うぃん、と音。

照明が、暗い。この世の終わりみたい。

その照明の下で、優しく抱き寄せられて、朝の髭剃りローションの匂いがまだかすかに残ってるのを、ねぇ、更田さん、この香り、いやなんですよ、父が使ってたのと同じのみたいだから、だいたい、わたしたち、親子ぐらい、歳が……と、弱々しく文句を言いつつのるのを、

「……でも、本能が刺激される匂いだろ。ふっ」

「はい」

力なく、正直にうなずいた。

「そうみたいですね……」

暗くて赤い廊下をゆっくりと歩きだしたら、向こうから、情事を終えて帰るところらしいカップルがだらしなくよろめいてくるのとすれ違った。どちらも更田さんぐらいの年齢に見える。彼らとぶつからないようにと、肩を引き寄せられたとき、奈落に落ちていくような幸福な感じがして、わたしは更田さんの首に腕を回して、ぎゅっと抱きついて吐息をついた。

「まだ……。カノ、部屋に入ってから……」

「でも、更田さん……」

「なんだよ」

「我慢できません」

「若っ」

部屋に入ると、自然と腰からくっついて、それから、お腹(なか)……。胸……。と、服の上からへんな動物のようにぬめって一体化していった。お腹がほわっと柔らかくて、若くない肉の、腐ったような不思議な弾力がする。顔だけがまだ離れてる。見ると、更田さんは満足したような、競馬かなにかで勝ったような薄笑いを浮かべてこっちを見下ろしていた。

わたしは、本当にたわいもなかった。

だって、普通の、女の子なの。慎重になりすぎて、石橋を叩き続ける必要なんか、なかったの。くどくのなんて、じつに簡単な。計算してるくせに、流されやすくって。好きだって言われたら、のこのこついてきちゃって。そんな、ばかな……女の子だから……。

目を閉じる。

そして、わたしもドロボウみたいに笑う。

○

そういうわけで、自分からそうしようとしたわけでなく、なんとなく成り行きで、二人の男の人と会い続ける日々になってしまった。でも、友人たちに相談しようにも、もうTwitterには漏らせなくなったし、第一、おじさんなんていいから若いほうとうまくやんなよ、と言われるに決まっているし。

「どこに行きたい？　なに食べたい？」

と優しく聞かれながら、日曜の昼から、お洒落して都内のあちこちをデートしているのに、同じ週の金曜の夜から明け方までは、じつは更田さんのほうの部屋にずっといたりする。ごはんもそこそこに、床に根が生えてそうな年代物のシングルベッドでぐるぐる抱きあって、その後は、借りたTシャツとジャージ姿で、暗闇で寄り添ってDVDを観ていた。そのとき、ほんとに世界で更田さんと二人きりという気がして、わたしはたまらなかったし、もうやめようと思っても、どうも離れられなかった。

そうやってどっちの男の人とも会い続けてることを、更田さんは知ってるけど、もう一人のほうは知らなかった。わたしのことを、奥手な、家庭的な、善良な、更田さん曰く量産型の女の子だと思っているらしくて。更田さんには「って、でもそのとおりだもの！」と笑って反論していたけど、内心では、でも、ほんっとにそんな女の子、いるのかな、この世に一人でも存在したことあるのかなぁ、と考えてもいた。なんだかよくわかんないけどね……。

一月とちょっと経って。

更田さんがベッドの中で、寝転んだままシーツに片肘をついて、一月とちょっとぶりに真剣な、怖い顔をしてわたしを見下ろして、

「そろそろ決めろよな」

「は？」

「は、じゃねぇよ。もういい加減どっちかにしろ。こんなに待ったぞ」

「こんなにって……？」

ゆっくりと朝がやってくるのを、窓の外に感じながら、わたしはあの髭剃りローションの残り香がこもる布団からのっそりと顔を出して、

「じゃ、更田さんは結婚してくれる？」

「……えっ！　いや、どうだろうなぁ？」

「どっち？　こんなに待ったのに。ふふっ」

「こんなにって……？　だいたいまだ一か月しか付き合ってないしなぁ」

「独身主義者なの？」

「……カノは、でも、もう怖くないのか？」

えっ、怖いっていったいなにが、とわたしは首をかしげた。

はっと、更田さんの顔を盗み見る。

なんだかずいぶん遠くを振りかえってるような表情を浮かべていた。距離だけじゃなくて、時間もとても遠い感じ。

わたしたちはあのことをあれきり一度も話してない。そういえば。どっちも注意深く避けてるみたいで。

生まれた町のことを。

いまはもうない。なんのへんてつもないあの田舎町（いなかまち）。

わたしは、でも……。

怖く、なかった。

だって、生まれた町と死ぬ町はちがうし。生きて、いきたいから。未来に向かっていきたいから。だから。

って、そんなことも、注意深く避けて、二人ともずっと話さなくて。

この日だってそうだった。窓の外ではもう新しい土曜日の朝が始まっていて。そうやって時間はどんどん経っていくばかりで。

「で、どっちが好きなの？」

「へっ？　えっ？　それを聞く？」

ある土曜の、夜。

本当に久しぶりに、学生時代の友人たちとワイワイ集まった。関西に転勤してしまった子が上京してきたので、ここぞとばかりに連絡を取り合ったのだ。

Twitterですっかり静かになったわたしのことを、みんな密（ひそ）かに不審がっていたらしい。聞かれて、最初から順に説明していくと、あのおにぎりの上司が男で、好きで、あの後、なし崩しにそういうことになって、頭の中がいま交通渋滞になっているという内

容に、男の子たちが一斉に、

「怖（こえ）ェ！」

「近田ちゃんっ、やめてぇ、その話っ」

「ん？　なにが？　なんで？」

「ってさぁ、近田ちゃんみたいな、ぼけっとしてて、純情そうな、えぇと、天然っぽいっていうか、そういうおとなしいオンナのことだけは、世知辛いこの世でも唯一信用できる存在だと思ってたんだよ。なのにつらっとして二股かよ？」

「ちがうよぉ、つらっとなんてしてないっ」

と、首を振る。

てっきり、男の子にも女の子にも、早くおじさんのほうと別れな、で、若いほうと幸せな結婚をしなよ、とお説教されるものだと覚悟してきたのに、男の子はいやがるばっかりだし、女の子はというと、なぜかみんなして同じことを聞くのだった。

「で、どっちが好きなの？」

と。

「いや、でも、好きよりもさ。わたし、結婚したいの。わかるでしょ？　だから、やっぱり……。うーん、更田さんとは別れるべき、だよ、ね……？」

と、いやいや言うと、一人がおどろいたように目をぱちくりさせて、

「でも、聞いた感じ、そのおじさんのことを好きなんじゃない？　Twitterでも、好きかも、会いたい、大好きってよく言ってたじゃないの！　それにしても、カノもファザコンだったとはねぇ！　まっ、とにかく、いまはただ好きな人と一緒にいればいいんじゃないの？　幸せってそれでしょ！」

「それはっ、だけどっ、短期的な話でっ……」

「まったく！　男と女に、ほかになにがあんのさ。カノ。ねぇ？　素直になんなよ？」

わたしは、そんな無責任なことを平気で言える友人の顔を、まじまじと眺めた。

もう何年も見慣れてるはずの、仲良しだったはずの女の子が、急に見知らぬ相手と、それも遥か年上の女の人と見えてくる。卒業したら、背中に羽を生やして飛んでいった子。好きなことを仕事に選んで、学生時代のファッションはもう影も形もなくて、まるで化粧っ気のないのっぺりした顔の真ん中で二つの目だけがぎらぎら光っている。お酒じゃなくて、人生に、希望に、野心に酔っぱらってるみたい。

早く結婚できなきゃ、不安なんです、なんてつまんない話は、もう聞いてはくれないのかな。

と、男の子が会話を遮って、

「どっちでもいいけど、二股はやめて。近田ちゃん。ほんと、やめてよっ。怖いからっ」

「ん——……？」

「だからぁ、あんたはどっちが好きなの、って！　そこでしょ！」

女の子がまた、わたしの顔を人差し指でさして聞いてくる。

そんなこと、言われても。

わたしは黙ってしまう。

◯

でも、そんなふうに考えている時間は、じつはもうほとんど残されていなかったのだった。

いや、七年もあったって言い方も、できるけど……。

そのつぎの週。わたしはいつも通り、金曜の夜を更田さんの部屋で過ごして、明け方もぞもぞと起きだして、帰ろうと思って……でも、また眠ってしまった。起きたらもう朝と昼の中間ぐらいの時間で、床にぺたんと座ったまま、更田さんの握ってくれたへんなおにぎりを食べた。そのまま、どちらもなにも言わずに、ずっと一緒にいて、土曜の夜も泊まって、するとやがて日曜にまでなってしまった。わたしはもう一人の人に、体調がよくなくて今日は逢(あ)えない、とメールした。で、更田さんとぎゅっと手を繋いで出かけた。

くすんだ場末感漂う、下町の映画館。かかってる作品によっては、前からよく来る。

更田さんと一緒に映画館に入るのはもちろん初めてで、どっちも黙ってるけど、でもへんな感じ、なにかがまちがってるような感じが、ずっとしていた気もするし。

昔の任侠(にんきょう)映画。その映画館ではなぜか袋入りのクロワッサンしか売ってないので、一人一つずつ買って齧りながらぼけっとスクリーンを見上げていた。二本立てのを両方観て、黙って外に出ると、もう夕方で。

すこしだけ肌寒かった。

ちゃんと話すのはこれで最後だとわかっていたら、もっとなにか内容のあることを話したかもしれないけど。でも実際は、さっきのどうだった、とか、腹減ったな、なに食べようかねぇ、とか、いかにも取りとめのない会話ばっかりだった。

そのとき。

映画の中から二人を追いかけてきたような、非日常的なことがとつぜん起こった。

ひゅうん、と軽い音がして、わたしたちは同時に振りむいた。

——運ばれた救急病院から、専門の病棟へ。

警察の人たちがきたけれど、更田さんは話せないので、わたしが状況を説明することになってしまう。

といっても、言えることはほとんどなかった。やくざの事務所とかがところどころの雑居ビルに入ってる地域、というのは、そういえば知ってたけど、わたしたちとはまるで関係ないことだと思ってたし。たまたま彼らの中でなにかがあって、笑ってしまうほど唐突で映画的な撃ちあいの真ん中にわたしたちが立ってしまってたらしい、としか。なにかの音を聞いて振りむいたら、隣の人が倒れました。後のことはぜんぜんわかりません、薄暗かったし、人がたくさんきて、もうわけがわからなくなってしまって、と繰りかえすばかりだった。

二人してそういう映画を観すぎてたから、現実でも引き寄せてしまったのかな、と両手を胸の前で合わせてもそもそと動かしながら、ばかなことを考えた。

更田さんはまず頭のどこかを弾がかすっていて、脊椎と、それと内臓のあちこちにも深く傷がついていて、絶対安静どころか、意識もときどきしかもどらないし、混濁してしまっているとのことだった。

その夜、帰る前に病室に入れてもらった。

枕元に顔を寄せて、おそるおそる話しかけると、しばらくしてうっすらと目を開けて、

「カノは……大丈夫か？」

「うん」

「いま……。俺、遠くにいたみたいだけど」

「は？」

「あのなぁ、小高い山が三つあって、真ん中のがいちばん低くて。下のほうに段々畑が見えて。うねって続いてる。真ん中の山から続く太い道があって、それが蛇みたいに白く長くて、俺が立っている足元まで。みんな、いたぞ」

「みんな？」

「うん、そう」

「夢を、見てたのね？」

わたしはぞーっとして聞いた。更田さんは包帯を巻かれた頭をこちらに向けて、不思議そうに聞きかえしてくる。

「えっ？　夢かな？　あれ？」

「でしょ！　ここ、病院だし！」

わたしはそう言い置いて、急いで帰宅した。

自分のほうはどこも怪我(けが)をしていないので、月曜だけ体調不良だと会社を休んだけれど、火曜からまた出社した。隣の課の人の事件についてはみんなもう知っていたけれど、そのときわたしが一緒にいたということは伏せられていて、助かった。

面会謝絶ではあったけれど、毎日様子を見に行った。

二度目に行ったとき、更田さんは薬を投与されて、ベッドから数センチ浮かびあがっているような不思議さで、眠っていた。

そして三度目のときは、呼びかけるとゆっくり目を開けて、

「……また、夢を見てたよ」

「ねぇ。やめてよ、その話……！」

気にせず続ける。楽しそうな口調で、

「あの山からの一本道を、山に背を向けて、歩いたんだ。なだらかな下り坂でさ、右側にはきれいな黄緑色の梨畑があったなぁ。左は、なにかの畑だった。あぁ、葱かな。たぶんそうだよ。やがて十字路に出ると、車の通りが急に多くなる。角に、かわいい丸屋根の郵便局があって、反対側には小さなスーパーが。カレールーのポスターが音を立てて風に揺れてる。なにか買おうかと思って、入ったけど、店員も誰もいなくて。あれっ、と思って人を探してたら……。カノに、起こされちゃった」

「もうっ、ほんと、やめてったら！」

わたしは思わず叫んだ。

ケガ人がおどろいたようにこっちを見たので、あわてて謝る。

ねぇ、早くよくなってよね、と言い置いて、でも逃げるように病室から出ていくわたしの様子を、入れ替わりに入ってきた看護師さんが不審そうに目で追うのがわかった。

四度目に顔を出した夕方には、病室にちょうど主治医がいた。怯(おび)えながら入ってきて腰かけるわたしに、おや、どうかしましたか、と聞いてくる。

「先生、あのぅ」

「はい?」

「その、彼から、夢の話をされるんですけど」

「あぁ、あの話?」

医師は軽く笑った。

「ぼくらにもしますよ。看護師たちにもよくしてるみたいで。どうやらずっと同じ場所の夢を見ているようですねぇ」

「夢というか、その」

わたしは本人が眠っているのを横目で確かめてから、医師に話した。

実在する場所をおどろくほどリアルに再現しちゃってるように聞こえる、と。相手はうなずきながら聞いてくれていたけれど、

「更田さんは脳に特殊な損傷を受けていまして。そのような追想状態になっているということは、そのせいか、もしくは薬物投与の影響もあるかもしれませんね」

「追想状態って?」

「脳には、普段は忘れているような遠い記憶の膨大なデータベースが存在すると言われ

ています。人間はなんらかのきっかけで、それを生き生きと思いだすことがあるんです。たとえば激しい興奮状態の一種としての強制追想や、重度のアルコール依存症によるものや、いろいろ。今回の場合は、側頭葉についてしまった傷と関係あるのだと推測されますが。……しかし、そんなにリアルな追想なんですか？」

「ええ。聞いてると、ほんとに、その町に……自分までむりやり吸いこまれていきそうで」

こわごわとつぶやく。

「あなたも知っている町？」

「はい」

と、うなずいて、すごくちいさく、

「同郷なんです」

いまはもうない町です……。

七年も前に、消えた町です。

と、声に出さずに続ける。

まさかそれがいまごろ蘇ってくるなんて。それも、好きになった男の人の頭の中に。

もしも脳に使える特注の消しゴムがあるなら、入っていって全部消してしまいたいと思った。

それはおどろくほど激しい感情だった。わたしにしては。

だって。

わたしは、生きていきたいから。未来に、歩いていきたいんだから。

つぎの日。金曜日の夜。

つい先週までは、彼の部屋で二人きりで過ごしていたはずの時間。

病室に顔を出して、じっと座って考えていた。しばらくすると、もう眠ってしまってると思った更田さんがふっと目を醒(さ)ました。枕元にいるわたしに気づくと、薄くにっこりした。そしてまた夢を見てるようにへんに恍惚(こうこつ)としたままで、

「今日は、学校があった。試しに入ってみたよ」

「そ、そう……なの……？」

「制服を着て授業を受けてた。放課後、窓から見る夕日が、田圃(たんぼ)の向こうに消えていくのをちょうど見てた。遠くに古い松が二本立ってて、その間にすっぽりと夕日が落ちてく」

「知ってる……」

「夕方、学校のすぐそばにある無人駅に一両編成の赤い電車が入ってきた。ペンキがだいぶ剝げてる。町の外から、大人がたくさん帰ってくる時間。兼業農家のおじさんたちやパートのおばさんたちだよ。それでさぁ、片足を軽く引きずってる、割ときれいなお

ばさんが降りてきたんだよ。そう、そのおばさんがカノとよく似ててさ」

「やめてよーっ！」

「……えっ？　どうして？　カノ？」

「ど、どうしてって……。その……」

わたしは唇を噛んだ。

ケガ人だからか、以前はしなかった傷ついた小動物のような弱い表情を浮かべて、不安そうに見上げてくる彼に、震え声で聞く。

「そのおばさんって、もしかして、髪、長かった？」

「おぅ！　なんでわかったの？　腰までありそうだったよ！　ぎゅっと結んでたけど」

「足を引きずってて、髪が腰までの長さで、わたしと顔がよく似てるおばさんに、会ったの？」

「うん。……カノ、なに？」

「それは……。あのね、それは……」

わたしのお母さんよ？

あれからはずっと隣町で暮らしてるけど。いまは弟と、弟の奥さんと、孫と四人暮らし。

その母に、早く、わたしも結婚することになったのって言いたいの。安心、させたくて。

更田さん、なのに……。

あなたはいまいったいどこにいるわけ？　いつにいるわけ？

幽霊になったように過去の時間を彷徨ってるの？　そんなにも弱々しく微笑みながら？

「このままずっとあそこにいたいなぁ」

と、彼がしみじみと、幸福そうにつぶやいた。

「やめてよっ、もう！」

「だって、俺はもういいんだよ」

「なんにもよくないでしょっ。もうっ、いい加減にしてっ」

わたしはちいさく叫んだ。

頭の中に、ふいに、またもや子供にもどった自分が、山から続く一本道の真ん中にだらしなくしゃがみこんだまま動かない大人の男の人の腕を、無駄と知りつつ、必死で引っ張っているところが浮かんだ。山の向こうから、あぁ、土砂が。轟音とともに、また。ここにいたら、危ないでしょ、町はもうなくなっちゃうのよ、と訴えながら、だらんとしてる太い腕を引っ張るけど、しゃがみこんだ男の人のほうは……。

更田さんは……。まるで動かない。

スニーカーを履いたわたしのちいさな足が、地団駄を踏む。

「更田さんっ」

と。

「もうっ、ここから逃げようよっ」

と。

でも、つい先週、このままずっと一緒にいたいなぁと思ったばかりのこの男の人は、動こうとしない。

わたしはカッとなった。

だらしなく微笑んで、天井を見上げたまま、また過去の眠りの中に落ちていこうとするわけのわからない恋人の喉元に、両手のひらを強く押し当てて、

「やめてよねっ、もうっ」

と叫んだ。

「いい加減にしてよっ。結婚してくれるんじゃなかったのっ」

強く首を絞める。

「わたしを、助けてくれるんじゃ、なかったの……」

悔しくて、涙が流れた。

……看護師さんと男性のお医者さんが飛びこんできて、わたしは更田さんからむりや

り引きはがされた。暴れてるところを、廊下まで押しだされて、わたしは、わたしは、悪くないのに、いけないのは、更田さんと、父と、それと、あの日きた、台風と……。それと、それと……。わたしじゃ、なくて……その……。

よろめいて廊下を歩いて、壁にぶつかって、額も切れて血が流れて、お医者さんに肩を抱かれてなだめられて、わたしはそこで、ここまで抑えに抑えていた、転職前の失敗を二度とするまいと固く決めていた、感情を爆発させることを、またしてしまったのだった。薄暗い廊下から、看護師さんの詰所の横のベンチにまで連れていかれて、毛布で包まれて、額の傷を手当てされて、そこで、優しすぎるお医者さんや看護師さんに、わたしが生まれた町の名前と、更田さんもそこの出身なことと、忘れて前向きに生きて、世間並みに普通に結婚して生きていきたいと思ってることと、なのに彼に邪魔されてるような愛されてるような、彼が過去からの不気味な使者みたいな、つまり、つまり、もうわけがわからないことと、それと、たったいまも彼が強制追想ってのをしてるのが、過去の、故郷の町……いまはもうない、七年前に消えた、山陰地方のそのちいさな町なのだと、それがすごくいやなのだと、泣いたりわめいたり頭をかきむしったりしながら、あまりにも無様にぶちまけた。

また、やってしまった。わたしって、ほんと……。

町の名前が、看護師さんやお医者さんをすごく静かにさせてしまった。あのころ派手に報道されたせいで、みんなが覚えてる地名だからかな。お医者さんが、そうだったんですか、それならどうか、あの患者さんを支えてあげてほしい、あなたがたは愛しあってるんだから、と静かに告げた。

彼が去ると、女性の看護師さんたちが、

「でも……」

と、立ち去った医師にこっそり反論するように、小声で、

「もう、こないほうがいいかも」

「そうね」

「近田さんが、もし友達だったら、むりするな、もうやめな、って言うかな」

「あなたがうちの娘だったらねぇ」

と、いつのまにいたのか、厳しい顔つきをした師長さんが、眉間に皺を寄せながら、

「あんな年上で、障害の残る、で、精神的にも一緒にいるのが辛い相手に、若い時間をむだに使いなさんなって、叱るわねぇ」

またただ。男の人と女の人で、ぜんぜんべつのことを言うし。もう。

わたしは毛布に包まれたまま、震えて、涙を拭きながら、で、いったいどうしたらいいんだろう、と考えていた。

病院を出ると、携帯電話にもう一人の人からのメールが届いていた。体調はどうですか、あさっての日曜はまた会えるかな、という質問だった。

わたしは携帯電話の画面を眺めてぼうーっとしていた。

それから、病室のある辺りをつめたく見上げた。

窓はどこも暗くて、それに同じ形の窓がたくさんありすぎるから、どの部屋で、いまも更田さんが失われた過去の幸福な追想の中を漂っているのかも、もうよくわからない。

わたしは丸太ん棒みたいに重い足をひきずり、ゆっくりと歩きだす。

普段は使わない駅の、慣れないホームにぽつんと立って、家に帰るための下り列車を待つ。帰宅ラッシュの時間は過ぎているはずなのに、ようやくやってきた電車はみっしりと混んでいる。

ドアの横に立って、壁にもたれる。

電車のドアが閉まる。ゆっくりと走りだす。

やがてカーブに差しかかる。

混んでいる電車の中には、明日に、未来に向かっていく人たちがたくさんひしめいている。もちろんわたしもその中の一人なのだ。あぁ、なんてささやかな人生なのだろう。

そのとき、隣の線路を、上り列車が音を立てて走り抜けていく。

こんな時間に、都心に、過去に、もどっていく人なんてもうほとんどいない。だから向こうはうらやましいほど空いている。わたしは目を凝らした。すれちがう上り列車の、ガラガラの、ほかに誰もいない車内のドアの前に、更田さんなのか父なのかわからない小柄な男の人が乗っていて、寂しげに笑いながら、こっちに向かって手を振っているような気がした。

わたしが震える腕を上げて、ぎこちなく手を振りかえそうと……しているうちに、ゴォォッと音を立てて、上り列車はあっというまに通り過ぎていく。そして後には過去の笑顔らしきものの残像だけが残る。

気づかぬうちに、涙が流れている。

さよなら、とわたしは過去につぶやく。

ねぇ、もう二度と追ってこないでね、わたしは幸せになるんだから、と。

ドアのガラスに映った青白い顔は、自分では泣いているつもりだったのに、またドロボウみたいに笑って見える。

A

わたくしについてのはなしをしよう。わたくし——Aがこのはなしをするための時間はあともう一瞬しかのこされていない。もうすぐ接続は切れわたくしは消える。わたくしは消える。わたくしは消える。

わたくしことAはかつて、この国のアイコンであった。とあるくだらぬにぎやかしのプロジェクトからうまれおちたAは、アイドルであり、夢の具現者であり、詐欺師であった。理想の少女のわかりやすい雛型（ひながた）であった。ひとの夢をおうことこそがわたくしの自己実現であり、そのときだけ命らしきものをもっていた。少女であるといううそをゆめとして実現することに、いつのまにやら、わたくしの満足はあった。

いうまでもなく、わたくしも、わたくしのあとをおうプロジェクトの仲間たちも、ほんとうの意味で〝少女〟であったことはいちどもない。

しかし、わたくしの時代はながくつづかなかった。ひとが〝少女のようなもの〟として存在できる時間は、あまりにみじかい。そして事件は二千六年の夏におこった。ネットから発生したくだらぬ実体のないスキャンダルにまみれ、わたくしという雛型は回復不可能によごされた。すでにその兆候は一年半前にあった。アイドルはつぎつぎひきずりおろされ、プロジェクトの責任者であった金髪の男はすばやくべつのプロジェクトにのりかえた。
すべてはおわった。そしてその二千六年夏以降、この極東のちいさな国に、にどと、アイドルはあらわれなかった。

それから、もう五十年。
わたくしはすでに老婆(ろうば)である。いまのわたくしにはさらに老いた夫がおり、ほかにはなにもない。

時はながれた。

——また、わたくしの時代がやってこようとは。

◇

「Aとは、何者ですか?」
苔(こけ)のような濃い緑色をした電子の海から顔を上げ、トレンド社企画課社員、五月雨(さみだれ)が

聞いた。傍らに立って苦虫を嚙み潰したような顔をしている上司、一文字が、

「いまから五十年前にスキャンダルで引退した、タレントだよ。少女の姿をした女優であり、歌手であり、司会者であり、ようするにすべてをこなす芸能人だ」

「それが、アイドルと呼ばれていたんですか？」

「そうだ。いまではもう誰も使わない言葉だがな。うちのじいさんに聞いてみたら、よく覚えていたよ。振り付けも覚えていた」

「振り付け？」

「アイドルが、歌う。その踊りにあわせて、聴衆も、踊る」

「……なんのことやら」

「さっぱりだがな。行くぞ」

一文字にせかされて、五月雨も立ち上がった。

——トレンド社は二千三十年代にこの国に参入してきた外資系の大手広告代理店である。現在では国内のシェアの三分の二を占める。ほとんどすべての広告は、故に消費は、この企業にコントロールされているといっても過言ではない。

巨大ビルディングは首都の夜空に西洋の剣のように煌めいてそびえたち、国内の消費はトレンド社の本社ビルによって上空から統治されている。ビルの地下に張り巡らされた地下室も増殖し続けている。

二人はビルの地下に潜り、運転手に行き先を告げるとエアカーのシートに深く腰かけた。

「問題は、消費の動向なんだ」

一文字がつぶやく。

「消費の動向？」

「そう。計算し尽くして隙のない広告を打っても、想定範囲の消費をコントロールできるだけで、想定外の大きな波は起こせなくなっている。だがかつてこの国には、化け物のような〝生きた広告塔〟がいた。〝彼女〟を中心に消費世界が踊る。男たちは彼女に近づくために使いもしないグッズを買いあさり、女たちは彼女が着ている服を、使う化粧品を、彼女がおもしろいといった本を買う」

「まさか。だって、相手は人間でしょう。しかもまだ子供だ」

「そう。だが、消費の女神でもあった。要するに、アイコンだったんだよ」

窓の外では、高層ビルディングの光とサーチライトが入り混じり、巨大ビジョンが極彩色の電子的な広告を流している。一文字はビジョンを指差して、

「あれに、映すんだ。生きたアイコンを。そして彼女に使わせた商品を、大量に売りさばく。この国を踊らせる」

「じゃ、綺麗な少女を選んで、かつてのアイドルのようにすると？」

「いや、それはおそらく、むりだ……」

一文字は首を振る。

「ここ数か月、わたしは芸能関係者に接触していた。だが二千六年以降、アイドルと呼ばれる少女タレントはただの一人も出現していないらしい」

「……………」

「もしかするとあの魅力は、過去の遺産。つまり一種のロストテクノロジーなのかもしれない」

「ロストテクノロジー……？」

「そう」

一文字はうなずいた。

そして、あれはある年齢の少女から少女へ受け継がれる一種の異形(いぎょう)の神のようなものではなかったか、と思う。実際に過去の彼女たちの分析データはそれを示しているようだった。一人のアイコンが華やかに生き、散った後には、すぐにべつのアイコンが現れる。少し前まではさえない二流のアイドルだったべつの少女がとつぜん輝きだし、玉座に座る。それはまるで、見えない力がある少女からある少女へ秘密裏に譲渡されるような光景だった。

しかし……。

「なぜかはわからない。二千一年に、父親が起こしたつまらん揉め事のせいで、アイコンになろうとしていたアイドルが事務所から干されて姿を消した後、二番手だったAがトップに立った。彼女の天下は二千六年まで続いた。そして、その年の夏にとあるスキャンダルが起き、消えた。それきりなぜか、この国にアイドルは二度と現れなくなった」

五月雨は反論した。

「ただ単に、時代遅れになったんですよ、きっと」

どうにもイメージが湧かない、と五月雨は首をかしげていた。彼が知るこの時代のこの国の女性たちはもっと強く、そして挑発的な生き物たちだった。

「いまの女性は、強い。かわいい女を演じようなんて最初から思っちゃいない。そんなことより、エロティックでいようと必死だ。アイドルなんて幻は、もういらないんですよ」

「……いや」

一文字は首を振った。

「もしかすると、ただ、その神のような力が、引退したAから離れていないからなのかもしれない。アイコンの神はまだ、Aとともにいる。だからアイドルがこの国から消えたのかもしれない」

「まさか……」

「会ってみよう。会えばわかる」

「でも、老女でしょう?」

「この仮説が正しければ、輝く老女だ。そしておそらくそれは〝かわいい〟という価値を持った、稀有(けう)な存在なのだろう」

「ばあさんが?」

「……とにかく、会ってみよう。それからだ。ボディはすぐ用意できる」

一文字がうなずいたとき、エアカーが静かに停止した。どぶ川の濁った臭いが車内にも侵食してきた。五月雨はあわてて窓の外に目を凝らした。

貧しい者たちがいまだに保つ、首都の裏手に広がる下町。韓国語やアラビア語、さまざまな言語の壊れかけた看板がひしめく、ごみごみとした町。

その、少し傾いたような黒ずんだ二十階建てのビルを指差し、一文字が「行くぞ」と言った……。

ビルの階段は、臭かった。酸っぱく、苦く、なんともいえない臭いが充満していた。五月雨は何度も吐きそうになり、咳(せ)きこんだ。そして、生ゴミが乾いたらしいカサカサした塵(ごみ)を踏みながら階段を上がった。

十二階の薄暗い廊下。便所の臭いが染みつく壁。そのいちばん奥を目指して、一文字が歩いていく。五月雨は仕方なく後をついていった。

真っ黒に塗られた、古い鉄の扉。古めかしいプラスティックのインターホンを押すと、しばらくして、扉が外に向かってゆっくりと、開いた。

臭いがきつくなる。ここに老人がいるのだとわかる。

黒い鉄の扉がゆっくりと、ギ、イ、ィ、ィ、ィ……と音を立てて開くと、とつぜん光がさした。

五月雨はそれに目を奪われた。

あっと叫んで鞄を取り落とした。

扉の向こうに、光があった。

白い、月の石が自然に発光するような、力強くやわらかい不思議な光。

目が慣れてくると、そこには大きな肘掛け椅子があり、その上に、痩せた女が一人座っているのに気づいた。

光は女から発されていた。二人は目を凝らした。

——老婆だった。

白い肌。痩せ細った、折れそうなからだ。そのからだを幾重にも覆う細かい皺。ぱっちりとした黒い瞳が、こちらを射貫くようにみつめていた。

光。

こっちを見ろと強制するような、しかしどこか優しい光。

青白く発光する存在――。

「本当に、いた」

一文字がつぶやいた。

「アイコンの神だ。これだ。やっぱり、まだAの中にいた。五十年ものあいだここに隠れていたんだ」

肘掛け椅子に腰かけた、かつてのこの国一のアイドル、いまでは老いたAは、射貫くような瞳で二人をみつめていた。そして、この二人の対照的な若者の心を確かに捉えたことを知ると、初めて、かすかに口元をほころばせて微笑(ほほえ)んでみせた。

まさに、王者の微笑。

輝きが増す。

二人はゆっくりとAに近づいた。Aは二人を見上げて微笑みを浮かべ続けている。魔法が……。

その魔法が解けたのは、二人が、部屋の奥にある大きなベッドに気づいたからだった。

そこには、様々な電子機器に繋(つな)がれた老いた男が一人、苦しげな様子で眠っていた。

「夫は、骨をがん細胞に冒されています」

Aは老女に特有の少ししゃがれた声で、告げた。一文字と五月雨はうなずいていた。Aの身の上については資料がある。両親も妹もすでに他界しており、他に身寄りはおらず、Aにはこの、病に臥せる夫が一人いるきりだった。

そしてAがこの古いビルに住んでいるのも、身なりに構わない様子——古ぼけたセーターとスカート姿だった——なのも、夫の治療費が莫大なせいなのだ。

「わたくしはこの人に支えられ、長い余生を過ごしてきました。二十歳から始まった、この長い長い余生を。だからせめて、夫に贈りたいのです。苦しみの少ない死を」

Aはそうつぶやいた。

「わが社と契約していただければ、ご主人を専門の病院に移し、完全看護のもとで治療いたします」

一文字が言う。Aは年齢相応の考え深げな様子をして、しばらく物思いにふけっていた。一文字はたたみかけるように、システムの概要を早口で説明する。

「わたしたちは、あなたの肉体を商品として専属でレンタルします。あなたのすべての行動、細かな動きや言葉、些細なしぐさ一つまでを拾い取り、奪い、あなたと、電磁信号によって〝接続される〟美しい少女の肉体に送り続ける。少女はあなたの動きを取り入れ、あなたとして行動する。その結果、あなたの稀有な才能、いわば〝アイコンの神〟は、わたしたちが用意した少女に、電子の粉となって降り注ぐように送りこまれる。わたしたちはその少女に、様々な商品の広告塔として行動させます。わたしたちが売りたい商品を使わせる。……うまくいけば、消費の女神が、五十年ぶりに復活する」

「アイコンの神、ですって……？」

老女、Ａは笑った。

白い肌に浮かんだ皺が、儚(はかな)い白い波のようにうごめいた。漆黒の瞳にはなんの表情も浮かんでいない。

「あなたがおっしゃっているのは、わたくしにとり憑(つ)いた、〝これ〟のことなのですね？」

黙って聞いていた五月雨は、一文字が仮説として語ったそれのことを、Ａがすぐ理解し、実在するかのように同調したことに驚いた。一文字は微笑んだ。

「そうです。〝それ〟のことです。……いるんですね、やはり」

二人はじっとみつめあった。

やがてＡは遠い目をして、「ええ」とうなずいた。

「わたくしはずっと、なにかが〝いる〟と感じてきました。〝それ〟はなぜかわたくしを選び、そして離れなくなったのだと」

「データ上にも現れている。〝それ〟は、います」

「ええ……。でも、どうしてわたくしのもとを去らなかったのかしら。これまで、様々な少女のあいだを駆けぬけてきたでしょうに」

「うむ……」

「きっと、あの不幸な事件の後、わたくしがあんまりかわいそうで離れられなくなったんだわ。そしていまでは、離れ方がわからなくなってしまったのよ。きっと、そうよ」

「それなら、その神は、きっと、おとこなんだ」

五月雨が急に言ったので、Aも、一文字も、驚いたように彼の顔を見た。

五月雨はなぜか静かな声で、

「……そんな気が」

と、つぶやいた。

◇

エアカーが空中をうねる首都高速から飛び出し、はるか谷底のような緑茂る森林公園に落下していった。運転していたのは十五歳の少女。反抗と怒りと諦観の染みつく、その時代の少女たちの多くと同じ顔つきをしていた。その表情は彼女の顔に長らく、粘つく油汚れのように貼りついていたが、エアカーごと公園の整備された美しい池に落下し意識をなくし水を飲み生命活動を停止すると、霧が晴れるようにその険しい顔つきは少女のからだから歩み去っていった。残ったのは目鼻立ちの整った、無表情な、ほっそりとして美しい少女のからだだけだった。本来の十五歳の荒ぶるその魂はすぐにその場を飛び立ち、何処（いずこ）ともなく消えた。

トレンド社のシステム・マトリックスは、本社ビルである剣のような高層ビルディングの地下深くにあった。

薄暗くいやな臭いのする下町の一室で、山と積み上げられたすべての契約書にＡがサインをし終えたのは、あれから数日後のことだった。トレンド社によってＡの夫は即、完全看護の専門病院に移され、痛みを伴わぬ延命治療が開始された。Ａは身辺を整理し、社の地下にあるシステム・マトリックスの迷宮に下りていった。

企画責任者である一文字は社外を忙しく飛び回っていた。一人、五月雨がＡの旅路に付き添っていた。

Ａがつぶやいた。

「なんだか、冥府へ下りていくみたいね」

「そんな」

「二度と地上へ出ることはないわ。朝日を見ることはない。わたくしはここで死ぬ。そんな気がする」

……五月雨はどうしても、この老婆と話していると戸惑いがあった。少女の気配がする。確かにする。でも姿は痩せ細った老婆なのである。不吉なゴーストのように、なにものかが、Aの姿に重なってずっと揺らめいている。

幻か。それとも……。

「あの、そんなことは……」

「あぁ、お若い方。わたくしはきっとここで死ぬのですよ」

——海のようなエメラルド色の服を着たエンジニアが数人、やってきたAを取り囲んだ。Aは服を脱がされて手術着に着替えさせられ、からだ中に幾つもの高圧注射を打たれた。

眠りに引きこまれるAの白髪のあいだに、容赦なく電気ジャックが埋めこまれていった。

痩せたからだにわずかに残る肉と、金属の継ぎ目が次第に増えていく。首筋と脊椎に銀色のプレートが埋めこまれ、彼女のからだは悪趣味な人体アートのごとき変貌を遂げていく。

サウナケースに似たキャビネットは、若い女のエンジニアの細い手によって開かれると、まるでヴィーナスの貝殻のように銀色の輝きを放った。眠りから目覚めたAを、エンジニアがキャビネットに設置する。脊椎から生えた、まるで細長い銀色の翼のようなコードの束をひきずって、Aはその玉座に腰かける。電気ジャックをソケットに差しこむ。

Aの接続は、かくして始まった。

同じころ、ビル地上階のとある部屋にトレンド社の重役たちが並び、息をひそめていた。

ボードの前に立った一文字が、緊張した面持ちでなにかを待っていた。

会議室の中央には、やはりサウナケースのようなキャビネットがあり、あの十五歳の少女——Body、つまりB——が瞳を閉じていた。

企画書によるとBはエアカーの不幸な事故の犠牲者で、今後、二度と自力で目覚めることのない、若く美しい体を持つ、生きた死体だった。下町で暮らす彼女の保護者である男から、多大な金額で秘密裏に買い取ったのだ。

彼らは固唾(かたず)を呑(の)んで待っている。

やがて、Bはゆっくりと瞳を開けて、辺りを見回した。

彼らはあっと叫び、Bをみつめた。


地下室で、接続されたAはモニターに映る光景をみつめていた。

固唾を呑んで見守る男たち。

そっと片手を動かすと、モニターの中でBの片手も動き、視界に現れる。

次第に現実と、接続された世界が繋がり始める。

男たちがなにか言う。

『君は、だ……かね』

接続が悪い。ときどき途切れる。しかしAは、おそらく、君は誰かね、と呼びかけられたのだろうと想像する。動きだした死体を恐れている男たちを、大きな黒い（Bの）瞳でじっとみつめる。

どうすればいいのかAにはわかっている。

体内に残る、少女という名の神の残り滓（かす）が、知っている。


会議室を異様な緊張が取り巻いていた。重役の一人が、かすかに動いたきり無表情で止まっている少女の死体に、思わず、

「君は、だいじょうぶかね」

声をかける。

Ｂは、ひた、と重役をみつめた。一人一人の顔をゆっくり見回していく。大きくて無垢（むく）な瞳。まるで生まれたての動物の赤ちゃんのよう。それが次第に、夢見るように潤んでいく。

男たちは息をひそめ、そのとつぜんの、驚くべき、無垢なるものの出現を見守っている。

数刻が過ぎる。

やがて、すべての男たちの心をつかんだことを本能的に悟ると、そこで初めてＢは口元をほころばせ、微笑してみせた。

ほぉっ……と男たちからため息が漏れる。

一文字は安堵（あんど）のあまり、椅子に座りこんだ。

無事に、ＡとＢ――、すなわち〝神〟と〝死体〟が接続された。

あとは彼女の商品化だ。うまく運べばよいが。

Ａを遠隔操縦者とするアイドル、Ｂの存在は極東の小さな国中に古めかしいセンセーションを巻き起こした。少年たちは驚き、少女たちもまたその姿に憧れた。そこには二千五十年代にはないなにかがあった。演じようとする心。無私の境地から生まれる〝かわいい〟笑顔。男たちはこぞってBに関連するグッズを買い、女たちはBが使う化粧品や日用品——もちろん、トレンド社によって選び抜かれた商品たち——を使い始めた。プロジェクトが始動してから半年後には、五十年の眠りから醒めた、巨人の如き〝アイコンの神〟が、再び消費の動向を握ることとなった。

一文字は自らのプロジェクトの成功を確信した。そして仮説であったアイコンの神の実在を、ようやく心の底から信じるようになった。プロジェクトは肥大していった。神のからだからのびる白い触手の群のように、アイコンはこの国全体を覆いつくし始めた。

数か月後、病気療養中だったAの老いた夫が、病院のベッドで眠るように息を引き取った。彼を看取ったのは五月雨だけだった。夫は意識がないまま天に召されたが、五月雨はずっとその皺だらけの手を握っていた。ここにもうくることのできぬ彼の妻の身代わりのつもりだった。五月雨は少しだけ感傷的な心持ちになっていた。

そして夫の死亡が確認されると、すぐに社に戻った。五月雨を乗せた高速エレベーターがぐんぐんと下降していく。そしてトレンド社の地下深く、システム・マトリックスの迷宮の奥に小さなケンタウロスのように閉じこめられたあの老女、銀色のプレートと幾十本ものコード、電気ジャックに繋がれてキャビネットに座るAのもとに、五月雨はたどり着いた。

Aはテレビの歌番組に出演中だった。アイコンの神はやはり老女の、コードと電気ジャックに埋もれた痩せ細ったからだの上に降臨していた。皺だらけの顔は輝いていた。青白く。不思議に発光するように。

五月雨は、老いた夫の死を、Ａに告げた。

「安らかな死に顔でした。意識はなく、苦しみとも無縁で」

Ａは微笑みながら歌い続けていた。初めての恋の歌を。明るく。

「ぼくが手を握っているあいだに、逝（い）きました。だから一人ではなく。それは、いまから一時間と少し前のことです」

Ｂは歌い続けていた。

「それじゃ、ぼくは……。葬儀の手配をしてまいりますので」

マシンの中のゴーストが、小さく呻（うめ）いた。

そして歌いながら、ぽろり、と涙をこぼした。

五月雨は振りむいた。

そしてそれを見た。

あっと息を呑んだ。

……歌番組は続いていた。

明るく、いつも元気なはずのアイドルがとつぜん一粒だけ流した涙は、視聴者の心を揺さぶった。おおきな反響と、さまざまな憶測が流れた。
涙が彼らに、さらに、なにかを与えた。

◇

(俺にできることは、なんだ……?)

歌番組の視聴者の一人。首都圏に生息する十七歳の少年が考えていた。

彼には、Bと自分が強い絆(きずな)で結ばれているとわかっていた。あの笑顔も涙も自分に向けられたもので、あの瞳は自分ひとりを見ている。あれは思うように自分に会えないための涙なのだろう。

彼にとってBは遠いアイドルではなく、自分がBを知っているということは、すなわち、Bも自分の存在を知っている、そしてもっと多くのことを知りたがっているのだと思えてならないのだった。その現象をなんと呼ぶか、少年はあらかじめ知っていた。誰に教えられたわけでもない。生まれたときから知っているのだ。それは、運命だ。あのアイドルは自分の運命の相手なのだった。少年にはなにもかもがわかっていた。

少年——Paranoia、つまりPは、毎日、Bに宛てて手紙を出していた。トレンド社の社員、つまり若い女性スタッフの手によって、返事が書かれては送り返されてきた。

もどかしい、と少年は思った。

……Bに会わなくてはならない。

自分から会いにいってやらねばならないと、少年にはわかっていた。

立ち上がると、少年のその痩せた横顔を照らしていた部屋の黄色いライトが、誰も触らぬのに、ぱりんっと乾いた音を立てて割れた。

さて、わたくし――Aにはもう時間がのこされていない。この一瞬でかたりつくすには、あまりにおおくのことがおこった。

わたくしはシステム・マトリックスで生きた死体と接続され、この国をふたたび支配しはじめた。そのあいだに愛する夫をうしなった。

意識が混濁しはじめたのは、そのころからだと思うのである。

わたくしは老人である。からだにとり憑いてはなれぬ〝これ〟――かれらがアイコンの神とよぶこれが、いかにものすごいものであろうと、わたくしの老いた脳ばかりはだれにもどうすることもできぬ。

システム・マトリックスはじつのところ、些少なバグを見おとしたまま見切り発車していた。さいしょの瞬間にわたくしをとまどわせたあの接続不良は、悪化の一途をたどっていた。聴覚、味覚、触覚の一部などが一時的にとぎれることがつづいた。わたくし自身もまた、意識が混濁しなにをしているのかわからぬ時間がときおり、おとずれた。

わたくしは生放送中の番組できけんなタイムラグを発生させ、エンジニアたちはその対応におわれた。わたくしのからだにとりつけられるコードはどんどんふえていった。銀色の触手にとりまかれたわたくしは、真珠貝のようなキャビネットのおくで、いたみにくるしみ、かなしみの涙をながした。

そして、あの事件がおこったのは、今夜のことだ。

そのことをはなさねばならない。

◇

その夜、少年——Pはトレンド社に向かっていた。あの高層ビルディングの屋上でアイドルが歌う時間を、Pは調べていた。トレンド社のビルを魔的な結界の如き見えない電子で覆う、緑にきらめくセキュリティーマシン。それらは侵入者である痩せた少年を止めようとし、そして戸惑ったこどものような様子で、じっと沈黙した。

Ｐのたぎる思いとシンクロするように、セキュリティーはすべてのドアを次々に開け始めた。ごく一部の抵抗するマシンは、少年の一睨(ひとにら)みでぱりんっと音を立てて破壊され、小さな爆発を繰り返してしゅうしゅうと悲しげな音を立てて燃え落ちた。

少年――Ｐは、Psychokinesistでもあった。その力は少年によって密(ひそ)かにコントロールされ注意深く大人の目を逃れ、そしてごくわずかの、少年の思考によって最も大切な事柄と判断されたことにのみ集中して使われるものだった。そしてその力は痩せた少年であるＰの体力を奪い、非常に消耗させた。

青白い横顔に透明な冷や汗を浮かべながら、Ｐは剣のような高層ビルディングを雄々(おお)しく上がり始めた。

塔に上る勇者のように。

横顔を、深い緑色に輝くセキュリティーマシンのライトが照らしだしていた。

この上に、この上に、この上に。

少年の背後で、セキュリティーマシンがまた一つ、乾いた音を立ててぼんっと爆発した。

◇

その夜、わたくしは、テレビ番組の生中継のために、トレンド社ビルディングの屋上にいた。特設されたステージでうたい、それを巨大ビジョンでこのちいさな国のあらゆる都市に生中継する、というしごとであった。

きらびやかな衣装を身につけ、化粧をし、マイクをもってわたくしは……いや、わたくしに遠隔操作されたBは、屋上に立っていた。数度のリハーサルがおわり、本番の時間がちかづいてきていた。スタッフがそれぞれの持ち場でいそがしげにあるきまわり、まるでエアポケットのように、その瞬間だけ、わたくしのまわりは無人になった。

だれかが、わたくしのよこに立っていた。ずうっと、わたくしは気づかなかった。からだの右はんぶんの触覚は半永久的にわたくしと接続がとぎれていた。気づいたときには、見しらぬだれかの手が、わたくしのうでにふれ、つめたい視線とともになんども、なんども、上から下にさすりつづけていた。

顔をあげた。見しらぬ少年と目があった。やせ細ったその少年が、笑いかけてきた。歯列矯正の青くひかる金具が、照明をあびてきらりとかがやいた。わたくし――Aはいぶかしげに顔をしかめたのだが、その表情は接続不良のため、Bにつたわらなかったようだ。いつもの笑顔のままでBはつったっていた。

なにかをささやいている。くちびるがうごいている。わたくしの意識は接続不良がすすむごとにさらに混濁してくる。気がとおくなる。少年はなにかささやいている。カメラがぐるりとうごきはじめ、中継がはじまる。スタッフたちは、まるでゴーストのようにいつのまにかあらわれた少年におどろき、あわててこちらにちかづいてくる。

わたくしの意識は、とぎれ、地下室の銀色のキャビネットと、屋上のステージとのあいだをはげしく行ききする。ぶつっぶつっと音をたてて接続され、とぎれ、わたくしは何者かわからなくなる。

自分をさがして、電子の海をはげしくただよう。わたくしはきらきらひかる海水をのみ、システム・マトリックス内部で見えない海におぼれはじめる。

少年は真剣な顔でなにかいっている。Aは泣きだしているが、Bはほほえみつづけている。少年はなにかいう。

「お……して」

「はい」

わたくしは両腕をどんっとさしだす。少年のからだをおす。

少年はカッと目を見ひらき、とてもおこったような、うらみのこもったおそろしい表情でいちど、わたくしをぐうっとにらみつける。それから泣いているような、笑っているような、不気味な顔のままで、下にむかってとおざかっていく。

わたくしがおしたために、少年はビルから落下したのだと気づく。わたくしはおどろき、混濁したまま、とおざかっていく少年を見おろす。Bの表情はまだ接続されず、笑顔のままである。

巨大ビジョンに、一瞬おくれて、わたくしと少年のすがたがうつしだされる。聴覚の接続が復活する。少年はわたくしに、おして、ではなく、「ぼくをあいして」とつぶやいていたのだとわかる。

……あいして？

映像のなかでBはほほえみながら少年をつきおとしている。少年はひらひらと木の葉のように舞い、おちていく。

地上ははるか彼方（かなた）だ。きっとたすかるまい。

わたくしは息をのむ。

悪夢がよみがえる。

◇

「接続を切れ！　証拠を隠せ。すぐにだ！」

一文字が叫びながら高速エレベーターに乗りこみ、五月雨もあわててそれを追う。

「いったい、なにが……？」

「ボケてんだ。あのばあさん、もうボケちゃってんだよ！」

一文字は叫ぶと、四角い白い箱の中で頭を抱えた。

「殺人だ。未成年のファンを、また殺した。ばれたらまずい。よりにもよってあのAを使っていたとばれたら、まずい……」

「また？」

一文字は顔を上げ、五月雨の不思議そうな顔を睨みつけた。

「あの事件だよ」

「なんですか、それは？」

「五十年前にも、あのばあさんのファンの少年が一人、死んだんだ。Aに恋い焦がれて、スタジオや自宅まで押しかけたファンがいた。結果的にその少年は振りむかなかったAを恨む遺書を残して派手に自殺したんだが、その背中を押したのはAだとネットで流れて、事務所も世間も、それを無視できなくなった」

「それは、あの人の責任ではないのでは……」

「それはそうだ。だが、また同じようなことが起こった。しかも今度は本人が実際に突き落としてる。Bは廃棄だ。Aと繋がっていたことは最後まで隠し通せ。あぁ……！」

トレンド社屋上のステージでは、Bが微笑みながら立ち尽くしている。カメラが容赦なく、殺人者の笑顔を写し続けている。センセーショナルなシーンを、全国の巨大ビジョンに流し続けている。

◇

さて、わたくしについてはなしをしよう。

わたくし――Aがこのはなしをするための時間は一瞬しかのこされていない。

もうすぐ接続はきれわたくしは消える。

わたくしは消える。

わたくしは消える。

わたくしことAはかつて、この国のアイコンであった。とあるくだらぬにぎやかしのプロジェクトからうまれおちたAは、アイドルであり、夢の具現者であり、詐欺師であった。理想の少女のわかりやすい雛型であった。ひとの夢をおうことこそがわたくしの自己実現であり、そのときだけ命らしきものをもっていた。少女であるというう そをゆめとして実現することに、いつのまにやら、わたくしの満足はあった。

だが、その日々ももう、おわる。
わたくしは老いた。
そして、アイコンはやはり無力であった。

システム・マトリックスに、いつか見たスーツ姿の男がふたり、とびこんできた。わたくしと夫がすむ下町までやってきた、あの男たちだ。なにかさけんでいる。海のようなエメラルド色の服をきたエンジニアたちが、なにかさけびかえしている。男の一人――一文字という男がキャビネットのふたを乱暴にあける。そしてこちらに手をのばしてくる。
「切れ! 接続を切れ、すぐにだ! 証拠を隠せ。ばあさんを隠すんだ。撤収だ。どれを外すんだ。これか、これかっ?」

わたくしは、貝殻のようなキャビネットからゆっくりと立ちあがる。からだに無数につけられた電気ジャックがきらきらとひかる。首筋にうめこまれた銀色のプレートと、脊椎からのびるコードの束。しゃらしゃらとながい尾びれのようにうごめく。

わたくしは瞳を見ひらく。五月雨は涙をながしているようだ。やめてくれと一文字に懇願する、かなしげな声がする。一文字はやめない。こちらに手をのばして、コードをひきちぎる。ぶつっ、ぶつつっ……と接続がきれていく。わたくしは唇をひらき、おわかれの口上をのべようとする。もう時間がのこされていない。コードをひきちぎられ意識がとぎれる前の一瞬に、わたくしはこのみじかい物語をかたろうとしている。もうすぐわたくしは消える。わたくしは消える。わたくしは消える。

◇

トレンド社の屋上で、立ち尽くしていたBがとつぜん、ぱたんと倒れるところをカメラが捉えた。瞳を開けたままで壊れた人形のように崩れ落ちた彼女の青白い顔を、カメラは容赦なく写しだす。

誰も、なにも言わない。時間だけが流れ続ける。

プラグがぬかれ、コードがはなれた。

わたくしはくるりと一回転して、海のように青いシステム・マトリックスの床にたおれた。じじじっ……とおかしな電子音がした。わたくしのこわれる音。

わたくしは消える。

消えるのだ。

それではみなさん、さようなら。

ロボトミー

ぼくとユーノの結婚披露宴のときいちばん泣いていたのは、お義母さんだった。咆哮のような恐ろしい泣き声を、今も鮮明に覚えてる。まったくわけもわからないまま、忘れることもできずに、夜中に思いだしてはっと目を醒ましてしまうことさえあるのだ。

それは披露宴が始まってすぐ。真っ白なドレスに身を包んだ花嫁とぼくが登場した辺りからだった。猫が踏まれたような、ぶにゃっ、にゃっ、という声が、小刻みなビートを刻みながら始まった。ぼくは、ストロボの光や、職場の同僚や友人たちの遠慮ない祝福の声の合間に無遠慮にはさまってくるそれに気づいて、これっていったいなんだっけ、ときょろきょろ見回した。でも最初はわからなかった。席について、ストロボも収まり、司会者が景気よく話しだしたときに、親族席から聞こえてくるのだとようやく気づいた。

ユーノはこのとき、まだ若くて、美しくて、それにぼくが臆面もなく自慢したのですでにだいぶ広まっていたことだが、十代の終わりごろに歌手としてプロデビューした経験まであった。四人組グループのメインボーカルだったのだ。そのグループは二年ほどで解散してしまったのだが、名前を出すと、あぁ、あの、と覚えてくれている人もけっこういた。だから披露宴に集まったぼくのほうのお客さんは、みんな噂の元歌手の美人花嫁を目撃するのを楽しみにしていた、はずだった。

　でも実際には、ぼくらが華々しく登場したこのときから、みんなの視線はユーノではなく、隣ですごくうれしそうにしているぼくでもなく、親族席で唸り始めた着物姿の熟年女性に集中していた。

　ユーノのママは、初めは声を必死で押し殺していた。うつむき、肩を震わせながら、どうやら懸命に泣き声を堪えてくれているようだった。それがときどき漏れて、ぶにゃっ、ぐにょっ、ぎにっ、と小動物が上げる抗議の鳴き声みたいな響きで、会場の高い天井に向かって上がっていった。ユーノの結婚に対する、抗議の細い狼煙みたいに。その声がなぜか次第に高くなっていって、上司による乾杯の音頭や、二人のなれそめを語る司会者の声に対する伴奏みたいに切れ目なく流れるようになってくると、ぼくは本格的に困り始めた。みんなの好奇の目が、お義母さんに、それからなぜかユーノではなくぼくのほうにまでむいているような気がしたからだ。

　隣に座るユーノを、ちらっ、と見る。

　完璧と感じるほどうつくしい横顔がそこに在った。目は二重でおおきく、鼻筋は通って、唇はとても薄い。この薄さが、顔のバランスとしてはもしかすると惜しいのかもしれなかったけど、潔癖で穢れない感じがぐっと増して、好きだった。ユーノは確かに美人だけれど、浮わついたところがなく、落ち着きのある人なのだ。

ユーノは笑顔だった。この日の彼女は文句なく幸福そうだった。

「大丈夫、かなぁ」

「えっ？」

不思議そうに、こっちを見る。いったいなにが、というように小首をかしげている。するとと白いレースのヴェールがユメのように揺れた。

「お義母さんだよぉ」

「うん？」

「ずいぶん、泣いてらっしゃるよね？」

するとユーノは、気にもしてないように、非常にまっすぐに笑った。

ぼくは、あれっ、自分の戸惑いのほうがおかしいのかしら、と途端に自信がなくなった。

ユーノの家は、お義父さんとお義母さんとの三人暮らしだ。御挨拶に伺ったときも、普通よりすこし裕福な、しかしごく普通の家、という印象だった。たぶん。……いや、たぶん、というのはけっして向こうのせいではなくて、ぼくのほうに原因がある。つまり、ぼくには判断できないのだ。なぜかというと、こちらは施設育ちで、親の顔も家族のことも満足に知らないままだったから。高校までは集団生活をし、奨学金をとって大学に進み、その後はずっと会社の独身寮にいて。

披露宴が進むにしたがって、お義母さんの泣き声は、遠慮なく、どんどんおおきくなっていった。声が漏れないようにと気を遣うのも、もうやめてしまったようだ。どうにも気になって、ときどきちらりと見ると、お義母さんは上品に着物を着付けたほどよく肉付きの良い体を、おおきな楽器のように震わせ、ほんとうに身も世もなく泣き尽くしていた。このぶんでは、控室で御挨拶したときには美しく施されていた化粧もとっくにはげてしまっているのだろう。自分でも説明できないのかもしれない悲しみと、慟哭(どうこく)。彼女の恰幅(かっぷく)の良い体は、披露宴のあいだにまるですこしずつ溶けて減っていってしまうようだった。

キャンドルサービスのときに、ようやく、ぼくにまで向けられていた好奇の目の理由がわかった。思いもかけなかったから、気づいていなかったのだ。それどころか、家族を知らないから、自分だけがあの慟哭の意味をわかってないんじゃないかと内心悩み始めていたぐらいで。

「おまえ、やったろー」

遊び人の上司が、困った息子を褒めるような目で、言う。凄(すさ)まじい胆力で泣き崩れているお義母さんのほうを、目線で指す。

頬がやらしくほどけている。

「いやぁ、いい女だしなぁ」

「ち、ちっ、ちがいますっ」

ぼくは焼けたトタン屋根の上に裸足で立たされたように、その場で小刻みに飛び跳ねた。

「脂ものってる。肉厚で、いいよな」

「ちがいますってばっ。やめてくださいよっ……」

このキャンドルサービスのあいだに、ぼくのなけなしの気力と体力はほとんど使い尽くされてしまった。友人席では、大学からの女友達の梨子まで、お義母さんのほうをちらっと見てみせて、

「あのねぇ、鷹野……」

「ちがうよ！」

「あんたっ、最低っていうか」

「梨子……。だったらまだいいよ！」

「は？」

「それなら、まだ、あんなに泣いてる理由がわかるからさぁ……」

あぁ、と相手がうなずいて、なにか言いかけた。

でもそれ以上はもう話せなくて、ぼくはユーノと並んで、ボーイさんの先導に従ってまた歩きだした。炎が燃えている奇妙な棒を、花嫁と一緒に持って、のろのろと。

今日はおめでたい日で、生涯でいちばんというほどのハイライトのはずで、ずっと楽しみにしていたのに、まるでなにかの罰ゲームみたいじゃないか。家庭や親子のことでどうしてなのかわからないことがあるたびに、ぼくは文化のちがう外国に一人きりで投げだされた人みたいに、知恵を絞っては、理解し、順応しようと努力してきた。でもこれは難問すぎる。周りの人の反応を見ようにも、みんなだって不思議がっているありさまだし、かんじんのユーノに教えてもらおうにも、彼女だけはなぜか気にもしてないのだ。いつものことよ、とでもいうように。

お義母さん……。

この、謎の、生き物……。

赤子のように、理由もわからず、凄まじいエネルギーで、ひたすら泣き続ける、この……。この……。

結婚の挨拶に行ったときには、反対するでもなく、ユーノがやるのとよく似た如才ない笑みを浮かべていたのに。こっちに身寄りがないこともそう気にせず、別居とはいえ養子に入ってくれるのならありがたいとも言ってくれた。情緒の不安定な女性には見えなかったのに。

怯（おび）えながら、親族の席に近づく。

ユーノはにっこりと微笑（ほほえ）んで、

「お母さんっ」

と声をかけた。

いまやアリアを歌うオペラ歌手のように、立ちあがり中腰の姿勢でテーブルの端に片手をついて深く濃く長く唸り続けているユーノのママが、ほんとうにオペラのワンシーンのように、芝居がかって見える仕草で、こっちに……いや、ユーノ一人に両腕を伸ばしてきた。

会場の照明に照らされて、母娘（ははこ）の姿が、光る。

着物の袂（たもと）から、白くてむっちりとした二の腕が覗（のぞ）けた。

ゾクッとする。

もうだいぶ年を取ってしまった女の人なのだと思いこんでいたけれど、その艶（なま）めかしさは、このとき、生きて、息づいて、恐ろしい感情を秘めている、生々しい女の人のそれだった。

あらかた化粧のはげた顔は、おおきな目と、高い鼻筋と、皮膚の薄い頬が露（あら）わになると、おどろくほど娘のそれと似ていた。この二人の顔は、どうやら年齢と普段の化粧法がちがうだけだったらしい。化粧を落としたユーノの顔を見たことがあるぼくにとっては、気味が悪いほど身近な顔。

でも薄い唇だけは、隣でほぼ気配もなく座っているだけのお義父さんのほうから譲られたものらしい。　お義母さんは、　分厚くて肉感的な、　そして脂のようなてかりのある唇だった。

その口が半開きになって、呻き声が低く漏れる。

ユーノがまた笑って、ぼくに火を預けると、自分のママを両腕でしっかり抱きとめた。

——恋人どうしみたいな仕草で。

ぼくではなく、娘のほうに慟哭をぶつけてる姿を見て、なんとなくだけど、会場を覆いつつあったおかしな誤解も自然と解けていってくれたらしかった。ユーノが困った娘を抱きとめる若い母親みたいに、初老近いママをきつく抱いたまま、こっちを振りむいて、

「ママったら、ね。一昨日、あたしと心中しようとしたのよ?」

「へぇっ?」

ぼくはばかみたいな返事をした。

ほんの一瞬、ユーノの顔を、助けて、と大人にすがりつく幼い少女のような、でもこの人じゃむりかなぁ、というような、絶対的な絶望みたいなものが、不吉にスーッと通り過ぎたような気がしたけれど。どうだったんだろう。

わからない。

わからない。

ただこのときは、娘にすがりつくお義母さんの姿は、母親に頼るほかない、哀れなほど無力な若い娘のように見えたし。ユーノのほうも、強くつかまれて途方に暮れているか弱い少女のように見えたし。つまりは、どっちも、いますぐ保護者が必要なだめな子供どうしみたいな感じで。ぼくにはそれもまた理解できないことだった。

ぽかんとして、みつめかえす。

でもつぎの瞬間には、ユーノはいつもの、如才なく、物静かで、賢げな大人の女の人の笑みにもどってしまっていた。昔の仏像がやってるやつ。あの、時を超えたあいまいな微笑だ。

「あたしを手放したくないって。いつまでもこの家で、わたしだけの娘でいてほしいって、駄々をこねて」

「えっ」

「家に火をつけようとするから、パパが止めたの」

お義母さんの泣き声が、アリアが、高らかに響き渡る。

絶望の、悲しみの、女の人の声。

まるで怪獣だ。

披露宴の終わりに、花嫁が両親に向けて書いた手紙を読むことになる。まだまだ泣き続けるお義母さんの前で、ユーノは落ち着いた笑顔で、感謝の言葉を述べた後、

「これまでもずっと、あたしとママは大の仲良しだったんです。結婚してからもずっと友達親子でいられると思います」

泣き声がすこし静かになった。

ユーノが微笑んで続ける。

「ねぇ、ママ。いつまでもあたしのいちばんの親友でいてね？」

その瞬間――。

お義母さんがうつむいたまま、ちろっ、とぼくの顔を盗み見した。

なんだか牛泥棒みたいな、小狡そうな、舌なめずりするような、なんともいえない、どうにも忘れられない顔つきだった。

『美人のお母さんは、美人の法則。女どうしでも見惚れちゃったよー。優埜さんもきれいだけど、お義母さんのほうもタレントみたいだったね！』

その夜。

おめでとう、が乱舞するTwitterのタイムラインに、女友達の梨子の言葉も紛れこんだ。

ほかの友達も、それにからんで、

『ねぇ、「なめたらいかんぜよ！」の女優さんみたいじゃなかった？』

などと話しかけてきた。

あの身も世もないにもほどがある号泣についても、

『昔は、花嫁の父が泣くって言われてたみたいだけど。最近は母のほうが泣くってのも聞くよね。お母さんと仲のいい女の子、多いもんね』

などと、ぼくを気遣ってか穏やかな意見が舞っていた。

……ぼくがそうして、新婚一日目の夜に、のんきに携帯電話でTwitterなどを見ていたのは、ユーノのほうの携帯電話がずっとばかみたいにサイレンみたいに鳴り通しだったからだ。

お義母さんからの電話だった。

夜になっても、一度切ってもすぐまたかかってくるので、ユーノは延々、ママと話し通しだった。やがて夜が更けてくると、ユーノは電話を握ったまま、新居のソファの下の床で眠りこんでしまった。毛布を掛けてやり、すぅすぅと響く寝息をかわいいなぁと思いながら、そっと手の中から携帯電話を取った。

ユーノのやつ、眠ってしまったようなのでもう切りますよ、と言おうとして、電話を耳に当てる。すると、ユーノが立てているのとまったく同じと聞こえる規則正しい寝息が、電話の向こうからも聞こえてきた。女の寝息の輪唱のように。

ぼくはへんなぐらいゾッとした。

電話を切る。

さて寝るかぁ、と吐息をついたとき、ユーノの携帯電話がピリピリ、ピリピリとまた鳴り始めた。まるでサイレン。ママちゃん、と不吉な表示が出た。ぼくは飛びあがり、もういい加減に腹が立ってきて、人の電話だが勝手に着信音を切ってしまった。まったく、新婚だというのに、いちゃいちゃも子作りもさせないつもりなのか。挨拶に行ったときは、孫の顔が早く見たいのよとうれしそうに話していたくせに。

ユーノを抱きあげて寝室に運ぶ。

するとユーノは、この夜、実体のない人みたいに軽かった。

羽毛のように。もしくは空気のように。

結婚する前とはちがって感じる。

もしもユーノがこの新居にはこなかったのなら、実体は、つまり魂はいまどこにあるというんだろう、とぼくは不吉でわけのわからないことを考えだしてしまい、いやな気持ちになった。

顔を洗い、歯を磨き、さて自分ももう寝ようとしたとき、玄関のチャイムが鳴った。

ぼくは慄（おのの）き、壁の時計を見上げた。

もう夜中の二時だぞ。

玄関のインターホンモニターを、固唾（かたず）を呑（の）んで覗く。

着物を着崩したお義母さんが立っている。

襟足も、腰も、崩れ方が奇妙なほどセクシーだった。あぁ、あれだ……。『天城越(あまぎご)え』を歌うときの、あの色っぽい初老の女性歌手みたい……。

じーっと立っている。

オバケ。

モンスター。

でも、なんの？　なんに恨みを持って出てくる生霊？

さっぱりわからない。

と、奥のエレベーターが開いて、お義父さんが転がるように走ってくるのが見えた。

お義母さんのほうは、分厚くて色っぽい口を半開きにし、優埜、優埜、と頭がおかしくなったように呼び続けている。その腕をお義父さんが引っ張る。優埜、あぁ、あと……わたしの優埜、わたしの優埜、と言ってるのかな。お義父さんが猛獣使いみたいにお義母さんと格闘している。その顔は、結婚の挨拶に行ったときにはぼくに見せなかった、厳しく、苦しく、重たいなにかに長らく耐えてきた人のそれだった。

ぼくは怯えて、それに腹も立って、モニターの前から足音もなく後ずさった。

家族をもってこなかったから、だから、よくわからないし。こんなことは、映画でもホームドラマでも観(み)たことなかったし。友人の話でも聞いたことないし。こういう狂乱がとくべつおかしなことなのか、家という密室の中では意外と日常茶飯事なのかも、だからわからないし。

お義父さんがお義母さんを引きずって、むりやりエレベーターに乗せる。

お義母さんは眉間に色っぽいたてじわを刻み、切なそうに、肉感的な腕を伸ばしてまだなにか叫んでいた。

あぁ、隣の住人が顔を出したぞ。騒ぎに気づいたのだ。ぼくは頭を抱えた。

ようやくエレベーターの扉が閉まってくれる。

帰ってくれ。頼む。帰ってくれ。頼む。帰ってくれ。頼む。


ソファに座りこむ。緊張で筋肉を使ったのか、自分の体をえらく重たく感じた。もう鉛のかたまりみたいだった。

まったく。これでも新婚初夜かぁ。

体を引きずって歩き、寝室に顔を出す。

枕元においたユーノの携帯電話が、着信を告げて赤く光りだしたところだった。

血の色だ。

そして、炎の色。

ママちゃん、と表示されている。

切れては、かかる。

そのくりかえし。

永遠に続きそうな、この着信っぷり。

サイレン。サイレンだ。

それを無気力になってぼけっと見ていた。

と、眠っていたユーノが、うぅぅん、とかわいい声を上げた。「タカノぉ……」ところりと寝返りを打つ。胸がすこし高鳴った。

そうだ、ぼくにはユーノがいる、と自分をむりに鼓舞した。なんとかうまくやっていくんだ。だってこの日をずっと夢見ていたのだから。いつかは人並みに結婚して、奥さんや家族を作って、夫や、父になると。ようやく叶(かな)ったこの夢。

ぼくはユーノの横に滑りこむと、でも力尽きてがっくりと目を閉じた。力が抜ける。無力感が押し寄せてくる。

窓の外から風の音が聞こえる。

唸っている。

静かな寝室。

そのとき、ユーノが弱々しく寝言を言った。

「ママぁぁ……」

ぼくは布団を頭からかぶって、手のひらで両耳を塞いだ。

＋

結婚生活が困難だった、と言いだしたら、ぼくはおおげさなやつになる。披露宴の日がわけのわからないおかしな様子だった割には、その後の生活は、一見、平和に過ぎていってくれたのだから。

朝は台所からかすかにユーノの歌声が聞こえてきて、それで、幸せな気持ちで目が覚める。なんたってプロだったのだ。ユーノは音楽がとても好きだし、音楽もユーノのことがまぁまぁ好きらしくて。たくさんのレパートリーから、その朝の気分にあった曲をうまくみつけては小声で歌いあげていた。

そうして一緒に朝ごはんを食べて、ぼくは会社へ。

すると入れ替わりにお義母さんがやってきて、ユーノとともに家事をしたり、お昼ごはんを作って食べたり、デパートに買い物に出かけたりするらしかった。映画鑑賞や観劇のこともあった。

夜。ぼくが帰ってくるころ、お義母さんは自分の家にもどる。ユーノもお義母さんもそれぞれの家でそれぞれの夫の食事を作って、仲良く食べる。

という、まぁまぁ平和な生活だった。

といっても、最初のころは、晩ごはんの前ぐらいからまたお義母さんからのサイレンが続いて閉口したものだった。用件はその時によって、作りすぎた料理をおすそ分けするから取りにきて、だったり、お義父さんの健康状態がさいきん心配な話だったり、確かに、よかれと思っての申し出や、話す必要のある話題ばかりだった。それにしても、よくもつぎからつぎへと用件を思いつけるものだな、と、ぼくはお義母さんが秘めているそのわけのわからない熱量と持続力を、おそれた。

テーブルで、食事が冷えていくのだ。

せっかくユーノが作ってくれた、ポークソテーが、スープが、炊きたてのごはんが、冷めて、硬くなって、食べ物じゃない冷え冷えとした灰色の物体みたいに変わっていってしまうのだ。

そして、夜が更けてもサイレンはやまないのだ。

新婚十日めぐらいのある夜。ユーノが小さな声で、ついに、

「……ねぇ、ママ？　あたし、もう結婚したのよ？　主婦よ？　大人よ？　ママもだんだんわかってくれるかなぁって、思ってるけど。あたし、ママのこと信じてるから」

それに答えてなにかを言い募っているらしき母親の声に、めずらしく、被(かぶ)せるように続けた。

「あたしとタカノで新しい家庭を作ってるところなの。……早く子供も欲しいしねっ。でしょ？　ねぇ、ママだって、孫の顔を見るのが楽しみでしょ」

ユーノが、反論、というか、ママに向かって自分の意見を言うのは、ぼくもこのとき初めて聞いたし、これはもうよくよくのことなのだろうと考えた。

それで、ぼくから命じられたということにして、夜の電話は控えてくれとお義母さんに頼むようにしたらどう、とアドバイスした。ユーノはなるほどとうなずいて、その通りに伝え、それでも変わらず夜が更けるまでサイレンは鳴り続けたけれど、ぼくは携帯電話を取りあげてさくっと電源を切ってしまった。するとそのときユーノがほっとしたように短く「タカノったら……」とつぶやいたのを、よく覚えている。

こうして夜の電話攻勢がついに終わった。ユーノは、朝と夜はぼく、昼から夕方はお義母さんと一緒に過ごすだけになった。ぼくも、昼間働いているときのことはわからないし、家にいるときは、もう苦労もなかったし。

でもユーノのほうは、もしかしたら、ぼくとママとの板挟みで、昼も夜も気が休まらなかったのかもしれない。それももうわからない。このころからだんだん、ユーノは、やけにぼーっとしていて話しかけてもしばらく返事がないことが増えた。「……あれっ」「どうしたの、ユーノ？」「タカノ、あたしいま、なんか目が見えなかったの」「なんだよ、それっ。すぐ病院に……」「えー。もう治ったし、いいよ」ということもあったし、いつも疲れてるように見え始めた。

そう、だから……。結婚生活が困難だった、と言ってもいいのは、朝も夜もおいしいごはんを食べさせてもらって、家のこともすべてやってもらって、流れてくる素敵な歌声に耳を澄まして、毎晩、清潔なシーツでユーノと熱く抱きあって、あぁ、これが夢見てきた家庭なのだ、理想の人生を手に入れたのだぞと、まぁところどころへんとはいえ、概（おおむ）ね満足していたぼくじゃなくて……。ユーノのほうだったのかも、しれない。

ユーノの新婚生活は、もしかすると、辛（つら）かったのかもしれない。

ユーノのお義父さんが倒れて、救急車で運ばれた、と騒ぎになったのは、結婚してそろそろ半年という夏の夜だった。ユーノの携帯電話の電源は落とされていたので、ぼくのほうに連絡がきた。ユーノはあわてて、半袖のTシャツに部屋着の綿のスカートのままで火の玉のように飛びだしていったけれど、ついていこうとするぼくのことは、明日も仕事が早いだろうから大丈夫よ、と気遣ってくれた。

妻のいつもの歌声も、気配もない家で、ぼくは、ぼけっとした。

そういえば、一人の時間を過ごすのなんて久しぶりだった。施設ではずっと大部屋暮らしだったし、大学の寮は二人部屋。会社の独身寮で初めて一人暮らしを経験したとき、ものすごく寂しく感じた。宇宙空間に投げだされて、一人漂ってるみたいに。そのへんな寂しさにもようやく慣れたころ、縁あってユーノと出逢い、結婚した。そして、もう二度と一人暮らしはいやだなぁとしみじみ思っているぼくがいた。

手持無沙汰なので、お風呂に入ってから、ジャージにサンダルというだらしない恰好で出かけて近所のラーメン屋に入った。瓶ビールと、ザーサイと、チャーハン。ユーノの手料理に慣れてきたせいか、外食なんて高い割にはそんなにうまくもないじゃないかと感じた。お義父さんのことは、そりゃ心配だけど、こっそり勝手なことを思えば、妻に一刻も早く二人の家に帰ってきて欲しかった。

マンションにもどり、エレベーターに乗る。

部屋の前で止まる。

ふっ、と振りむく。誰もいない。そりゃそうだ。でも、なんだか、ふわりと妻の匂いがしたような気がしたのだ。そんなはずはないよな？　と、鍵を開ける。

扉を押して室内に入ろうとしたとき、山猫か、風か、不吉ななにかのようにぼくの横をすり抜け、先に入っていったものがあった。

――お義母さんだった。

ぼくは立ち尽くして、「へっ？」と思わず聞いた。

この人と会うのはじつは披露宴以来だった。ユーノはしょっちゅう実家に顔を出していたけれど、そんなとき、ぼくのほうはずっと遠慮していた。あの日さめざめと号泣していた姿を思いだすたび、どうにも恐ろしかったし、それに向こうだって、娘はともかくぼくのことはそう待ってもいないだろうという気がしていたのだ。

お義母さんは、今日は洋服姿だった。

長い髪が生き物のように背中にべっとり垂れていた。黒っぽいワンピースだ。お腹まわりの肉が気だるくぼってりして、着物姿のときよりも年相応に老けて見えた。じーっとこっちを見ている目つきは、わけがわからない。艶やかで色っぽいとも、頭がおかしそうとも、酔っぱらいかなにかとも見えて。

「えっ、えっ、えっ。お義母さん？　ど、どうしたんですか？」

「鷹野さんが心配だって、優埜が何度も言うもんだから」

「いやー、大丈夫です。明日も仕事ですし。あっ、病院に行かずにすみません！　お義父さんは……？」

「明日、手術らしくて。いまは優埜がつきっきりで見てるのよ。……どっこいしょ！」

「へっ？」

ソファに勝手に腰を下ろして、また、じーっとこっちを見ているので、ぼくはあわててサンダルを脱いで、上がった。

「あ、あのぉ……」

「鷹野さぁん」

「お茶、いれましょうか」

「あらぁ、飲んできたのぉ？」

「はぁ……」

気味の悪い時間が続いた。

お義母さんは、見れば見るほどユーノと顔がよく似ていた。かもしだす匂いも、なんだか同じで、年を取ってからの妻を見てるようで、でも唇だけは、ぼくの好きな潔癖そうに薄いあれじゃなくて、ぼってりしていて、へんに分厚く、赤く、なにかを強く主張していて。

そして。

気のせいじゃないと思う。

……ぼくは、お義母さんに、誘惑されたと思う。

すっかり恐れをなしてユーノに電話したけれど、病院にいるからか電源が切られていた。お義母さんがこっちにきてるんだけど、と必死でメッセージを残して、でもいったいなんでだろう、夫が入院しているのに、と考えながら、ぼくは隙を見て寝室に逃げこむと内側から鍵をかけた。

そうしたらもうどこにも逃れられなくなった。って、落ち着いて考えてみたら、むしろ家から外に出るべきだったのかもしれないけれど。っていうか、こんなに怯えるなんてそもそもへんだろう。こっちは男で、腕力で敵わないはずないのに。

寝室の外の廊下を、右に、左に、ゆっくりと歩くお義母さんの足音が、静かに、重く響く。

こわくて、気づくともう声も出せなかった。

これじゃ、肉食獣から逃れようと気配を殺してる子リスかなにかみたいだ。

電気を消して、布団の中で携帯電話を握った。何度かけても、もちろんユーノは出てくれない。

Twitterのタイムラインのほうに、梨子がいてくれた。

ほっとした。現実の存在に出逢えて、体温を感じたように思えた。ちいさな携帯電話の中なのに。おかしなことだな。

『梨子もさぁ、お母さんと仲いいの？』

唐突に質問してみる。

披露宴でのお義母さんのあの狂態に、梨子たち、女の子がみんな、なんとなく理解がありすぎたような気がしていたのだ。

梨子は昔、学生結婚して、卒業して就職した後に離婚していた。だから若いけどいちおうバッがひとつついてる。

『仲、悪いよっ』

と、すぐ返事がきた。

『なーんだ』

『鷹野のところは、奥さん、友達親子だよねぇ？』

『ん』

『たいへんそう』

『えっ？』

『旦那さんも。なにより、奥さん自身も』

……あぁ、やっと梨子の本音がすこし聞けた。ぼくは安堵（あんど）した。披露宴の直後は、気を遣って、幸せに水を差すまいとみんなぼくになにも言わなかったから。

『仲いいほうが、たいへんなのかな？　梨子、どう思う？』

『うーん、どっちも。親が子離れしてないと、どっちにしてもたいへんだよね。うちもさ、母と仲悪かった割に、結婚するとき、ぜんぜんほっといてくれなくて。まぁ、仲悪いってのも、娘を自分の思い通りに動くロボットみたいにしようとして、失敗して、ケンカが絶えないっていう親子だったからさ。結婚しても、すっごく干渉されて。だからさ、親に反発するあまり早まった結婚に、やっぱり失敗して、たったの三年半で離婚したときにね。あたしがいちばんほっとしたのは、結婚で親の籍を一度抜けてるから、自分からそっちにもどろうとさえしなければ、今度は自分個人の戸籍を持てるってこと。気が、楽だったよー。……って、話がずれちゃったね！　もともと、鷹野の嫁の話だよねぇ』

べつの女の子が、

『えー、うちの母親、ぜんぜんそんなじゃないよ』

と、やりとりに入ってきた。

『ま、人によるよね』

『だよね。いい母親もたくさんいるもん』

『梨子んちのママはね、パワフル！』

『ほんっとだよぉ』

と、そのとき。友達でも誰でもない、たまたまそのやりとりを見ていたらしき知らない誰かが、

『――母が生きてる限り、誰とも結ばれない』

と、とつぜん話しかけてきた。

えっ、と思った。

『ほんとうの意味では、わたしは誰とも伴侶になれない』

『あの人が、死んでくれたら』

ロボトミー、というへんな名前のほかは、プロフィールもなにも公開してない人だ。たぶん女性らしい。でもそれきりその人はタイムラインの海のどこかにまた隠れてしまった。

というわけで、明日も会社だというのに、ぼくは夜が更けるまでずっと、Twitterの中で誰かと話して、聞いて、を繰りかえしていた。結婚について、母親について、そして自分の新婚生活について。意味があるのかないのかよくわからない長いディスカッション。

ときどき、布団の中から顔を出す。

すると照明がつきっぱなしの廊下からの灯り（あか）がドアの下の隙間からこっちに伸びてきているのが見える。

灯りの真ん中に長い影がある。

ドアの前に、立っているのだ。

お義母さんが。

ずーっと。

娘婿が出てくるのを待ってるのか。なにが、なんだか。やっぱり理解できない相手だった。

ぼくはゆっくりと揺れているその影を、まるで悪い夢のように思って、むしろ携帯電話の中での仲間たちとの会話のほうを現実だと思いたくて、震えながらまた布団に潜りこんだ。

翌日。

「ママと、寝たでしょ！」

寝不足のまま会社に行き、なんとか仕事を終えて、しかしまだ悪い夢の中にいるようなおかしな気分のままでふらふらと帰宅すると、ユーノがもう帰ってきていた。

お義父さんの手術は、どうやらぶじに終わったらしい。

親戚の人に付添いを替わってもらって、もどってきたところ。

いつもと顔つきがちがうな。

単刀直入に聞かれたので、鼻を鳴らして笑って、

「そんなわけないだろ！」

疲れも混乱もあって、答えるぼくの声もいつもよりつめたかった。

ばからしい、というのが本音だ。

でもそのときのユーノは、まるで真剣な子供のような顔をしていた。あのとき……披露宴のとき、両腕を伸ばしてきたお義母さんを抱きとめて、助けを求めるようにこっち

を振りかえったときの顔つきとよく似ていた。

新婚一日目、抱きあげた彼女の体が、結婚前とちがって、羽毛みたいに、空気みたいに、あまりにも軽かったことを思いだす。

実体は、魂は、いったいどこに置いてきたのかな、とおかしな疑問が浮かんだことも。ぼくがみつけて、愛して、つきあってきた、あの若い女性のユーノは、結婚する前に誰かに捕まってしまい、それきりどこかに監禁されてしまっているのかな。だったらこの部屋で一緒に暮らし始めた、歌って、ごはんを作ってくれて、夜は一緒に寝ているユーノはいったい誰なのかな。とへんなことを考えた。

でも、あの披露宴のときには助けを求めてぼくをみつめていたはずのユーノは、この日はぼくをかたきのように睨(にら)みつけてくるばかりだった。

「あのなぁ、ユーノ……」

ぼくはあきれて、強い声になった。

「常識で考えてよ。君と結婚してて、なんで君のお母さんと寝るのさ？　ていうか、もうばーさんだし。ねぇ、なんで？」

「だってぇ、ママが……」

ユーノの声は急に小さくなった。

披露宴で泣いてたときのママみたいに、中腰で、キッチンテーブルに手をついて小刻みに震えている。

と思ったら、泣きだした。

これじゃ、あのときのお義母さんとますます似てしまう。いやだな。ぼくはふっと逃げ腰になった。

「子作りしたいって、あたしが言ったの、覚えてる？　電話、で……。まだ、夜にときどき電話がかかってきてたころに」

「ときどきじゃないだろうがっ。十分置きに、夜中までだろっ。二人でごはんを食べるひまもなかったし、おまえ、お風呂にまで持ちこんでたし。携帯、一度それで壊れたろっ」

「そんな、おおげさな……。タカノ……」

「ユーノっ！」

「とにかくっ、あのときっ、ママが言ったの。子作りもしたいしって話したら……」

「なんて？」

「あら、そんなのわたしが産んであげるわよ。って」

「……はぁ？」

「優埜が産むのは、たいへんでしょ、まだそんなのに耐えられる齢じゃないしねって」

「って、おまえもう三十だろ」

「……つまり、だから！」

ユーノはぼくを睨みあげた。

なんというか、たった一晩のことで、昨日のいまごろまではまだ仲が良かったのに、もうなにかが変わってしまっているなんて。どうも会話から察すると、お義母さんが、お義父さんの手術中に、昨夜、あなたの夫と関係を持ったわよ、ととつぜん言いだしたらしい。

そしてユーノが部屋にもどってきたら、お風呂場にも、ソファにもほんとうに母親が泊まった痕跡が残っていたという。ぼくは今朝、なにしろあわてふためいて飛びでていったからそんなところまでは見なかった。つまり、お義母さんが部屋のあちこちになにか細工して帰ったということだろうか。

ぼくは言葉を尽くして、そんなはずはないんだ、落ち着いて考えてくれ、と説明し続けた。やがて言葉が涸れて、ユーノも疲れ切って、黙ってみつめあう。

そのときいいことを思いだした。昨夜、お義母さんと熱く抱きあっていたと誤解されているころ、って、そう仮定するのさえかなり気持ちが悪いけど、そのころぼくはTwitterでいろんな人とわぁわぁ話していたのだ。初めは梨子たち会社員の子たちと。彼らが寝てしまった後は、学生や自由業の友達、つまり宵っ張りの子たちと。朝まで飽きずにいろんなディスカッションをしていた。

ぼくは携帯電話を取りだして、そのやりとりの一部始終をユーノに見せた。時間もちゃんと確認してもらう。

ユーノは長いあいだ、ぼくと梨子たちのやりとりを読んでいた。ちょっと長すぎるぐらいの時間だった。そして顔を上げたときには、青白い、いやな膚(はだ)の色をしていた。

「ほらっ。わかったろ？」

「あたしと……」

「んっ？」

ぼくはキレ気味に、短く返事をした。

とにかく眠くて、だるかった。

もういやでいやでしかたなかった。

「あたしと、ママのこと、こうして話題に、するのってさ」

「えっ、悪い？　なにしろさんっざん苦労してきたからね。この半年、ずーっと。信頼できる誰かの意見を聞くのって悪いことかなぁ？　えっ？　えっ？」

「ほかの、女の人たち、とさ……」

「はぁっ？　なにか、悪い？　えっ？」

そのとき。

今でも、思いだせないのだが。

むりに記憶を揺り起こそうとすると、ぼやっとなって。

どうしても出てこないのだが。

ユーノが、とにかく、ぼくになにかを言った。とてもいやなことをだ。つまりぼくの魂の気に障るようなことをだ。

人と人が愛しあって暮らしていれば、そういう瞬間もあるだろう。きっとぼくもこの日ユーノに同じことをしたのだろう。お互い様だ。ユーノだけが悪かったなんてはずはない。でもそのとき、ぼくにはそんな判断力はまったくなかった。気づくと腕を振りかぶってユーノの顔を正面から殴りつけていた。

ユーノは打撃の衝撃でキッチンテーブルの前から三メートルほど瞬間移動し、同じポーズのままでリビングの床に、いつのまにかすっくと立っていた。と思うと、スローモーションで、爆発の風に巻きこまれたように吹っ飛んでいき、ついで仰向けに床に倒れた。しゃれたタイルの床で頭を打つものすごい音がした。

ぼくはしばらくユーノを睨んでいたが、気が落ち着くのを待って、ゆっくりとリビングに歩いていった。仕留めた獲物を値踏みするように。乱暴に足蹴にして揺らす。相手が物であるような、失礼な態度で。でも起きあがる気配がまるでない。ちっ、と思った。

でもそのうち急に正気にもどってきて、

「……あっ、ユーノ?」

膝をついて座って、頬を叩いたり名前を呼んだりした。

「ごめんっ。ユーノ？　ユーノ？　ユーノ？」

頬が、つめたい。

ぼくは救急車を呼んだ。

三度も噛んで、住所がなかなか言えない。

早くきて。誰か。頼む。早くきて。早く！


そして、その夜が……。

ぼくの妻としてのユーノを見た最後になった。

救急隊員には、妻が転んで頭を打った、と説明したけれど、事態がはっきりするまでは隊員が救急病院から去らなかった。脳震盪から意識を取りもどしたユーノが、夫に殴られた、と話したのかもしれない。隊員がいちおう警察に通報して、それからすこしだけ面倒なことになった。

ユーノはそれきり二人の部屋にはもどってこなかった。それがぼくに殴られたからなのか、それともママとのことを疑い続けているからなのかも、確かめることはできなかった。やがて弁護士からの内容証明が届いて、おとなしくユーノとの離婚に同意しない場合は離婚のための簡易裁判になり、ドメスティックバイオレンスを原因として訴える、そうなると貴方(あなた)は社会的な制裁をも受けることになるだろう、とあった。

ぼくはしばらくのあいだなにも考えられなくて、その手紙もほったらかしにして、黒い雲の上を歩いてるようにぼやっと生きた。

すると、ある日、なんと会社にお義母さんが乗りこんできた。

これがまたすごい騒ぎになった。上等な訪問着に身を包んだ、どちらかといえばうつくしい初老の女が一人、まるでミュージカルスターのようにフロア中を駆けて、叫んで、娘はこの男に殴られて負傷したのだと訴えた。そのうちどんどん尾ひれがついて、そのせいで娘には障害が残ったとか、廃人になってもう再婚もできない、などと勝手に付け足し始めた。後輩たちが三人がかりでようやく取り押さえて、とりあえずいちばん隅の応接室に放りこんだ。と、上司が代表して話を聞いてきてくれた。あの、いい女だなぁと披露宴で感心していたほうはちょうどいなくて、べつのおとなしいほうの上司だ。

その夜、感心していたほうも合流して、上司二人と、会社から離れた場所にある妙に高い居酒屋に行った。

「暴力は、だめだぞ」

と言われても、ぼくは最初はぴんときていなかった。

施設では、普通のことだったから。言うことを聞かない、大人の腹を立てさせてしまう子供は、叩かれたり重いものを長い時間持たされたりするものだった。それが、常識だ。結婚する前につきあっていた女の子のうち、何人かのことも、ぼくは急に叩いたことがあった。もちろん、あんなに思いっきりではないけれど。彼女たちは怒ったものの、それでぼくを捨ててしまうということもなかった。だからそれをいけないことだとはあまり思ってこなかった。ぼくは上司たちに、先生が出来の悪い生徒に教えるように繰りかえし諭されているうちに、世間ではこうなのだ、ドメスティックバイオレンスとはよくないことなのだ、と納得して、注意深く記憶した。

離婚には同意したほうがいいだろう、と二人とも言う。

まだ半年しか経っていないのに、とぼくは思った。

だって、これじゃ……恋人同士がただつきあって別れるみたいに、あんまり簡単じゃないか。結婚っていうのはもっとたいへんなことで、そうそう別れたりしないものじゃなかったのか。あの日、たった半年前のあの夜は、この幸せがずっと続くのだと思いこんで、覚悟もしていたのに。ぼくの想像の中の、ずっと、つまり数十年とは、なんて薄っぺらで非現実的な空想の産物だったのか。半年か。ほんとうに。ほんとうに。ほんとうに。

ぼくは上司の手前もあり、おとなしく離婚届に判を押した。

上司がそれを、会社近くの喫茶店まで取りにきたお義母さんの手に、渡した。色っぽいと褒めてたほうの遊び人の上司だ。上司たちもお義母さんも、どちらもまるで未成年の保護者みたいな活躍ぶりだった。大人と大人の結婚のはずなのに、だからぼくとユーノは、最後に顔を合わせて話しあうことさえさせてもらえなかった。

とことこと歩いてもどってきた上司が、ぼくの肩を妙に気弱に叩いた。それからお義母さんが指定した喫茶店のことを、

「おい、コーヒー一杯が千円近くしたぞ。いいランチが食える値段だよなぁ。でっかい花瓶に鬼百合が飾ってあって、クラシック音楽もかかっててさ」

するともう一人の上司が、顔を上げ、妙に文学的な返事をした。

「あの人は、そういや、花でたとえると鬼百合のような女性だねぇ」

「うん？」

「華やかで、おおきくて、強い花、さ」

「……はぁぁ？」

お礼を言おうと頭を下げかけていたぼくの口から、疑念の息が声になって漏れた。奇怪に思って、そっと顔を上げて様子を窺うと、二人とも夢見るような目つきをして、それぞれ壁やら窓の外やらをぼんやり見ているばかりだった。あのお義母さんがわけのわからない妄執と慟哭と恫喝の怪獣と見えているのは、この世でぼくだけなのだろうか、とふいに絶望した。それから、あの新婚初夜、うちの玄関で、優梺、優梺、わたしの優梺、わたしの優梺、と叫び続けるお義母さんを迎えにきたときのお義父さんの、静かに

鬼気迫っていたあの顔つきを思いだした。正しくは、ぼくと、あの人、だけ、か。

ふっと女友達が話していたことを思いかえす。夫と離婚したとき、実家の戸籍から抜けて自分個人の籍になることを選んだ、と。ぼくの妻だった人は、でも、実家の戸籍にもどっていくような気がした。

おそるべき母の娘に。

ユーノの歌声が、それにしても、恋しい。

この日の帰り道。駅のホームでぼくは、妻がよく歌っていた曲を力なくすこし口ずさんだけど、ばかみたいだからすぐやめた。

こうしてぼくとユーノ母娘との縁は意外と早く切れた。

そう、思われた。

そして音楽もなく、恋もほぼなく、愛もまったくなく、ただ月日は流れた。

＋

それからのぼくは、転職を二回した。結婚はもうしようと思わなかった。自分にはわけのわからないことすぎて、いったいあれが特殊な状態なのか、それとも家庭を持とうとすれば容易に起こりうる、よくある迷宮だったのかもまったく判断つかなかったのだ。

ようやく三年ぐらい経ったころ、立ち直ってきて、長らく女友達だった梨子と男女の付き合いになった時期もあった。でもぼくに再婚の意思がないとわかると、梨子は梨子なりに傷ついたらしく、離れていってしまい、気づくと疎遠になっていた。

社会人になったばかりのころには、まるで宇宙空間に投げだされてるようだと恐れをなしたはずの、すごく寂しいはずの一人暮らしにも、いい加減慣れてきた。そうして一度慣れてさえしまえば、一人でいることはじつはとても快適なのだった。気づけば、いまさら誰かと一緒に暮らすなんてむりかなぁ、なにしろこの気楽さは捨てがたい、と思うほどに。


あれは離婚から三年ぐらいだから、たぶん梨子と付き合い始めたころのことだったと思うけれど。

ぼくは、街で、――ユーノと再会した。

外回りの仕事のあいまに、昼飯を食べようと、そのへんの弁当屋で買ったいちばん安い弁当とペットボトルのお茶を手に、知らないおおきな公園に入った。転職するたびに給料はすこしずつ減っていたし、そうやって一人で急いで食べるごはんは、安さとスピードが大事なだけで動物の餌とそう変わりない。味わうこともなく餌をかっこんで、さあてっとお茶をがぶりと飲んだとき……。

この世がくるりと裏返って、悪夢がよみがえるように、ふいにあの歌声が聞こえてきたのだった。

日射しが暑かった。

夏の終わりの、ことだった。

ぼくは初め、自分がおかしな白昼夢を見始めただけなのかと思った。

でも、ちがった。

ゆっくりと振りむくと、樹の向こうの黄色いベンチに、日射しを浴びてさんさんと輝きながら、ぽってりと小太りな女の人が安定感ばつぐんのポーズで座っていた。最初はもっとおばさんなのかと思った。膨張して見えるタイプの白いワンピースを着ていて、お腹まわりの肉もだけれど、頬や、顎、首がだらしなくほどけたようなへんな肉付きで、遠目だと三十代前半の女性にはとても見えない。その人が、歌っていた。とてもきれいな歌声だった。そしてまちがいなくユーノの声だった。半年のあいだ毎朝聴き続けた君の歌だった。……ユーノ、歌って。あのころぼくは、寝起きでぼんやりしながらも、繰りかえしそうねだったものだった。ユーノ、もっと歌って、と。彼女が好きなのは、若い女性歌手たちが物する甘い恋愛ソングばかりだった。仕事が忙しい恋人となかなか逢えなくて、苦しんで恋しがるかわいい歌だったり。かと思うと、壮大なメロディとともに永久の愛を誓ってみせるものだったり。二人の青年のあいだで心が儚く揺れる歌だったり。そんな恋の歌を、彼女はかわいらしく、よく伸びる声で歌ってみせた。愛を誓う歌詞のところでは、ときどきふざけてぼくのほうに手を伸ばしたりしたけれど、そんなときも声も音階もすこしもぶれないのだった。なにしろプロの歌唱だったから。

……ユーノ、歌って。

気づくと、またそう言いそうになっていた。

ぼくは弁当の空き箱とペットボトルをベンチにそのままに、ゆっくりと近づいていった。木漏れ日がぼくの頬にかかる。さわっ、と風が吹く。そしてふいにその風がびゅうびゅう悲しくこわく泣いたように思われた。

足を止めた。

女性が顔を上げる。

やっぱりユーノだった。

白いワンピースと見えたのは、近くで見るとなぜか寝間着だった。長かった見事な黒髪も、後ろできつく結んでいるのかと思ったら、似合わないベリーショートになってしまっていた。顔を上げて、ぼくを見る。ユーノ。ぼくらはあんなふうに手ひどく別れたつきりだというのに。ユーノ。だからぼくのほうは、とっさに苦虫をかみつぶしたような顔をして君を睨みつけてしまったというのに。君のほうは、おかえり、と笑うときと

同じような能天気さで、

「あらー、タカノー」

「えっ。あの、ユーノ……」

「おかえりぃっ」

「……はぁ？」

ぼくのいかにも不機嫌な低い声に、ユーノはびくっと肩を震わせて、ついで不思議そうにこっちを見上げた。

おい、おまえな。

おかえりって、なんだよ？

ばかのふりなのか？

ぼくはしみじみと、だらしない肉付きをして見る影もないというか、どうもおかしな感じの元妻の全身を眺めわたした。その視線にも臆することなく、ユーノはおおきな目を見開くと、いかにも無邪気にみつめかえしてきた。ぼくはふと違和感に気づいた。こんどはよく観察する。思慮深くて、如才なく、そして知的なのにいつもどこか遠慮がちだったはずのユーノらしさはどこかになりを潜めていて、その代わり、この日久々に見た彼女の顔には、なんというか、子供のような気楽さと、呆けた人の明るさだけが満々にあった。

そして、含むところのなさすぎる明るい表情で、

「あれぇっ？」

「なんだよっ」

「タカノ、だいぶ痩せたんじゃない？　急に、どしたの？」

「急って？」

「んー」

「……おまえはみっともなくなったよなぁ」

そう応じると、ユーノは「あたしがぁ？　ええ、まっさかぁ！」と言って、そして……。上機嫌な動物みたいにけたたけたけたけたと笑いだした。これまで見たことのない奇怪な笑い方だった。

ぼくはおどろいて顎を引いた。

これはいったいなんなんだよ？

そこに白い服を着た女性が近づいてきた。木漏れ日が眩しくて最初はよくわからなかったけれど、年配の看護師さんだった。ぼくを見咎めるとあわてて小走りになり、

「あのっ。この方に、なにか？」

「えっ、いや……」

「この人はー、タカノぉー」

「……もしかして、優埜さんのお知り合いなの？」

と、ぼくではなくユーノに聞く。顔を覗きこんで心配そうに。

ユーノがまたけたけたと動物みたいに笑って、

「えー、お知り合いぃ？」

と口真似(くちまね)をした。

それから急に、歌っていたときのような無表情にもどり、

「あたしの夫です」

「あらっ？」

看護師はうなずいたものの、なぜかさらに不審そうな顔つきになってジトッとぼくを見据えた。

なにがなんだかわからない。

その二人が、夏の終わりの光の中を連れだって歩き去っていくのを、だからぼくはぽかんと口を開けて見送った。

ユーノのことに関する限り、昔からぼくはこの顔をすることが多すぎた。三年ぶりの再会だというのに、今日もまたこんなふうに呆然(ぼうぜん)とおどろいているだけだということが、なんだかいやだった。

どうして寝間着みたいな服を着ていたのか、公園に一人でいたのか、看護師さんが迎

えにきたということは、なにか病気なのか……。事情は理解できないまま、ぼくは目を逸らしておおきく息をつくばかりだった。

その翌日のこと。

出社すると、会社の前にお義母さんがすっくと立っていた。過去からの不気味な蜃気楼がもぁっと立ちのぼってるようだった。

ぼくは両手で頭をかきむしってぎゃーっと叫びたいような気分になった。三年ぶりに見る、あの人……。って、いったいなんの用なんだろう……。だいたい、ぼくの転職先までなぜ知ってるのだろうか、このぶんじゃ、もしかして住所も知られているんじゃないか、とこわくなって走り寄ってこれだけ糞暑いのにまた訪問着なんかを着ているこのおばさんとおばあさんのあいだぐらいのへんにきれいな気持ち悪いひとの手を無言で引っ張って会社の裏の、裏の、そのまた裏通りのコーヒー一杯百円の薄汚れたコーヒーショップにむりに連れていった。遅刻になるが、でも、仕方ない。アイスコーヒーをブラックのままぐいーっと一気に飲み捨てて、ぼくは自分でもひどく血走ってるとわかる目で、

「なんなんですかっ、いったい！」

と、叫んだ。

お義母さんのほうは、黙ってぼくを睨み据えているばかりだ。

もしかしてこの人は気がちがってるのだろうか、と、いまさらだけどようやく思った。

ぼくはそれからつとめて落ち着こうとして、

「あのぅ、ぼくはもうあなたたちとはなにも関係ないはずです。いまは付き合ってる女性だっているんですよ。お願いですからほうっておいてください。会社にまでくるなんて……」

答える声は真っ赤に透き通っていた。

「鷹野さん。あなた、優梵とはもう逢わないでちょうだいね」

「いやっ、逢いませんよ！　って、あぁ、もしかして昨日のことですか？　たまたま外回りであの辺りに行っただけですよ。ユーノがどこでなにしてるかなんてもう知らないですし。興味も、ないですし。まったく、昼間っから優雅に公園で歌なんて歌ってるような人とはちがってね、ぼくも、いまの恋人もね、こうして働いていて、毎日たいへんなんですよ。あいつ、おかえり、とか、痩せた、とか、のんきなことを言って。冗談じゃや な……うわぁっ！」

ぼくは思わず声を上げた。

お義母さんがとつぜんぼくの顔にアイスコーヒーを引っ掛けたからだ。

目に入り、沁みる。

低く悲鳴を上げる。

滴って、ワイシャツを汚してしまう。

……周りの客がみんなこっちを見ている。

間の悪いことに、競馬新聞を開いたおじさんやおじいさんが多くて、最初に店に入ったときから気づいてはいたけれど、みとれるような、憧れるような眼差(まなざ)しをお義母さんのほうに投げてきていた。この騒ぎも、もしや年下の男との痴話げんかにでも見えているのだろうか、おじさんたちがぼくとお義母さんとをじろじろと見比べ始めている。

もう困ってしまって、

「……なんなんですか。いつも、いつも……。ぼくには、あなたのことがさっぱり……」

「だってっ！　全部、あなたのせいなんですよ！　鷹野さん！」

「はぁ？」

お義母さんはつめたく燃え盛る赤い目でまっすぐにぼくを睨みつけた。

ぼくは……。

不気味な炎がちろちろと過去から近づいてくるようで、また怯えて、おしぼりであちこちを拭きながらも逃げ腰になった。

お義母さんが爆弾投下のようにしてさらに攻めてくる。

「あの子はあなたに殴り倒されて床で頭を強打したとき、後遺症を負いましたの」

「……は？」

「まぁ、打ち所が悪かったというやつなんでしょうね。お医者さんが言うには、脳の前頭葉に重大な損傷を負ってしまって……。それで記憶障害を負った、と」

「はぁ？　えっ？」

「慰謝料を取らずに離婚してあげたことを感謝してもらいたいですわねぇ」

ぼくはわけがわからず、幾度も聞きかえした。

お義母さんの話では……。といっても医学的なことは苦手らしくて、けっして上手な説明ではなかったけれど……。つまりはユーノは脳の損傷が原因で、あの日までのことはちゃんと記憶しているのに、その後の新しい記憶は脳にとどまらず、短ければわずか十分程度で、長くても半日ぐらいで、なにもかもをころころと忘れていってしまうようになったというのだった。だからついさっきの出来事ももう知らないし、ましてや昨日や一昨日のことなど記憶してくれるはずがない。自分が離婚したことも、三年分、年を取ったことも、なんにも知らない。新しいニュースも環境の変化ももちろん覚えられない。

だから、昨日ぼくと久しぶりに会ったことも、かんじんのユーノはすぐに忘れてしまっていて。看護師さんが公園でこんな出来事がありましたよとお義母さんに報告したために、あわててやってきたらしい……。

ぼくはぽかんとしてお義母さんの口元をみつめていた。あぁ、またこの顔をしている、と自分でも困った。

でも、確かに……。

昨日、久しぶりに会ったユーノの様子は、お義母さんの話と一致している。おかえりぃ、とか、急に痩せた、とか、そういやへんなことばかり言っていたし。離婚したことも、あれから三年も経っていることもまるで知らないような口ぶりだった。第一、以前のユーノらしからぬ、お気楽で、ばかみたいで、頭の中心がぼんやりしちゃってるような様子だったし。

昨日は、こいついったいどうしちゃったんだよ、とあきれたものだけれど。

じつはぼくのせいだったというのか。

あの夜、ついかっとなって殴ってしまったせいで、ユーノは重大な記憶障害を負ってしまったのか……？　そしてあれっきり長いあいだ記憶の海で溺れ続けていた……？

ショックを受けているぼくの顔をとくとみつめながら、お義母さんが勝ち誇ったように言い放つ。

「そういうわけでね、鷹野さん」

「は、はい」

「もう二度とあの子に近づかないでください」

「はぁ……。あの、それは、言われるまでもなく……。でっ、でも……」

「優埜はこれからわたしと夫が死ぬまで面倒を見るんですから」

それが、こんなにもつらい話をしているときだというのに、奇妙に幸福そうな声色だったので、ぼくははっと息を呑み、思わず相手の顔をじっと見返した。

分厚い唇。

なまめかしい、濃い赤の紅。

笑みを浮かべるおおきな目。

娘とあまりにもよく似た面差し……。

と、恐ろしい想像が、ぼくの胸を馬車に乗った黒衣の旅人のように横切っていった。

あのまま、ぼくがユーノに暴力をふるったりなんてせず、夫婦で幸せに暮らし続けていた場合と。障害を負ってしまったユーノがお義母さんに介護されている現状と。果たしてどっちがこのママちゃんにとっては都合がよいのだろうか。と。

そのぼくの目をお義母さんはまっすぐにみつめかえしてきた。そして肉感的な唇をゆっくりと開いて、

「あの子に必要なのはこのわたしなんです。もうわかりましたね?」

ぼくは……。

この人の、情熱か、妄執かに負けてしまって、つい目を逸らした。

あんなに賢くてきちんとした、そして普通の女性だったユーノが、そんな哀れなふうになってしまって、いまやお義母さんのおおきな庇護人形なのかと思うと、そしてそれが自分のあの一瞬の怒りの爆発のせいなのだと思うと、もうどうしたらいいのかわからなくなってしまったのだ。

ごめん、ユーノ。

そうだ。ぼくは殴ったことを謝ってさえいないな。

でも、いまさらどうしたら？

この日、非常に混乱してしまった。ふらふらと立ちあがって、店を出て、コンビニエンスストアでワイシャツの替えを購入した。会社へ、日常へともどりながらも、雲の上を歩くようなフワフワした感じがずっと続いた……。幸い、半日ぐらいでそのへんな感触は抜けてくれたけれど……。

自分の癇癪のせいで、知らないあいだに、大切に思っていたこともある他者の人生に重大な損失を起こしていたのだ、そして自分だけがそのことを何年も知らずに、相手や状況に怒りを感じて生きてきたのだ、被害者だと信じていた自分のほうがむしろ加害者になっていたのだという怖さは、翌日も、その翌日も、翌週も、いや、翌月も、ぼくのこの薄い胸にずーっとずーっと残った。

そして、その奇妙な恐怖の日々は、それから、四年、続いたのだった。

＋

三十代後半になった。

ぼくの暮らしは相変わらずだった。働いて、夜は一人の部屋にもどり。って、それだけかな。

友人たちが一人また一人と家族持ちになっていくにしたがって、友達づきあいも少なくなってきた。一人で過ごす時間がさらに増えた。独身主義者にとって「なにしろ一度結婚に失敗してるのでねぇ……」というのは、なかなか便利ないいわけだった。それに、ただのいいわけじゃなく、元妻の身に起こったらしき悲劇的な変化と、その原因がどうやら自分であるということは、ぼくのその後の人生にほんとうに薄い灰色の幕を投げかけ続けていた。

収入は高くないけれど、資金のいる趣味もないし、だからそう使わない。だいたい、人生を楽しもうという気概もここ四年のあいだになくなっていったのは、やっぱりあの出来事のせいなのだろうけれど。それももういい。

というわけで、日々は判で押したように過ぎ去っていくばかりだった。

ある意味では子供のころみたいな日々だった。ほかの子たちが、一人、また一人といなくなっていった施設に籠城する、老けたえいえんの子供みたいな生活だ。

ある日。

転勤のために引っ越して間もない小さな街の、新しい部屋に、毛筆書きの手紙が届いた。

名前を見ても、最初は誰なのかわからなかった。だって昔の剣豪漫画に出てくる果たし状みたいな猛々(たけだけ)しい文字で。でもその割には女性の名前で。かといってこんなのがラブレターのわけはないしな。と、おそるおそる開いて初めて気づいた。

なんとお義母さんの名前だった。

って、どうして忘れてたんだろう?

ぞくっとして思わず取り落としそうになった。それは冬の終わりなのに珍しくちらちらと粉雪が舞い散るという午後のことで。かじかんだ手がついに下に落としたから、手紙は目の前で黒く燃えるように文字を不気味に滲(にじ)ませる。

ぼくはしぶしぶ、ゆっくりと拾いあげる。

吐息交じりに開く。

『わたし、じつはもう先が長くないのです』

と、いきなり書いてあった。

出だしから派手だな。劇場型、という言葉が急に頭にぽっかりと思い浮かんだ。そういえばあの女性は、例の披露宴のときも、部屋の玄関の前でも、離婚届を握って会社に乗りこんできたときも、いつもなぜか、ぼくの人生というささやかなドラマの主役を奪うかのようにじつにさっそうと立ちまわって、ほんとに、ほんとに、キンキラキンに派手だった。

二行目以降によると、どうやらほんとうに病気らしい。骨髄性の白血病を患って、長らく騙(だま)し騙しきたのだがとうとう危ういようです、と説明されていた。

そんなこと知らねぇよ、とまず思った。病気はそりゃたいへんだろうけど、でもいきなりなんですか、なぜぼくに訴えるのですか、と。

つぎの言葉は、

『夫もあの手術以来、健康ではありません。優埜の世話をする人がいなくなるのが心配で、わたしは死んでも死に切れないのです』

とあった。

……もしかして。

つぎの文章を目にしたとき、ぼくは思わず指で目頭を押さえた。目薬を点(さ)したらじつはそれが劇薬だったように、アッと。

『鷹野さんには責任があります。

ですから、わたしがいつかこの世からいなくなった暁には、あなたがあの子の世話をするべきでしょう。

それこそが世の理というものです』

ぼくはふわーっと目眩がしてその場に倒れそうになって、外壁にもたれた。同じマンションに住む、顔見知りになったばかりの若いかわいい女の子がちょうど通りかかったところで、あらやだ、と傘を差しかけてくれた。

お礼を言ったものの、わたしの部屋であったかいココアでも飲みますか、という甘い申し出を蚊の鳴くような情けない声で断り、なにかから逃げるときのもつれた歩みで自分の部屋に転がりこんだ。

逃げられない。

手紙もぼくにしつこくついてきたから。

いや、自分で握ったまま部屋に入ってしまったというだけだが。

まだ引っ越したばかりで段ボールだらけの部屋の床にゆっくりと座りこんだ。

あの人からの手紙。

最後の。

呪いの遺書。ラブレター。果たし状。

さて、どうしよう。

どうしたら……？

「脳腫瘍、ですか？」

＋

さて、気味の悪いあの手紙が届いてから一か月ほど経ったころ。

ぼくは週末を利用して、ユーノが入っているという病院に向かった。

そこは新居からは電車を乗り継いで片道二時間半もかかる場所だった。そういえば昔、歌うユーノとばったり再会したあのおおきな公園とも割と近いな。ということはあのころからずっとユーノはここにいたということだろうか。

出かける前の日のこと、ぼくはおそるおそる病院に電話をしたのだった。そしてユーノが確かにそこにいること。長らく娘にみっちりと付き添っていたお義母さんが、先週亡くなったこと。そのお義母さんから、もし鷹野と名乗る男性がやってきたら面会させるようにと言付かっていること。それを確認したら、行かない、手紙のことはもう忘れる、という選択肢も難しくなってしまったようだった。それでぼくは、半ば渋々だが、ユーノに対する昔のよしみを感じたのもまぁ事実で、ともかく一度だけはと勇気を振り絞って出かけたのだった。

そうして辿り着いたそこは、病院と長期滞在型ホテルの中間というか、勝手に出ていけない独身寮というか、そういう感じの妙な建物だった。

玄関ホールの鉄格子つきのおおきな扉を抜けて中に入る。

主治医だという、ぼくよりすこし若そうな痩身の男性から、話を聞く。

「つまり、優埜さんの脳にね、みかんぐらいの大きさのけっこう立派な腫瘍がみつかりましてね。えぇと、カルテによると……。あぁ、もう七年前のことですねぇ。まぁ、もっと早くみつかればよかったんですが、なにしろこういうことの発見は難しいですからねぇ。で、取り除く手術はぶじに成功したのですが、前頭葉に損傷が……。えっ？」

「脳腫瘍、ですか？」

「えぇ。……って、えっ、ご存じなかったんですか？」

「頭を、その、強く打ったせいで記憶障害を患ったと聞いていたんですが」

「えーっ？　いったい誰から？」

「お義母さんから、ですが……」

答えながら、ぼくは静かに椅子の上で全身を弛緩させた。

脳腫瘍、だって？

この四年間、ずっとよくよしてきたっていうのに。じゃ、あれはいったいなんだったんだ？

お義母さんの見開かれた目と分厚い唇を思いだして、もう思いっきり舌打ちをしたい気分になった。

時間を返してくれ、とも言いたくなってしまう。いまさら、四年前にもどって人生をやりなおすこともできないけど。

ふっとユーノの顔が思い浮かぶ。若くてかわいかったころのほうが。

とはいえ、原因がじつはぼくの暴力ではなく脳腫瘍だったというほかは、つまりは症状の話はどうも全部ほんとうらしかった。七年前までのことはちゃんと覚えているけれど、それ以降のことはすぐに忘れてしまう。あの短期の記憶障害のことだ。

ぼくは急に思いだして、

「先生。そういえば、新婚のころ、目が見えなくなったけどすぐ治った、とおかしなことを言ってたことがあったんです。それに、いつもはしっかりした女性なのにぼけっと突っ立ってることも増えました」

「あぁ、視神経が腫瘍に圧迫されていたのかもしれませんねぇ。じゃ、兆候はあったんですね。でもねぇ……」

「なんてことだ！　早く気づいてやればよかったんだな。ユーノ……。病院に行けよって言ったけれど、もう治ったからいいのって答えられて、それっきりにしてしまって……」

「いや、仕方ありませんよ。まさか脳腫瘍だなんて誰も思いもしなかったでしょうし」

「その腫瘍って、いつみつかったんですか」

「えぇと……」

カルテに書かれた日付を読みあげられて、ぼくは、えーっと思わず聞きかえした。見せられて、カルテを自分の目でも確認する。

それはなんと、ぼくとユーノが離婚してからたっぷり半年も経ってからのことだった。医師の話では、アルバイト先の花屋さんで倒れたという。居合わせた客が救急車を呼び、病院に担ぎこまれたらしい。

ぼくはしばし考えこんだ。

だって、それよりも半年も前のあの日のこと、離婚届を片手に会社に乗りこんできたときのお義母さんが、娘はこの男に殴られたせいで障害を負った、もう嫁に行けない、と腹から響くような声であんなにも力いっぱい叫んでいたのに。

じゃ、あのときはまだユーノは無事だったのか。

なんの障害もなかったのか？

あの日のお義母さんの声が、まるでその後のユーノの身に起こったことの不吉な予言だったかのようで、ぼくは内心ぞくっとした。でもほんとうはそんなオカルティックなことじゃなくて、ユーノのかすかな異変を間近で見るうちに、お義母さんが無意識下にこれから起こることを察した、とでもいうことだったのだろう。きっと、そうだろう……。

「それで、今日、ご本人とお会いになりますか」

「えっ！　えっと、それは……」

ぼくはぎくりとした。

「お義母さんは毎日こられてましたけど。お義父さんのほうはどうもご病気のようですし、お友達のみなさんも、最初はともかく、だんだん足が遠のいてしまって。お見舞い客も少なくなる一方ですからねぇ。でも、なるべく人と会ったほうが元気でいてくれると思いますのでねぇ。まぁ、おうちからも遠いようですし、ひんぱんにこいと言われてもこれはお困りになることと思いますが。もし、ときどき顔を出していただけたら、患者さんのためにも、きっと」

「あ、はい。……えっ？　うーん」

ぼくは迷った。

ここまでのこのこきてしまったけれど。さてどうしたものか。

医師も、立ちあがったものの、一度座った。ぼくもよろよろと立ちあがりかけて、つられてまた座る。

「……あの？」

「お義母さんからどれぐらいお聞きだったのか、わかりませんが。記憶障害のほかに人格の変化も見られますので、そこはそのおつもりで、どうか……」

「人格の変化ってなんですか？」

ぼくは、四年前、公園で再会したときのユーノの様子をまた思いだした。

歌っていたユーノ。

上機嫌で、弛緩したように微笑んでいたあのへんな顔。

そういえば……。

医師はうなずいて、

「記憶とともに、なんといいますかですね、深い感情とでもいいますか……。人としての意思や、計算や、成長なども見られなくなってきているようです。その代わり、多幸感とでもいいますかね、楽しげな様子はいつだって見られますから」

ぼくは思わずぐっと顎を引いた。

回想のシーンの中で、あのとき公園で見たユーノの姿は、確かに、あぁそうだったたと思えてきた。けたけたと動物みたいに笑っていたし、妙に楽しそうだったし、でも……。

なんというか、それだけ、だったような。

ユーノ自身は、知性はどこに行った?

医師がぼくの顔をじっとみつめかえしてきた。

そして、案内された、中庭。

四角い施設の真ん中に、ヤシの木や棕櫚(しゅろ)やチューリップが脈絡なく植えられたスペースがあって、カフェのような感じで白いテーブルと椅子も点々と置いてある。どこから か風がそよいでくる。洒落(しゃれ)た音楽まで流れてくる。外国のリゾートホテルをぐっと小さくしたような不思議な空間。

遠くの椅子に誰か座っている。

目を凝らす。

――お義母さんだった。

ぼくはぎょっとした。死んだんじゃなかったのか。あいつ。うわっ。

看護師についておそるおそる近づいていくと、じつはお義母さんではなく、変わり果てたユーノだと気づいた。いや、変わり果てた、というのはまちがいかもしれない。むしろようやく本来あるべき姿になった、限りなく完成に近づいた、ということかもしれない。つまり、いちばんの親友、大好きなママちゃんとそっくりの容姿をした冴(さ)えない中年女に、だ。

ぼくは顔をしかめながらゆっくりとその女の前に進んでいった。近づくと、薄い唇だけが不気味に動いているのがわかった。顔のほかの部分は彫像のようにそのままで。おおきな目も、高い鼻も、全体にぼってりした体の肉付きも、いまやお義母さんとそっくり同じものになっていたけれど、動いている唇の、いかにも薄幸そうな薄さだけは、変わらずまぎれもなくユーノのもので、だからいまや実年齢よりずっと年老いて見えるユーノの姿は、そう、お義母さんをすこし不幸そうにしたような人、あのママちゃんの劣化版とも見えた。

「空ぶかし中(アイドリング)ですね」

看護師が穏やかな声でささやく。

「えっ」

「あぁ、つまり歌ってるということです。でも、無意識にです。誰もそばにいないときは、こうやって感情や感覚のスイッチを切ってしまったような状態で。お見舞いの方がくると、そのときだけは元気になりますから。だから、なるべくどなたかにきていただきたいんですよ」

「空ぶかし、ですか……？」

「ええ」

「ユーノっ！」

ぼくは急におおきな声で、呼んだ。

一度は妻だった人を。

たった半年のあいだだけど。

その前は普通の恋人どうし。

で、その後は……。その後は……。その後は、ずっと……。

「ユーノ」

「あれ、タカノぉ？」

ユーノがはっと顔を上げて、すると底なし沼みたいに無表情に固まっていたそこにふいにばかな花がぽかりと咲くように、邪気もなく知恵もなくただ呆けた子供みたいな笑みがたちまち満々になった。四年前の再会のときとまったく同じ表情と仕草だった。時はだいぶ経ったのに、変化も成長もなにもなかった。

「やーん、おかえりぃ！」

「ユーノ……」

「会社、どうだった？　いま、ごはん作るねぇ。あれぇっ？」

立ちあがって、そこがぼくたちが暮らした部屋の玄関でもキッチンでもどこでもないのに初めて気づいて、戸惑っている。

ぼくは立ち尽くしてその様を見ていた。

元美人歌手。

ほっそりしていて、賢くて、若くて、とても美しかった女性。

そのはずだった。

そうして、ほんとうならそろそろ小学校に入る歳の子供のお母さんになっていてもいいころ。

ユーノは不思議そうに辺りを見回し続けている。

顎の下に集まった肉が、やわらかく、古めかしく、ぷるんと揺れる。


それから、ぼくとユーノは四角い小さな庭をそぞろ歩いたのだった。

記憶は短ければ十分ほどで途切れると聞いていたが、とはいえ連続した行動を取っている限りは、ある程度は続いてくれることも多いらしい。少なくともそこにぼくがいた一時間弱のあいだは、ユーノはずっと同じ時間軸を規則正しく歩いているように見えた。

「こんなふうにさぁ、デートって楽しいよねぇ」

公園を歩いているのとまちがえて、ユーノはうれしげにけたけたけたけたと笑った。

若い女の子みたいな甘えた話し方をしているけれど、見た目は実年齢より年老いているから、まっすぐにみつめてしまうともう目も当てられない状況なのがよくわかった。

多幸感という医師の説明通り、ユーノは機嫌よくずっと楽しそうだったけれど、深みとでもいうものはやはり失われて感じられた。

ぼくは中庭をぐるぐる歩いて、七年前の時間にいるかのようにむりに話を合わせながらも、見る影もなく魅力を喪(うしな)った、ユーノらしさのまるでなくなった元妻の姿に震えを感じ、こっそり歯を食いしばり続けていた。

そして面会時間が終わるころ。

もうここにはこないほうがいいだろう、とぼくは判断した。医師も看護師もまたきてほしいと言っていたけれど。こんなことは自分にはきっと耐えられない、と。

ぼくとユーノの新婚生活は、半年のあいだは少なくとも幸せだった。もうそれだけでいいだろう。所詮それだけの縁の女だったのだ、と。

そう思って、面会時間が終わるとユーノに別れを告げようとした。でも、これもしばらくしたら忘れてしまうのかな。こうして今日ぼくと会ったことも。さよならと言いあって別れたことも。そうしてまた、たった半年だったはずの結婚生活があれからもずっと続いているというグロテスクな夢の中に、一人ぼっちでもどっていってしまうのか。そこにはもう、このぼくも、いや、全身全霊で新婚生活を邪魔するお義母さんでさえ、死んでしまったからいないというのに。一人きりであの灰色の過去に沈んでいくのか。

と悲しく苦しく思いながら、

「……じゃあね、ユーノ」

「あれぇ、どこ行くのぉー」

返事はとても無邪気だった。ぼくは思わず泣きそうになって、つい、

「どこって、もう自分のうちに、自分の時間に帰るんだよ。そして君のところにはもうこない。……ねぇ、ユーノ。お義母さんのことはほんとうに残念だったね。ぼくからも、その、お悔やみ、申し上げます……」

「はぁ？」

呆けたようにユーノが聞きかえしてくる。それから涙を浮かべているぼくをきょとんと見上げた。いかにもなにも考えていないというように口を開けながら。

ぼくはわけがわからなくなって、涙を拭きながら相手の顔をみつめかえした。それから、あぁ、しまった、そうだった、記憶障害のせいで物事を覚えていられないんだった、だからあの母親が亡くなったことも知らないんだとようやく思いだして、するとついくすくす笑ってしまい、

「あーっ、ごめんね。やだなぁ」

「ええ、なにがぁ？」

のんびりして、あまりにも感情のないその返事に、瞬間、ぼくはゆらめいた。

もうまともに相手にしなくてもいいだろうに、つい真顔になって、気づくと言わなくてもいいことを口走っていた。

「……いや、お義母さんはもういないんだよ。死んだんだから」

返事がなかった。

……もういいだろう。充分だ。帰ろう。

改めてそう思って、もう一度、さよならユーノ、と言おうとして、相手の顔をなにげなく見下ろした。

と——。

凍りついたような、むきだしの、ものすごい表情がそこにあった。

ほんとうにショックを受けて、心の底から動揺している人間の顔。

こんなもの、生まれて初めて見た。

なんだ、これは?

ぼくは動揺して、じっとユーノを見下ろしたままでいた。

そして、あぁ、なんと悪いことをしてしまった、病人にこんなショックを与えてしまって、と後悔した。


ぼくは結局、それからも時間をみつけては、病院と寮とホテルを混ぜたようなその入院施設に通うようになった。

なにしろ片道二時間半の道のりだから、月に一回、かろうじて顔を出せるだけのときも多かった。かと思うと二週続けて行くこともあって、医師や看護師からは、優しい人だと、もうずいぶん前に離婚してるのにねと噂されていたらしい。

でも、実態はちがった。ほんとうは行きたくないのに、なぜかやめられないし、行くとつい……。かわいそうなユーノを虐(いじ)めてしまうのだった。

なにしろ会うたびに、前のことも前の前のことも全部忘れてしまっているのだ。「あっ、タカノぉ、おかえりぃ」と昔のように甘えてくる。毎回、同じ映像を巻きもどしては見てるようだった。ぼくのほうはというと、適当に話を合わせるばかりだし。

そして周りに人がいなくて誰も聞いていないときを見計らって、ぼくはいつも同じ台詞(せりふ)を繰りかえしてしまった。

「それにしても、お義母さん、残念だったね」

「はぁ?」

「いや、死んだんだよ。やだな、ユーノ、まさか親子なのに知らなかったの?」

そのたびにユーノは、あの殴られたようなものすごくひどい顔をしてみせる。目を閉じると、この手で彼女を思いっきり殴りつけたあの夜の、まず瞬間移動したようにキッチンからリビングに消えていって、それからスローモーションで仰向けになって床に思いっきり頭を打ち付けて気を失った、彼女のかわいそうな姿がまざまざと蘇(よみがえ)ってくる。

かすかな快感が脳を這いあがってくる。

あの後、ぼくは上司たちから、人に暴力を振るってはいけないとこんこんと教え諭された。とくに女性や子供、老人、病人など自分よりもか弱い相手に一方的に力を駆使するのは人として恥ずかしいことだ、と。それ以来、ぼくは細心の注意を払って生きてきた。でも、このときに病人のユーノに対してやっていたことは、それならなんだろう？

繰りかえし、殴る。

でも、つぎに逢うとユーノはまた全部忘れてしまっている。

だから最初からやり直す。

ぼくのほうも、つぎに逢ったときにはまた淀んだ気持ちになってしまっていて、だからまた同じ意地悪を繰りかえすのだった。悪いことをしてるなという後悔と、愉快な気持ちが入り混じって、ぼくは混乱していた。

——そして、こんなかたちの虐待が行われていることを、病院の人もユーノの関係者たちも誰も知らないままだった。

もしかして、じつはこんなに怒っていたのか、とぼくは自分の心におどろいてもいた。ユーノに捨てられたことを、その後の長いあいだお義母さんに騙されていたことを、こんなにも恨んでいたのか、と。

そのまま一年近く経った。
ぼくもそろそろ四十。
あのころ若かったぼくたちも、もう立派な中年男と中年女。

＋

とあるドキュメンタリー映画の監督が連絡してきたのは、つぎの春のことだった。ユーノのことを伝え聞いて、元歌手で、現在は記憶障害に苦しんでいる一人の女性の人生をリアルに記録したい、と考えたらしい。

でもまずお義父さんに聞いていただかないと、とぼくは返事をした。娘のことを興味本位でいじくられるなんて、ときっと断るだろうと思っていたけれど、なんとお義父さんは許可した。

監督と話しあったうえで、娘の生きた証が残るならぜひ撮ってほしいとお願いしたらしい。昔の雑誌記事や、生き生きと歌い踊るテレビ番組の録画、それに子供のころのアルバムまで出してきてくれたという話だった。となると、ぼくのほうで断るわけにもいかない。

そういうわけでユーノは、歌手だった若いころから数えると、なんと約二十年ぶりにふたたび華やかな世界で被写体となることになった。

それと一緒に、毎月、見舞いにやってくる、羊の皮を被った狼のような——この男もまた、カメラの前に立つことになった——。


といっても、ぼくはいまさらなにも隠すつもりはなかった。そのドキュメンタリーがもし完成したとしても、観る人たちからいい人だと思われたいとも、感心されたいともまるで思わない。

思い起こせば、若いころのぼくには人並みにそんな気持ちがあって、だから元歌手だという美貌の女性が奥さんになってくれることをさんざん自慢したのだった。施設で熱心に受験勉強をして、大学に進学して、よい企業に入って、これぞと見込んだ女性と結婚して……。って、そのはずだったけれど、いまではもうぼくの人生にはなにもない。

気づけば中年で、転職先も、まぁ冴えないし、あんなに仲良かったはずの友人たちとも自然と疎遠になっていって。だから、なんというか、以前のように男の子らしく見栄を張りたい相手さえもういなかったのだ。どうにでもなれって、いうかね。

とある日曜日の、朝。

ドキュメンタリーの監督が、いったい何時間前からいたのか、部屋の前で忠犬のようにじっと待っていた。そういえばこの日、お見舞いに行くとあらかじめ教えていたのだった。玄関の扉を開けたらもうそこに立っているばかりか、カメラまで回っていたので、ぼくはびっくりしてのけぞった。

聞くと、監督はこの週の平日のあいだ、病院での姿をずっと撮影していたらしい。気になって様子を聞くと「ずっと空ぶかしでしたよ。俺とはまともに話してくれなかったなぁ」と残念そうに答えた。

道をゆっくりと歩き、駅に着き、電車に乗る。

そのあいだも、監督はぼくの横顔を舐めまわすようにして撮り続けている。これは落ち着かないなぁ。でも仕方ない。

質問をいろいろされる。結婚生活について聞かれる。

じつはたった半年で離婚したのだと知ると、監督はびっくりしてみせて、

「えっ、そんなに短かったんですか。もう二年近くお見舞いにきてるって聞いたから、てっきりもっと長かったのかと思ってました」

「ははは」

「で、それから何年経ったんですっけ?」

「えぇと、もう八年、あれ、いや、そろそろ九年ですかねぇ」

「……あのぉ、聞いていいですか。離婚の原因ってなんだったんでしょう?」

「そうですねぇ、いや、一言ではなかなか言えないかな……。なにしろ短いあいだにい

ろんなことがありましたからねぇ」

お義母さんの泣き顔や、夜毎のサイレンや、それに細かかったりおおきかったりするユーノとのすれちがいの数々が、頭にきれぎれに思い浮かんでは、ぱちん、ぱちん、といやな音を立てて弾けては消えていった。

ぼくはそういうことを長々と説明するのをあきらめて、黙った。

電車はガタゴトと揺れて、いつもとちがうおかしな二人連れで、いつもの病院へと休日のぼくを運んでいく。

「あっ、タカノぉー。おかえりぃっ」

と、まったくいつも通りのユーノが中庭でぼくを出迎えた。

監督がまたカメラを回しだす。ユーノの呆けたような明るい笑みと、彼女からすこし離れたところに立って、困惑したような笑みを浮かべたままその顔を見下ろしているぼくとを。

カメラがあるせいで、急にふっと客観的になってしまった。

そうすると、ぼくとユーノは、歳はそう変わらなかったはずなのに、いまやユーノのほうが老けてだいぶ年上に見えるものだから、まるで歳の離れた姉弟か、いや、もっと離れたところから見たら母と息子とも間違えるかもしれない、と思いいたった。そのことがじわじわと恥ずかしくも感じられた。

「あれぇ、この人、だぁれ？」

とつぜんじっと見据えられて、監督があわてた。そばにいてもいないように扱われることにもう慣れていたらしい。でもぼくはこういうのにもおどろかなくて、

「友達だよ。しばらく一緒にいてもいいよね」

と、とっさに調子を合わせてやった。

それから、いつもと同じようにという監督の指示で、中庭をゆっくりと歩いたり、白いプラスチックの椅子に座って話しこんだりした。ときどきユーノの記憶はぷつんと途切れて、また最初から「おかえりぃ」「この人、だぁれ？」と同じ会話の繰りかえしになる。監督はそのたびにおどろいていたけれど、ぼくはなにも考えずに調子を合わせるだけだった。

どうやら、そのぼくの慣れた感じが監督にとってはよくないことだったらしい。カメラをこちらに向けながらも、首をかしげては考えこみ始める。

ぼくたちは四角い庭をそぞろ歩く。

ちょうど咲いていた花を一輪、手折(たお)って、ユーノの髪に挿してやる。するとユーノは喜んでけたけたけたと不気味に笑った。これも彼女が機嫌よくなってくれる方法として途中で発見したものだ。カメラがその花と笑っているユーノのアップを撮る。

やがて小一時間が経った。最初にいつも通りにしてくださいと頼まれていたので、ぼくはそろそろ帰ろうと椅子から立ちあがった。

そうしてほんとうにいつも通りに、

「じゃあね、ユーノ……」

「えーっ、どこ、行くのぉ？」

「どこって、自分の家に帰るんだよ。……ねぇ、ユーノ。お義母さんのことはほんとうに残念だったね。お悔やみ申し上げます……」

「はぁ？」

「あのね。君のお母さんは死んだんだよ？　だから、もうこの世のいいところにも悪いところにもどこにもあの人はいない。あれ、まさか、君、そんなことも知らなかったとか？」

ユーノはまたあのものすごい顔をする。

毎回初めて聞くことのように。心の底から傷つき、強いショックを受けて、言葉もなく立ち尽くす、保護者をなくした子供みたいにうなだれてしまう。

カメラがその表情をアップで撮る。

そして、いやしい薄ら笑いを浮かべているぼくの顔も。

まぁ、かまわないさ。このおかしな虐待を人に知られたって気にもならない。だいたい、ぼくだってきたくてきてるんじゃないんだし。これを機にもうここにはこずにすむようになるなら、それでいい。

しばらくして、ぼくは満足してきびすをかえした。帰ろうと歩きだしたとき、監督がなぜか「ちょっと、鷹野さーんっ」とのんきな声で呼びとめてきた。

えっと振りむくと、ユーノはまだあの表情をしたまま立ち尽くしていた。

その横で、監督がおいでおいでと手招きしている。

困惑して、

「あの、なんですか」

「もうちょっといてくれないでしょうかねぇ」

「でも、いつも通りっておっしゃったから。いつもはこうやって帰るんですよ」

「いや、いや、いやぁ」

と粘られて仕方なくもどってまたベンチに座った。

ユーノは樹になったかのように立ちつくしたままでいる。

困って、煙草(タバコ)に火をつける。あれ、ここって禁煙だったっけ？　まぁ、いいか。

手持無沙汰にぼんやりしていると、二本目の煙草に火をつけたころ、さく、さく、と足音が近づいてきた。

ぼけっと地面を見る。

ユーノの足だった。

顔を上げる。

ユーノはゆっくりと隣に腰かけた。ロボットみたいなやけにカクカクした動きだった。でもこの先の展開を、ぼくはなにも知らないのだった。そう思うと急に冷や汗が出て、背中をつめたく伝っていった。ぼくとユーノが二人だけで繰りかえし演じてきた、この同じシーン。お見舞いにきて、庭をそぞろ歩いて、椅子に腰かけて話して。最後にお義母さんのことでおどろかせて、にやにやしながら帰る。もしここで帰らなかった場合に、その後どうなるかなんて、知らない。なんだかタイムマシンに乗って過去を改変しているかのようなおかしな気分だった。

カメラは回り続けている。

胃袋が不気味に浮いて、ふわっといやな感じがする。ぼくは煙草を途中でもみ消して、おそるおそるユーノの顔を覗きこんだ。

「ユーノ？」

凍りついた表情。

恐怖に、ショックに、喪失に、痛みを感じきったその顔。

ずっと見続けたその顔。

それが——。

目の前で溶けていった。

ぼくは、えっと声に出して、なにかに対して聞きかえした。いったいどうしたの、ユーノ？

するとユーノは、ぼくの目の前で、曖昧すぎてさっぱりわからない表情になっていった。

そして、
目尻にしわがよって。口元は緩んで。

ぼくは元妻の顔をしみじみと覗きこんだ。

「死んだの？　あの人？」

「へぇ？」

気味の悪い、弛緩したニュアンスがゆっくりと広がっていく。

それから、ぼくから目を逸らし、はるか遠くを見上げ始めた。

ふわふわと緩んでいくその目つきに見覚えがあった。あっ、また記憶が飛ぶんだな。いまのも忘れていくんだな。そしてまたつぎのバージョンのユーノがぼくのもとにやってくる……。いまの笑みの意味を聞くこともできず……。

風がさわっと吹く。

木々がざわめく。暗くなるとともに空気が冷えてもきた。

ユーノが、宙を見据えたまま、静かになる。

と、隣にぼくが座っているのに気づいて、呆けた笑顔を作ってみせ、明るく話しかけてきた。

「あーっ。おかえりぃ、タカノぉ」

って、またここからのスタートなのだ。

だからぼくは、

「ただいま、ユーノ」

と、答える声が、もういい加減慣れているはずなのに、初めて、かすれた。

＋

それから一か月ほどは、ぼくはつぎの見舞いに行かなかった。

仕事が忙しい時期だったのもあるし、混乱してもいた。もう充分わかっているつもりだった遠い過去の出来事たちが、急に複雑で理解できないものみたいに感じられてきて、底知れずこわかった。

できればこのまま行きたくない、と思っていた。

監督から何度か連絡がきた。優埜さんの実家でいろいろ調べていたら、病気になる前に優埜さんが更新していたブログなどもみつけた、と話すので、あぁ、料理や出かけた場所のことを書いていたものですね、知ってますよ、とぼくはぼんやりと答えた。

ロボトミーというTwitterのアカウントも使っていたみたい、と聞いて、ふと、どこかで聞いたような気もして考えこんだけれど、思いだせなかった。


そして一か月ぐらい経つと、またなにかに呼ばれるように、ぼくはユーノのいる病院に行こうとし始めてしまった。

つぎの月の半ば、日曜の昼過ぎに、病院に顔を出す。

ユーノはいつも通り四角い中庭の隅の椅子で空ぶかしをしていた。柔らかな歌声がとぎれとぎれに近づいてきたり、遠ざかっていったりする。

彼女の歌は風のように軽い。

何者かの手で不当に心を奪われて久しい人の声。

「あっ、おかえりぃ。タカノぉ」

「……ただいま」

と、ぼくはほんとうに会社から帰ってきて家のソファに腰かけるように、ふぅと隣に座った。努力してにっこりと微笑んでみる。

ユーノがつぎになにを言うのか、自分にはもう全部わかってる、同じ映像を繰りかえし観るように、というあきらめたような気持ちはなくなっていて、そのぶんぼくは緊張していた。

散歩に誘い、花があったので髪に挿してやり、また椅子に座って歌声を聴く。と、急に、

「ねぇ、タカノぉ」

「ん？」

歌うのをふっとやめたユーノが、しばらく遠くを見ていたかと思うととつぜん言いだした。

「昨日さぁ、あたし、ごめんね」

「……えっ、昨日って？」

ぼくはびっくりして聞きかえした。

一瞬、昨日はぼく、ここにはきてないよ……ていうか、一か月ぐらい君を避けていたからさ、と言いかけて、ユーノの時間軸だからこれは昨日の話じゃない、九年か、十年か、もっと昔のことを話そうとしてるんだとようやく気づいた。なんだか緊張する。やっぱり今日も、その先を知らない新しい会話が始まってしまうらしい。こわいなぁ。聞きたいような聞きたくないようなよくわからない焦りを感じながら、つとめて穏やかな

声で、

「ごめんって、なんのことだよ。ユーノ？」

「とぼけないでってばぁ、タカノぉ。あたしたちケンカしたじゃないの」

「ケンカなんて、ぼくたちは一度も……」

「もうっ。とぼけてっ」

「……あーっ！」

ぼくは息を呑んだ。

そっと背筋を伸ばす。

ユーノとぼくは、あのころはどちらかというと温和な質だったから、短い結婚生活のあいだでケンカをすることはまずなかった。だから思い当たるのなんてあの結婚生活最後の夜のことだけだ。

ユーノがぼくになにかを言って、するとぼくが怒って、腕を振りあげた、あの……。いまだに、なにを言われて自分があんなに怒ったのかさっぱり思いだせないけれど……。

「みなしごのくせに、なんてひどいことを言ってごめんねぇ」

と、そのとき前触れもなくとつぜん謎が解かれた。

みなしご？

……あぁ、そうか。

ぼくはつい笑いそうになって手のひらで口を押さえた。なぁんだ、あれはそんなことだったのか。

ユーノのほうは感情的に震える声で、

「あたし、そんなふうにはタカノのことをばかにしてなかったのに。ママがよく、タカノのことをそう言うの。あっ、ごめんね……。家がないから、親子の情がわかんないかわいそうな男なのよ、だからわたしと優埜の仲を邪魔するの、って。カッとなったとき、思ってないのに、ついママの真似して口に出しちゃった。そしたらあんなに怒ったから、あたしが悪かったんだって。つぎに会ったときにちゃんと謝ろうって思って」

なんだ、あれもまたお義母さんのせいだったのか、とぼくは笑いそうになってしまった。

いまはもういないあの人への文句をとりあえず呑みこんで、ぼくはいまのバージョンのユーノにまにあうようにと、

「いやぁ、もう怒ってないよ。そんなことであんなにキレたりしてさ、ぼくのほうこそちょっとは悪かったんだよ、ユーノ」

と、相手の顔を覗きこむ。

……どうやらまにあったようだ。ユーノは泣きそうな顔をしてぼくをみつめかえして

いる。

「じゃ、怒ってないのぉ？　タカノぉ、ほんと？」

「ユーノったら、そんなことでいつまでも、大の大人が怒ってるもんか。大丈夫だよ。それにぼくのほうこそ、君にさ……」

　ユーノ。

　……ぼくのユーノ。

　かわいそうに、君はいまではなにも知らないけど。じつはあれからもう長い時が経ってしまっているんだよ。あのときのぼくは、そりゃ怒ったし、言われたことを忘れてしまうほど、大事な君を思わず殴ってしまうほどショックを受けたんだろうけどさ、そんなのはもうずっと昔の話なんだから。

　あのころは、とにかく人並みになりたくて、必死で勉強して、就職して、結婚して、家庭も作って、って……。だからカッとなってしまったんだろうけど。九年後のいまのぼくは、もうなにひとつ持ってないから。だから、そんなの笑っちゃうよ。

　そうだよ、お義母さんの見抜いていた通り、君たちのあいだの親子という不気味な絆（きずな）のことがぼくにはさっぱりわからなかったんだよ。

　確かにぼくはみなしごで、愛されずに育った子だった。そしてあの短い期間、妻になってくれた君のほうは、愛されすぎた子だった。って、考えてみたらおかしなとりあわせだったんだな。皮肉だよね。

でももしかしたら、だからこそぼくらは惹かれあって結婚したのかもしれない。だとすると、この破滅もお互いの運命だったのかな?

「ぼくのほうこそ、ユーノ。君を殴ったりしてさ。ちょっとは悪かったんだよ。きっと」

ユーノはにっこりしてみせて、

「ううん……。もういいの」

「ユーノ」

「じゃ、今日からまた仲良しだよねぇ。よかったぁ。ママが昨日、離婚しろしろって騒ぐもんだから。でもあたしはタカノのところにもどりたくて。一度、タカノとちゃんと話したいって頼んだの」

「うんうん」

ぼくはうなずいた。

「なんだ、そうだったのか。ぜんぜん知らなかったよ。それなのに、捨てられたと思いこんで君のことをずっと恨んでた。ぼくこそごめん、ユーノ」

と、相手の顔を見る。

あっ、そろそろユーノの記憶がまた飛ぶのかな。やわらかなその視線がまた遠くに向かって伸びていくところだ。

ぼくは、過去の、いまの、そして、明日、あさって、来月、一年後、いろんな時間軸にいまやばらばらの欠片(かけら)になって飛び散ってしまってるような、実体のない、かわいそうなユーノに向かって、

「そんなことはもうなんでもいいから。またぼくのところにもどっておいでよ、ユーノ。それでさ、二人でずっとさ……」

言葉が途切れる。

二人でずっとさ、幸せに暮らそうよ。そうだ、そうしよう。子供もできるといいなぁ。そして、愛されないわけでも、愛されすぎるわけでもない、ごく普通の子供を、二人してちゃんと育てよう。新しいその家族でいつまでも幸せに暮らすんだ。

そうだ、ぼくたちにはほんとうはそうできたはずだ。仲良く暮らせたはずだ。あの悪霊の邪魔が入らなければ幸せになれたはずなんだ。

そのとき、ユーノが眩しそうに目を細めて強い日射しから顔を逸らした。そしてこっちを振りかえってぼくに気づくと、笑みを浮かべて、

「あっ、タカノぉ。おかえりぃー」

ぼくは一瞬、言葉をなくした。

でもすぐに普通の笑顔を返した。もう慣れていたから。

「……ただいま、ユーノ」

+

そしてそれからもユーノへの見舞いは続いた。

監督によるドキュメンタリーの撮影も順調に続行されているらしかった。

ある日、監督から、「じつは、優埜さんのミニコンサートを開きたいんですが」と連絡があった。なんでもドキュメンタリー撮影のことを聞いて、疎遠になっていたユーノの友達や、昔いっしょにステージに立っていたグループの子たちも、さいきんまたお見舞いにくるようになったらしい。看護師さんたちとも会話するうちに、みんなの昔の音楽活動の話になって、ユーノが記憶障害患者とはいえこんなに歌えるならもう一度だけみんなでステージに、と盛りあがったということだった。そして鷹野さんともよく相談したいと言っていると。

普段はみんな主婦だから平日ばかりだけれど、今度、ぼくの休みに合わせて日曜に集まろうということになったらしい。そうまで言われると断る理由もみつからなくて。それにぼくも正直、かつての美人歌手たちの現在の様子にすこしばかりの興味があった。

というわけで、その日。めずらしく午前中から病院に顔を出してみると、いつもは海の底のように静かでしんとつめたい感じがするはずの中庭に、中年女性たちと小学生ぐらいの子供たちがすでにわーっと集まっていて、えっ、ここは別の場所かなと思うほど明るくて賑(にぎ)やかだった。

子連れの女性が三人。子供たちは五人。いや、六人かな。なにしろ走り回っていてうまく数えられない。子供って元気だな。

と、みんな一斉にこっちを振りむいて、まるで友達にするような仕草でぼくに手を振ってくる。あまりにも親しげなその様子にすこし戸惑いながらも、ぼくは礼儀正しく会釈した。

近づいて見ると、みんな確かにまだ美人だった。さすがに元歌手たちで、素人とはちがうのかな。でも、昔のそのグループのことを知っているぼくにも誰が誰なのかもうわからないぐらい、顔や雰囲気は変わっていた。人生があったのだろう。向こうも披露宴でぼくを見て覚えているらしく、

「うわぁ、男ってどっと老けるのねぇ。しわしわじゃないのぉ！」

「ちょっとぉ、自分もでしょっ。ごめんね、鷹野さん。この子、昔っからはっきり言う子でさ」

「やだ、そうよね。あたしもだったわ！」

「おにぎり作ってきたの。食べます?」

誰になんて返事をしたらいいのか混乱するほどに、一斉にわぁっと話しかけてきた。

その周りをそれぞれの子供たちが命そのもののように元気よく走り回っている。

あれっ、ユーノは、と気づいて振りかえると、その子供たちの様子をにこにこと目で追っているところだった。ぼくの視線を受けると、顔を上げて、

「あっ、タカノぉー。おかえりぃ!」

「ただいま、ユーノ」

そのいつものやりとりを、虚を衝かれたように三人が息を詰めてみつめた。悲惨なものを見たような衝撃がゆっくりと顔に広がっていく。

その三人に、ぼくは頭を下げて、

「遠いところをきてくださってたそうで」

「いいえぇ。そんなぁ。鷹野さんこそ、その……」

「とっくに離婚してるくせに、って? はは」

「えっ。……うん、そう。なんていうか……。優埜のために優しいのねぇ!」

「いや、ぼくは優しくなんてないです。ぜんぜん」

激しく首を振りながら、改めて四人の女たちの顔を冷静に見比べてみる。

かつての華やかなグループの中で、やっぱり、いまやユーノがいちばん年を取って見

える。むりもない。病人なんだから。太って、しわも多くて、もうおばさんとおばあさんの中間ぐらいになってしまっている。だけど心の時が止まっているためか言動にはおばさんくささがまったくなくて、いまだに若い女の子みたいで、妙だった。

そうか、本来ならユーノもこの人たちみたいに年を取っていたはずなんだなぁ、と考える。その様子を想像してみようとしたけれど、うまくできない。ぼくの中でもユーノの時間はすでに死んだ人のそれのように止まって久しかったのだ。

看護師さんたちも近づいてくる。

監督もカメラを担いで走ってくる。

会議というよりは楽しいお花見のような席が始まった。

コンサートの企画について聞いてみると、この中庭でかつての友達を集めて開くというささやかなものだった。ユーノはなにしろ新しい歌を覚えることができないから、まずは歌えるものをリストアップしなきゃね、とか、うちのだんながギタリストだから伴奏は彼にさせましょ、ギャラは無料よ、とか相談し始める。なにしろ脳腫瘍を患った後のユーノの歌唱レパートリーについて、いちばん知っているのはぼくだから、みんなしてぼくに聞いてくる。

残念ながらぼくは音楽にはうといほうだから、曲名を知らないものも多い。カメラが回っている中で恥ずかしいけど、うろ覚えの歌詞とメロディを小声で口ずさみ続けるはめになる。

と、ユーノがうれしそうに隣で一緒に歌いだす。

看護師さんたちも身を乗りだして曲名を当てる。自分たちの持ち歌になると、三人が後について歌いだす。って、なんだか即席のクイズ番組みたいになってきたな。歌いだしだけを聞いて曲名を当てる、昔ながらのあれだ。みんなしてわぁわぁと笑いさざめきながら、ああだこうだと話す。昔の話も多く出る。と、急遽呼びだされたメンバーのだんなさんが、ギターを抱えてほんとうに駆けつけてきて、しょうがねぇなぁ、と言いながらも見事に弾いてみせる。べつの一人が持ってきたおにぎりやからあげもどんどん減っていって、夕方になるころには全部なくなっていた。

病人の見舞いにきて楽しいなんて、と妙な感じもしたけれど。確かにその日ぼくは楽しかったのだった。そう思ったのはどうやらぼくだけじゃなかったみたいで、監督も帰りに、カメラを回したまま「なんかさ、面白かったっすね。今日」とにやにやした。ぼくはうなずいて、

「ユーノも、いつもより楽しそうでしたしね」

「へぇ？　俺には同じ顔に見えましたけど」

「えっ、そう？」

「あぁ、二人はやっぱり夫婦だったんですねぇ。だから細かいところがよくわかるんだ

なぁ」

「いやいや、たった半年のことだから、関係ないですよ、そんなの」

「……じつは俺、独身なんでそういうのよくわかんないんです」

「って、なんだ、そうなんですか」

監督は、うん、と低くうなずきながら、遠くの空を見上げてすこし黙った。それから、

「そりゃわかんないですよ。俺には、なにも」


コンサートの日は、みんなの予定をあわせて、とある夏の初めの夜に決まった。土曜日の夜だ。

天気予報は、晴れ。

ほんとうに晴れるのかなと、ぼくは金曜の夕方、会社のデスクでふっと窓の外を見て考えた。

まぁいろいろ手伝おうかと、土曜日は早めに病院に向かった。

そうしてみてよかったらしい。ぼくの顔を見ると、看護師さんがほっとして「ちょっとぉ、鷹野さん。昼過ぎからずっとむずかってるんですよぉ」と助けを求めてきた。

「むずかる？　って、赤ちゃんに使うみたいな言葉だなぁ」

深刻な空気を吹き飛ばそうとのんびりと答えてみる。

するとため息とともに、

「でもほんとうにそんな感じなんですってば。なんていうか異変を察知してるみたいで。いつもと空気がちがうのが、やっぱりわかるんですね」

「……おーい、ユーノ。いったいどうしたのさ？」

と、初めて入るユーノの個室。

ベッドと机。部屋の隅にはトイレ。

薄いピンクの壁。

病院のような、寮のような、刑務所のような。

部屋の隅で固くなっていたユーノが、ぼくを見て「あっ、タカノぉ。おかえりぃ」と言った。安堵したような顔つきになっていく。

「うん、ただいま。ねぇ、ユーノ、外を散歩しない？」

「うんっ」

怯えたようにそろそろと歩いてきて、ぼくの腕につかまる。

ほんとうに死んだお義母さんとそっくりの容姿になってきちゃったなぁ。改めて気づいて、ちょっとだけこわくなった。まるで時を経て再びお義母さんに捕まってしまったみたいで。そんな気持ちを振りはらって一緒に中庭に降りる。頼むわよぉ、と看護師さんがこっちに視線を送ってくるので、うんとうなずく。

中庭にはすでにベンチやパイプ椅子が並べられ、即席ステージが作られている途中だった。監督がその様子を撮っている。ユーノがまた怯えてぼくの腕につかまって、

「なぁにぃ？」

「さぁ。きっとコンサートでもあるんだろ。今日、土曜日だからさ。公園ってときどきこういうことしてるよなぁ」

とのんびりと答えると、ユーノはユーノなりに納得したらしく、ようやく落ち着いてくれた。

やがて三人の元歌手がまた子供たちを連れてわっと駆けつけてきた。ユーノを引き受けてくれたので、ぼくはいちばん隅の席に座って、コンサートの準備を進めたり、リハーサルらしきものをするのをぼんやり見ることにした。

ささやかなものだと思ってたけど、さすがに元プロの人たちだからか、準備は入念でかつ本格的だった。三人はユーノの着ている病院の服に合わせて、クリーム色のふんわりしたワンピースとサンダルを選んだようだ。四人で並ぶと、確かに揃(そろ)いの衣装のように見えた。なるほどな、とぼくは微笑んだ。

夜六時半開場。七時スタートの予定。

医師も看護師さんたちも友達や家族を連れてきてくれたらしい。

反対側の隅のベンチにぼくと同じぐらい浮いている男が座っている。おや、どこかで

見たことのある人だと思ったら、なんとお義父さんだった。長い闘病のせいか面変わりして痩せほそっている。そう思ったつぎの瞬間には、あのころは若い男だったぼくもいまでは面変わりしているのだろうと思いだして、笑ってしまった。なにしろもうしわしわなのだ。中年男だ。疲れた大人だ。ははは、そうだ。

お義父さんは夢見るようにふいに幸福そうに、即席ステージをぽやっと見上げていた。そして視線に気づいたようにこっちを見て、ぼくの顔をみつける。やはり変貌した顔つきにおどろいたのか、一瞬目をちょっと泳がせた。それからつとめて如才ない笑みを浮かべ、目礼してきた。

ぼくも目礼を返した。

それだけだった。それ以上は、いまさら互いになにもなかった。いろいろあったが、しかしもう昔のことだから。

照明が、一度落ちて、それからぱっとステージが火の粉を放つように、光る。

ユーノの、おそらく最後の、そしてささやかすぎるミニコンサートが始まった。

歌いだし、ユーノはすこし不安定だった。

自分はいったいどうしてここで歌っているのかというように、目をぱっちりと見開いて声を不安そうに震わせてしまっていた。

ひやりとする。

祈るような気持ちで、がんばれ、歌え、頼む、うまくやれ、とユーノを見守る。

一曲目の途中で、細くなっていた声がついに途切れて、ギターの伴奏だけになってしまう。

最後のほうでまた唸るようにして歌に這いもどる。

二曲目も危うい。

でもはらはらしながら聴いていることしかできない。

と……。

三曲目の半分ぐらいから……。

ユーノは急に……。

水を得た魚のように歌い始めた。

歌声が空にぐんぐん広がっていく。

ユーノのその声は、おおきくて豊かで、鼓膜も胸も心も震わせる不思議な力を秘めている。

あのころ部屋で聴いていたのと同じ声で、でも響きはずっとおおきくて、あぁやっぱりプロの歌なんだなぁ、すごいなぁ、とぼくは口を開けて聴きほれた。周りの客も目を輝かせて歌を楽しみ始めた。

歌っているユーノの背後の即席スクリーンに、昔のステージ映像が映っている。若く、美しく、輝く未来を持っていたかつてのユーノ。

そして手前に、いまの変わり果てたユーノ。

ねぇ、ぼくたちの未来がこうなってしまったのは、いったい誰のせいなの？　と問いたくなった。ぼく？　お義母さん？　ユーノ自身？　それとも、誰のせいでもないことなのかな？

変わり果てた姿をさらすメインボーカル。

サブボーカルの三人が、そんな彼女を支えるようにハミングする。

ユーノ。

ぼくのユーノ……。

ぼくは過去と現在がゆっくりと入り混じっていくその光景をみつめていた。

この複雑な気持ちはいったいなんだろう？　愛か？　憎しみか？　人間への諦めか？　時間がひどく流れ去ったことに疲れ果ててるだけか？

人を愛することとは、まっすぐで、純真で、混じりけのないものにちがいないと若いころのぼくは思っていた。相手への優しさや思いやり、幸せを願う正しい気持ちだけでできているものだ、と。

そしてユーノと出逢ったあのころ、彼女を愛し始めたときは、確かにそうだった。

でも一生続くにちがいないと信じたそれは、いろんな出来事をかいくぐるうちに変容していって……。

憎しみ、恨み、愛着、諦め……。

そして、それでもやっぱり愛しい気持ちが、かすかに残ってもいて……。

ユーノの歌声が響く。

聴きながら、ぼくの中のガタガタしたへんな気持ちも夜空に向かっていった。すこしずつだけど、どこかに浄化されていくようでもあり。

いや、ちっとも消えないようでもあり。

輝いていたかつてのユーノを呑みこんだ、時という空に、ぼくの苦い思いもまた吸いこまれて消えていくようでもあり。

と思うと、くるくると旋回して、また地上に落下してくるようでもあり。

ともかく、気づくと彼女の澄んだ歌声を一身に浴びていた。

ユーノの声にはいまでもそんな強い力があったのだろうか。

そのうちぼくは、いつのまにかよいことも悪いことも過去のことも未来のこともなんにも考えられなくなってきて、ただ歌に耳を澄まし、聴き続けた。

ユーノ、歌って。

愛の歌を歌って。

いつまでも、いつまでも。

永遠に失われた愛の歌を歌って。


コンサートはひどく長く続いた。

というのは、ユーノが今度はなかなか歌い終わらなかったのだ。みんなして最後にはぐったりして、でもなんだか笑ってしまい、「まっ、いいコンサートだったよねぇ」と言いあった。

お義父さんが看護師さんに付き添われて自分の入院している病院に帰っていく。

グループの三人もその家族も、子供の寝る時間が近づいているからと、急いで着替えて、またくるからねとばたばた去った。

看護師さんとその友達も、ごはんにでも行こうかぁ、と誘いあってつぎつぎと出ていった。

監督も、今夜のところはこれでと撤収する。

ぼくはというと、興奮してなかなか眠りたがらないユーノを、片付けられて元通りになった中庭の白い椅子に座らせて、ぼくがしばらく彼女の様子を見ているから大丈夫ですよと看護師さんと約束した。

さっきまであんなに大勢の人がいたというのに、いつのまにかぼくとユーノの二人っきりになった。

いまユーノは小声で、楽しそうにまだ歌っているところだ。

こんなに生き生きとしているのは、病院にくるようになってから初めて見たなぁ。

歌っているあいだは、この楽しい記憶が途切れることなくずっと続くのかもしれない。

せっかくの夜だったのに、また記憶が消えて初めからやり直しになってしまうところを見るのは悲しいと思えた。

だからぼくはユーノの歌を聴き続けた。向かいに座って、たった一人会場に残ったお客さんになって、一曲終わると、つぎの、というように、曲の出だしを口ずさんではまたねだる。するとユーノはそのたび喜んでまた歌いだした。

やがて夜勤の看護師さんたちがもどってきた。ぼくたちのほうにこようとして、足を止める。そしてどこかにまた姿を消す。

中庭はもうライトも落ちてひどく暗くて、ぼくたちの座っている椅子の周りだけ、ちょうどの月明かりが、ただうっすらと照らしているだけで。不思議な、そして奇跡のように優しい夜だった。

ぼくたちは、二人だけで。

やがてユーノが歌を途切れさせた。ぼくはそっと顔を上げた。

また視線を夜空に彷徨(さまよ)わせ始めている。

と、こちらを見て、呆けたように口を開けると、

「あっ、おかえりぃ。タカノ」

そのときぼくは、もうこれ以上は耐えられない、ここにくるのは、君に逢うのは今夜で最後にしよう、と決めた。

でもつぎの瞬間には、そうは言っても、自分はまた彼女と、優しい過去と逢いにここにくるのだろう、とも信じた。

自分でもどちらなのかわからなかった。

愛しているのか、憎んでいるのか、もうなんとも思っていないのかさえも。この縁が切れるのか、続くのかも。もうなにもわからなかった。

で、ぼくは静かな声で、動揺を見せずに、またいつも通りの笑顔を見せた。

「……うん。ただいま、ユーノ」

じごくゆきっ

あの日わたしが一年Ｃ組副担任の中村由美子(なかむらゆみこ)先生とかけおちすることにしたのは、先生があんまりかわいそうだったからだ。

由美子ちゃんセンセ、と生徒から呼ばれるあの二十四歳のばかたれは、学園ドラマの見すぎで脳がイカレテいて、なにかというと教卓を両手でばんと叩(たた)いて「君たちっ、君たちにはっ」とテレビの中にしかない明るい未来を語るその姿は、ほんとうにばか丸出しというものだった。

そしてわたしはというと、一年Ｃ組の副委員長。花の十六歳。大人がばかだと我が意を得たりとうれしくてしょうがない、そんな年頃だった。そしてクラスメートもみんな、同じような生き物だった。だからおばかな由美子ちゃんセンセはみんなの愛玩動物で、みんなで許しては、愛(め)でていた。つまらないこどもの楽園。一年Ｃ組。

その年、めずらしく東京(とうきょう)でも雪が降った。

一月の終わりのことだった。はらはらと牡丹雪(ぼたんゆき)が校庭に舞い落ちて、放課後のその時間は、寒々とした教室だけが世界から裁ち鋏(ばさみ)で切り取られたように、しぃんと凍えていた。

頬杖をついて一人、校庭のへたな墨絵のような雪景色を見ていたら、後ろのドアががらがらっと開く音がした。野蛮で乱暴な男子が入ってきたのかと思って、わたしは眉をひそめてふりかえった。

由美子ちゃんセンセだった。わたしをみつけると、

「あら、金城さん」

微笑んだ。お化粧がへたで、眉毛のラインが今日もどこかへんだ。厚手のやぼったいワンピースを着ていた。「なにしてたの」と言うので、

「雪、見てたの」

「あら、まぁ」

「帰りたくないいなぁ」

由美子ちゃんセンセは足音も立てずにそうっとわたしのそばに寄ってきた。そして窓辺にもたれると、同じ景色を見始めた。

「そうねぇ」

「帰れって、言わないの？」

わたしは、ひびの入った白壁に斜めにずれてかかる丸時計を指さした。時間はもう五時になろうとしていた。そろそろ学習塾に行かなくてはいけない。先生だって、生徒がちらほら残っていたら困るだろうに。そう思っていると、由美子ちゃんセンセは困った

ように、へんなかたちの眉毛をぴくぴくさせて、

「わたしも、帰りたくないの」

「大人失格」

「そうねぇ」

「センセって、結婚するの？」

「えぇっ」

センセはからだをのけぞらせた。白いのどがびくりっ、とうごめいた。わたしは横目でそれをみつめていた。

「なんで、そんなこと」

「う、わ、さ」

由美子ちゃんセンセはばかだけど、きれいなので、男子にも人気があった。男子の延長線上にいる大人の男にもたぶんもてていたと思う。生徒の中では、体育教師のマウンテン坂田（さかた）——あだ名だ、山のように筋肉質だから——とつきあっている、とか、結婚秒読み、とか、押し倒されただけだよ、とか、う、わ、さ、が毎日のように更新され続けていた。マウンテン坂田は、見た目はまぁ悪くなかったけど、常識家でがみがみうるさくて、要するにごくふつうの大人だったから、由美子ちゃんの話題のときにダシにされる以外ではまず生徒の口にはのぼらなかった。わたしたちはみんな、おばかでかわいい

由美子ちゃんセンセにばかり、やたらと興味があったのだ。それが下世話な方向に行きがちだったのは、その興味が性欲も伴ってたからだろうと思う。サルみたいなガキだったわたしたち。十六歳の、一年C組の、檻の中。うきっ。

「うわさかぁ」

由美子ちゃんセンセはちょっと傷ついたような顔をした。

「あ、ごめん」

「ふふ。しないわよぅ、結婚なんて。それより、帰りたくないわねぇ」

「うん……」

「センセと、どこか、逃げましょか？」

唐突だったのでわたしは、うんー、とうなずいて、それから頬杖ついた手のひらから顎を落っことした。顎を机に落下させそうになって、びっくりして、

「どこかって」

「へへ」

「へへ、じゃなくて。なに言ってんの、センセ」

あきれてわたしは立ち上がった。

「どこにも行けないでしょ。わたしは高校生。塾に行って、帰って勉強して寝て、明日の朝起きたらまたここにくるの。一日授業を受けて……。センセだって、同じようなも

のでしょ。同じような毎日。ときどき、教卓叩いたりしてるけど。ふふ」

「いやよ。もう、どこかに行きたいの」

鞄(かばん)を持って歩きだそうとしていたわたしを、センセは手首をそっとつかんで引きとめた。ひんやりとして、湿った手のひらだった。わたしは振りむいて、「あのね」と言おうとした。

センセは小首をかしげて、わたしを見下ろしていた。

「どこかに、逃げましょ」

「……どこかって」

「とりあえず、夜汽車に乗って」

「夜汽車ぁ?」

「金城さん。センセといっしょに……」

つかんだ手首を、奇妙に強い力でぐうっと引き寄せられた。耳元でなにかつぶやかれた。由美子ちゃんらしいばかっぽい、奇妙なくどき文句だったけれど……。

「じごくゆきっ」

クラリとして、かなしくなって、わたしはたちまち、落ちた。

なんでまた、学習塾にも行かずに、美人だけど頭の悪い副担任といっしょに逃げてるんだ、と思いつつも、わたしは黙って由美子ちゃんについていった。

わたしたちの通う都立高校は、東京都足立区という、都会の隅っこにあった。近くを荒川が流れていて、河川敷はかっこつけないゆるいピクニックに最適だった。東京拘置所が近くて、有名人が捕まったときなんか警備やマスコミのヘリコプターで騒々しくなったけれど、ふだんは静かですすけた、町だ。都立高校は生徒が多くて、いつも十代後半のサルたちで溢れかえっていた。彼らの妄想を浴びて由美子ちゃんは、奇妙にぴかぴかに輝いていた。わたしたちの、身近な、アイドルだった。

地下鉄に乗って、有楽町駅で降りた。おおきなデパートに入ると由美子ちゃんは、まず洋服を買った。さいきん流行っている、フリルがたくさんのばかみたいな服を、二着。白いフリルとレースのついたワンピースと、オーバーコートは自分用で、ピンクのフリルがついたスカートと白ブラウスに、レースつきブルゾンはわたし用だった。その服はぜんぶあわせると目の玉が飛び出るほどの値段になって、それをなぜか由美子ちゃんは、分厚いお財布から一万円札を何枚も魔法のように出して、スマートに支払った。

「……なに、そのお金」

「じごく資金」

「はぁ?」

由美子ちゃんは得意そうだった。それから上の階のおもちゃコーナーに行って、オセロとトランプを買った。地下で五百円のお弁当と、ケーキを二つずつ買って、デパートを出た。

二人とも、駅のトイレでフリルの服に着替えた。童顔気味のかわいい由美子ちゃんと、ぶすっとした大人顔のわたしは、そうしておかしなドレスに着替えると、そう年齢に開きがあるようには見えなかった。十九か二十歳（はたち）ぐらいの二人組のようだった。由美子ちゃんはわたしと手を繋（つな）いで、駅の構内を歩いていった。なにしろ流行っているので、ときどき、同じようなドレスを着た女の子たちとすれちがった。

「なんでここの服なのよ？　制服がやばいってのはわかるけど」

「いちど、着てみたかったの」

「似合ってるよ」

そうつぶやくと、由美子ちゃんがあんまりうれしそうにぱっと顔を輝かせたので、わたしはふいに、きゅんとした。このおかしな服に着替えたとたん、由美子ちゃんはふだんよりずっとこどもっぽくなった気がした。わたしはそれを、教室にいるときにはすこうし隠していた、由美子ちゃんの〝ほんと〟なのだな、と思って、そしたらなぜか急に、意地悪な男のようなことを言いたくなった。

「ばかほど似合う服だよね、これ」

「えっ……」

あまりにもまっすぐに傷ついた顔をされたので、わたしはあわてた。怒ったように早足で歩きだした由美子ちゃんを追って、青白い顔を覗きこんで、

「ごめん」

「………」

「ごめんってば。ねぇ。似合ってるよ。由美子ちゃん、かわいいよ」

「うん……」

「かわいい。大好き。愛してる」

「愛してる、は、いいよ……」

「でも、愛してるもん」

口にした途端に、ほんとうにそうだという気がした。一年C組のクラスメートたち全員を代表してるような気がした。愛してる。由美子ちゃん愛してる。マウンテンと寝てるとか押し倒されたとか結婚するとか、みんながやたら言うのは、自分たちが由美子ちゃんと寝たいからなんだ。みんな由美子ちゃんに興味しんしんだ。サルの檻。うきっ。

「かわいい。いちばんかわいい。似合ってる。大好き」

「金城さんったら」

「このかわいい服着て、じごくっ、に行こう。……でも、じごくっ、てどこ、由美子ちゃん」

「ここから、なるべく、遠いとこ」

由美子ちゃんはとつぜん、こどもみたいな口調で言った。ほんとに幼い、頭にくるほどかわいらしい声だった。わたしの手をぐいぐい引いて、お弁当やオセロゲームの袋はぜんぶわたしに持たせて、歩き続けた。

東京駅から、そうしてわたしたちは、ほんとうに、夜汽車に乗ってしまった。窓の外を牡丹雪舞い散る、古びてあちこち錆(さ)びついた各駅停車に、わるい冗談みたいに飛び乗った。


夜汽車は、揺れる。がたごとと。

ふわふわのドレスを着たわたしたちは寄り添って、黙りこんで窓の外を見ていた。木の枠でしきられた窓は映画のスクリーンみたいで、外を流れていく牡丹雪はまっしろくぎらぎらと輝いていた。

煙草(タバコ)の煙が入り混じり、むわっと暖められた車内の空気は、独特の匂いだった。東京からどんどんほんとうに離れていく列車の中で、わたしは初めて、置いてきてしまった家族のことを考えた。

うちは、両親と祖父とで、地元の商店街で金物屋をやっていた。出来のいい兄が国立大学に進んだので、容姿も成績もなにもかもふつうである妹のわたしは、兄の分だけ、期待がなくって気楽なものだった。心配もされないし、とくになんの問題もなかった。漠とした、憂鬱みたいなものがときおり、不吉で無意味な旅人のように部屋を訪れただけで。むしろ問題なのは大人の由美子ちゃんのほうだった。由美子ちゃんはいったいどうして、なにから逃げるというのだろう。大人なのに。教師なのに。

「金城さんは、さぁ」

わたしの肩にもたれていた由美子ちゃんが、急に口を開いた。がたごとと、夜汽車は、揺れる。暗い窓のスクリーンにふたりがうつっていた。由美子ちゃんはローズピンクの口紅をぬったちいさな口をぽかんと開けて、いつにもましてばかっぽい表情をしていた。

「3年B組金八先生、見てた？」

「あぁ、あの、暑苦しいドラマ」

「暑苦しいかなぁ。金城さん、わたし、あのドラマを見て先生になろうって、思ったの」

言われなくても、そんなの、クラスの全員が察していた。いつも奇妙に暑苦しい、中村由美子先生。若者の未来について情熱的に語ったりするけど、しゃべりかたは舌っ足らずで、話すことも言葉っ足らずで、ふわふわと地に足が着いてない。おかしな副担任。こどもから愚かさを愛される、かわいいけどああはなりたくないと思われる、ある意味、最底辺の大人。

「知ってる」

「あら、前、話したっけ」

「ううん」

わたしは首を振った。由美子ちゃんがこちらを振り返った。顔が間近だった。

「じゃ、どうして」

「見てれば、わかるよ。センセを」

「そうなの？　うれしい。わたしのこと、わかってくれてて」

「あのねぇっ、そうじゃなくて」

声を荒らげたとたん、またさっと顔を悲しそうに曇らせたので、わたしはあわてた。調子が狂う。仕方なしに、

「そうだよ。由美子ちゃんを見てたの。ずっとね。わかってたよ」

「金城さん、大好きよ」

絶望的な気持ちになって、わたしはおおきなため息とともに、由美子ちゃんに背を向けた。由美子ちゃんが背中にぺたぺたとくっついてきた。そうっと振りむいたら、鼻の辺りに由美子ちゃんの頭があった。長い髪から、花のような匂いがした。その髪に鼻をうずめて、嗅いでみた。なんのシャンプーかはわからなかった。わたしが使ってるのとはちがうみたいだけれど。

「でも、なにから逃げるの？」

「…………」

由美子ちゃんは答えなかった。「お弁当、食べようか」とつぶやいて身を起こした。

夜が更けてくると、夜汽車の客がすこしずつ増えてきた。デパートで買った五百円のお弁当は、さすがで、学食よりずっとおいしかった。お茶を飲んで、オセロゲームをして、笑いあって。

「どこに行くの？」

「砂丘が見てみたいなって」

「えっ。鳥取（とっとり）の？」

「ん」

鳥取なんて、地の果てだ。がみがみ屋のマウンテンならきっと「おい、なに考えてるんだ。はやく帰ってこい」とかなんとか、言うだろう。だけどわたしも、砂丘を見てみたい気がした。一面の砂。まったくなにもない空間。そんなものはごみごみした東京都足立区にはなくて、わたしは、そこに由美子ちゃんとふたりで立ったらどんな気持ちになるだろうと、うっとりと考えた。

腕時計を見せてもらったら、もう夜の十時を回っていた。家族が心配しているだろうな、とわたしはなんの感慨もなく考えた。だってこれは夢の中の出来事みたいだった。

みんなのアイドル、おばかな由美子先生とふたりきりで、どこかに行く、そんな夢想を、そういえばずっと以前にした気がした。窓の外はおそろしいほど荒れ狂う、真冬の凍える日本海(にほんかい)だった。暖房の効いた列車の中でも寒い気がして、わたしは由美子ちゃんにぴたりと寄り添った。きっとこれは夢だ。みんなの憧れのセンセが、わたしひとりをとくべつに誘ってくれるわけがない。砂丘が見たいなんてつまんないことを言って、それで、ちょっと理解を示した（ふりをした）だけで、大好きよなんて言ってくれやしないんだ。

夢。

夢。

夢ん中。

きっとそう。そう念じながらもわたしは、五分だけ停車する、とわかった駅の一つで、ホームに降りて、十円玉みっつ入れて家に電話した。あわてふためいた兄が出たので、早口で「あのね、いま旅行中。と……友達と」と言った。兄がなにか答えたとき、ホームの反対側に列車が入ってきた。轟音(ごうおん)のあと、駅員が駅名をアナウンスした。しまった、とわたしはあわてて電話を切って、また夜汽車に飛び乗った。

不安そうなちいさな声で、由美子ちゃんが「どこ、行ってたの」と言った。

「うちに電話」

「えっ」

「兄貴が出た」

「それで」

「……それだけ」

　夢ん中の由美子ちゃんは安心したように「わたしをひとりにしないでね」とつぶやいて、また寄りそってきた。「わかってる」と返事をして、力尽きたように、列車の座席に座ったままで眠りについた。髪の匂いが、わたしに、からまる。花のような。あなたの匂い。

　夢ん中。夢ん中。由美子ちゃんとふたりっきり。


　朝、起きるとまだ、各駅停車のこの列車は、律儀に一駅、一駅、停(と)まって人を乗せては降ろし、走り続けていた。洗面所で顔を洗い、のびをした。座席でしろい猫のようにぐんにゃりと寝ている由美子ちゃんを見下ろした。

　よだれ、たらしてる。だらしない人だなぁ。そうあきれながらも、ハンカチを出してよだれを拭いてやった。

　ときおり、停車した駅でパンとかジュースを買って、雑誌も買ったりして、ふたりで寄り添ってぺちゃくちゃしゃべりながら過ごした。窓のスクリーンで、真冬の凍える日本海はずっと荒れ狂っていた。天気はどんどん悪くなった。だけどそれは窓の外の、で、き、ご、と。列車に守られたわたしたちは、安全だった。おそろしいことはすべてスクリーンの中なのだ。心配してる家族も、友達も、マウンテンが言いそうながみがみも、現実はすべて、窓の外のはかないブリザードだった。

やがてまた日が暮れてきて、わたしたちは気楽な列車暮らしに、あきてきた。地の果てにある砂の国、鳥取にはまだ着かないけれど、一泊しよう、と由美子ちゃんが言いだした。

「え、一泊」

列車の外に出るのがすこし、こわかった。外には、だって、現実が。だけど由美子ちゃんはうきうきとして、こう言った。

「つぎのつぎの駅、温泉街だよ。テレビドラマの舞台になってたの」

由美子ちゃんはもしかして、こどものころはテレビっ子だったのかもしれない。夢千代日記、と言われたけれど、そんなドラマ、わたしは知らなかった。「ＮＨＫだよ」「そんなチャンネル、見ないよ」「吉永小百合（よしながさゆり）だよ」「うわぁ、渋いね」ぶつぶつ言いながら、荷物を持って、お弁当やパンやジュースを食べたごみは行儀わるくそのままにして、駅に降り立った。

ふらふらと歩いて、駅前の旅館紹介所に入った。ふりふりのおかしな服を着た女二人組にちょっとだけ驚いた顔をして、おじさんが「東京からきなすったかね」と言った。

「はぁ」

「この寒いのに」

「こういう服は、あったかいのです」

由美子ちゃんがまじめそうに言うと、おじさんは「へぇえ」とわかったようなわからないような、あいまいな返事をした。それからわたしたちに、お食事つきで、宿に温泉もある、女の人に人気のある旅館を紹介してくれた。ふたりで手を繋いで、旅館に向かった。

ちいさなかわいらしい、和風の建物だった。由美子ちゃんとそう年齢も変わらなそうな、しっかり者らしき若女将(わかおかみ)が出てきて、「お寒かったでしょう。さぁ」とスリッパをそろえて出迎えてくれた。

和室に入ると、もうほかほかに暖められていた。障子を開けると、二階のその窓から、田舎(いなか)の雪景色が見えた。細い川にかかる、まるっこい赤い橋。雪が積もって鮮やかなまだらになっている。松の樹木が数本、冬の風に揺れている。

「きれいね」

さびしそうに、由美子ちゃんがつぶやいた。

「そうだね」

「このまま、時間が、止まればいいのにね」

「……ふぅん？」

由美子ちゃんがなにから逃げてるのか、すこしだけ読めたような気がした。時間。未来。これから起こるなにかから逃げてるのだ。そうにちがいない。

だけどそれなら、じごくっ、てなにかしらん？

お部屋に仲居さんがやってきて、ところせましと、海の幸たっぷりの食事をふたりぶん並べていった。由美子ちゃんもわたしも、列車の中でさんざん間食していたせいか、おいしいのにあまり食べられなかった。食べたぶん、時間がはやく進んでしまうような気がしてたのかもしれない。由美子ちゃんは片付けにきた仲居さんに、仲居の仕事についてとか、お給料についてとか、どこに住んでいるのかとか、ぶしつけなぐらいあれこれと質問した。仲居さんが困ったように、すこしだけ答えて、下がった。なに考えてるのかなぁ、と思ったら由美子ちゃんは、こどもみたいなかわいらしい声で、

「このまま金城さんと、この温泉で、はたらけないかなと思って」

「なに言ってるのよ、由美子ちゃん」

「帰りたくないの。だから」

「砂丘は？」

「いつか、見る」

「由美子ちゃん……」

「仲居さんになって、このまま、ここで、暮らすの」

　時間を止める方法のひとつ。しっそう。別人になって生き直すこと。だけどわたしたちは貴族じゃないので、そこには労働がある。日々の糧を得るのに、霞は役に立たない。由美子ちゃんはこう見えて大人だから、それを知ってるのだ。おや、そんなら消えること、はたらくことが、じごくゆきっ、なの？

「本気じゃないでしょ」と聞くと、「本気よぅぅぅ」と由美子ちゃんはうなった。白いふわふわのワンピースが、降る雪のようにうごめいた。

　マウンテンならなんて言うか、と考えるのはもう、やめた。なんにも考えられなくなった。そして、まちがっているのは自明の理なのに、それだっていいかもしれない、このままふたりではたらくのも、とわたしは女の色香に惑わされる男のように確信した。夢ん中でね。


　夜が更けて、わたしたちは温泉に入ることにした。浴衣を片手に、一階へ。すごく寒いはずだけどもうどうなってもかまわない気がして、露天風呂に行った。

　ひとといっしょにお風呂に入るなんて中学のときの修学旅行ぶりで、妙にはずかしかった。タオルで胸と陰毛を（背中とお尻ははずかしくなかった）ひた隠して、ばたばたと走って、からだを洗って、じゃぶんと湯船に飛びこんだ。

さすが温泉のお湯、とはとくに思わなかった。きれいな透明のお湯で、床の岩も、自分のはだかも、ユラユラとお湯の動きで揺らめいてみえた。

ゆっくりとドアを開ける音がして、服を脱いだ由美子ちゃんが入ってきた。ひた、ひた、とひそやかな足音がした。

鼻歌を歌いながら、からだを洗っている。わたしは全身を耳にしていた。鼻歌が高鳴る。やがて由美子ちゃんが、わたしの背後に立った。しゃがんで、耳元に唇を近づけて、

「お湯、どぅお」

ぞくりとした。こわ、かった。

「……いいお湯」

「よかった」

「なのかなぁ。よく、わからない」

「ふふ。温泉は、気分なのよぅ」

そう言うと由美子ちゃんは急に、こどもみたいにじゃぶんと音を立てて湯船に飛びこんだ。

わたしはあわてて、上を見上げた。

いまにも落ちてきそうな、暗いぐんじょう色の夜空。ときおりひらひらと降り落ちる、雪。雪。雪。外に出ている頭だけ、なんだか寒い。首すじに雪がひとひら落ちて、ちり

り、と溶けた。真冬の露天風呂なんて無茶だ。わたしたちはふたりとも風邪を引いてしまうにちがいない。

「なに見てるの」

「未来？」

「……そんなもん見ないで。金城さん」

わたしは夜空を見上げたまま、ぎゅっと口を閉じた。なにかしゃべったら、涙が出そうだった。露天風呂。夜空。乗ってきた古びた夜汽車。あの、夕方の教室でわたしを誘ったこの人。あれはたった昨日のことなのに、もうあれから千年も万年も経ったように感じられた。あぁ、わかっている。あのときわたしはただ偶然、教室に残っていただけだった。わたしたち一年C組にとって、由美子ちゃんセンセは、とくべつな大人の女。アイドル。身近にいるのにけして手の届かない、卑小な欲望の対象。だけど由美子ちゃんのほうはクラスでわたしをとくべつに選んだわけじゃない。きっと。

夢。夢。これは夢ん中。

わたしはあのときたまたま、逃げたい気分のセンセが入った教室に残っていた生徒のひとりに過ぎなかった。男子でもよかったっ。女子でもよかったっ。どの子でもよかったっ。センセのこと好きな生徒ならっ。漠然とした味方であれば。

わたしが男子だったら、もっとアブない逃避行になっちゃってたのかな。ス、キャ、ン、ダ、ルだ。大人だったらきっと常識を説いて止めるから、そしたらそもそも、こんなところまでたどり着いたりしなかった。すべては、ぐうぜん。でもセンセはばかだし、もしかしたら、そんなことには気づいてないかもしれない。こども。金八かぶれのテレビっ子。こどもの家出。逃避行。この世の果ての砂丘にさえまだたどり着かない。フリルの服着た、こどもがふたり。

あぁ。

由美子ちゃんがわたしを呼んだので、いまにも星が降り落ちそうな夜空から目を離して、目の前を見た。

まっしろなはだかの由美子ちゃんが、お湯につかっていた。揺れるお湯。透明な、膜のような。お化粧を落とした由美子ちゃんの顔は童顔で、まだ十代にも見えるぐらいの幼さだった。まっすぐに整えられた眉が、かろうじて大人っぽいといえるぐらいだ。長い髪をお湯で濡(ぬ)れないようにポニーテールにしていた。ほそい首と、肩。華奢(きやしや)な鎖骨がくぼみ、透明なお湯がたまっていた。

乳房はちいさくて、お湯につかって、心もとない様子だった。わたしの胸のほうがもう立派だ。

折れそうに細いのに、お腹(なか)だけぷくっとふくらんでいた。

わたしはそこを凝視した。

かんがえた。

由美子ちゃんがじっと押し黙ってるので、しかたなくわたしが、言った。

「ねぇ、由美子ちゃん、もしかして、妊娠しているのね」

「うん、そうなの」

困ったように、かなしそうに、その女の人はうなずいた。

透明なお湯がふいにぶわりとうごめいた。と思ったらはだかの女の人が、スクリーンいっぱいに映しだされるようにして抱きついてきた。ふくらんだお腹がグロテスクでこわくて、わたしは硬直した。

耳元で、女が、つぶやく。

「大人になりたくないのっ。だれかのおかあさんになりたくないのっ。だれの奥さんにもなりたくないのっ。だれか、たすけてぇ」

ほぅら、やっぱり。

わたしは泣き笑いした。だれでもよかったんだこの女。大好きよ、なんてうそっぱち。撃たれたように両手をひろげて、わたしはひひひひ、とへんな声でもって笑いだした。卑小な夢から醒(さ)めるわたしに、暗い夜空が音を立てて落っこちてきた。じゃぶん、とお湯にもぐって目を見開くと、視界いっぱいに広がる、ぐんじょう色。も、死にたいよ。

夜、布団に入ると、おそろいの藍色の浴衣を着た由美子ちゃんがぎゅうっと抱きついてきて離れなくて、難儀した。

やっぱり、結婚するんじゃん、とつぶやくと由美子ちゃんは、ん、とうなずいた。

「だれと?」

「体育の……坂田先生と」

なんというつまらない女。う、わ、さの通りじゃないか。あのマウンテンとお似合いだ。わたしは失望の深いため息をついた。由美子ちゃんは泣きながら眠ってしまったけれど、わたしは一睡もできなかった。ふたりの目的地だった、消えて、はたらく、じごくっ、はいったいどこにあるのさ? 夜汽車から降りたから現実に追いつかれちゃったのかな、と思いながら、眠れないのにかたくかたく目を閉じた。

そうして翌朝、わたしたちは朝ごはんを食べて、旅館を後にした。夜のうちにうっすらと積もった雪をさくさくと踏んで、よろめきながら、駅へ。

鳥取に着いたのは、お昼ごろだった。

ようやくたどりついた砂丘は、一面、みごとにまっしろけだった。うっすらと雪が積もっていたのだ。「こんな冬に、見にくる人はまず、いないねぇ」と地元の人が、同情するように言った。

ふわふわドレスで、手を繋いで、雪の積もる砂丘という、無意味だけれど幻想的な景色をぼうっと見ていた。ここが、地の果て？　砂の見えない砂丘。さぁ着いてしまった。さてどうしようかね。

そのとき、ふいに由美子ちゃんの細いからだが、前に後ろに、服についたフリルといっしょにひらひらした。見ると、がっちりした男の手が肩をつかんで、揺らしていた。見覚えのあるマッチョな男。……マウンテン坂田だった。

「あ……」

「やっぱり金城もいっしょだったか」

坂田先生はなぜか顔が土気色で、わたしたちよりずっと疲れはてた様子だった。由美子ちゃんを見下ろして、押し殺したような声で、

「前から、砂丘がどうこうと話してただろう。それに、金城の家族が、電話の向こうで駅名が聞こえたと教えてくれたから」

「やだ……。でも、どうやってきたの……」

「飛行機で、昨日」

「あぁ……」

がみがみ男にかんたんに推理されて先回りされていたのだと気づいて、わたしは意気消沈した。まだ、じごくっ、にたどり着いていないのに。

「自分のことに生徒を巻きこむなよ。だいいち、こんなの、みっともないじゃないか」

由美子ちゃんの青白い顔がゆっくりとくしゃくしゃになった。洟をかんだあとのティッシュみたいだった。なにか言い返してよ、と頼りにしているのに、由美子ちゃんはうつむいて、にやにやと卑屈に笑ってみせた。そうして、言った。

「ごめんなさい……」

がっかりしているわたしのほうに、マウンテンが向き直った。学校にいるときみたいなしゃべり方で、がみがみと言う。

「おい、こら、金城もだぞ。こんなところまでついてきちゃだめじゃないか。こいつ、さいきん不安定なんだ。まったく、なにを考えてたんだ？　送っていくから、おおきな問題になる前にちゃんとうちに帰れ。家族には、心当たりがあるから、ちゃんと連れて帰るって言っておいたから。いまなら、こんなへんなこと、だれにも知られずに教室に戻れるぞ」

がみがみ。がみがみ。まっしろな一面の砂丘が灰色に変わっていくような気がした。わたしはかぁっとはずかしくなって、なにか言わなくちゃと思って、寒さに唇がふるえて、声もなかった。

とつぜん、由美子ちゃんに繋いでいた手をとても乱暴に振りほどかれた。どうでもいいものみたいにかんたんに捨てられたので、わたしはびっくりした。

まっしろな雪の積もる砂丘。

由美子ちゃんは走って、ばたんと転んで、倒れたまま大声でわぁわぁ泣きだした。甲高くてヒステリックな、泣き声。わたしは駆け寄って「ねぇ、由美子ちゃん……由美子ちゃん……由美子ちゃん……」とおろおろした。マウンテンがおくれて、雪の中をのし歩いてきて、倒れている由美子ちゃんを乱暴に助け起こした。

わたしたちを見比べて、あきれたように言う。

「それにしても妙な服だな。いい歳して、なんだってこんなもの着てるんだ？」

わたしは気後れしながらも、泣き声にかき消されないようにおおきな声で、言った。

「ピンクハウスです。さいきん流行ってるんです」

マウンテンが不思議そうに聞き返した。

「そうなのか？　先生はぜんぜん知らないぞ」

そう言われた途端、なにかがぷつりと切れた。雪に膝をついてわたしもわぁわぁとヒステリックに泣きだした。マウンテンはそんなことも知らないんだなぁ、とあきれながら、なぜか涙をびしょびしょと流した。

──わたしたちはそれから、三人で飛行機で、帰った。東京まで一時間と少し。帰りはあっというまだった。

外は吹雪になって、窓の外のスクリーンはずっと灰色で、ザァザァと歪み、もう、なにも映さなかった。

東京に戻ると、あの出来事は夢だったように感じられた。中村由美子先生は結婚して学校をやめることになった。すごい人気者だったはずなのに、教室からいなくなると、どんな人だったのかとたんによく思いだせなくなった。それは、明け方に見た奇妙な夢を、目を覚ましてからすこしずつ忘れていくのに似ていた。教室では友達もだれも、わたしと先生の逃避行を知らないままだった。

現実の象徴のように、マウンテン坂田だけは、そのあともわたしが卒業するまでずっと学校にいた。がみがみ。がみがみ。ときおり廊下ですれ違うとき、わたしの顔をなぜか、疲れはてた野良犬のような目でじっとみつめた。

あれは、昭和さいごの年のことで、いまから二十年近くも前に起こった出来事だ。月日はほんとうに矢のように飛びすぎてしまい、あの日いつまでもたどり着かない遠い目的地のように思った漠然とした日常の労働に、いまのわたしはゆったりと埋没している。消えて、はたらく。いつのまにかあのころの瑞々しくて愚かな自分はどこかに永遠に消えてしまっている。じごくっ、は、じつは、とくに遠い場所ではなかったのだ。義務と、退屈。若い日の思い出だけがいつまでもきらきらしい。そしてかつて好きだった人は現実の人間ではなく、まるで秘密の屋根裏部屋でみつけた、かがやく姫君であったかのようだ。現実という窓の外で、たとえどんな人であったとしても。こころの、あまくて、哀しい、作用。
《由美子ちゃん、かわいいよ》
《うん……》
《かわいい。大好き。愛してる》
《愛してる、は、いいよ……》
《でも、愛してるもん》

「おかあさんー」

と、娘がわたしを呼ぶ。

荒川の河川敷は、かっこつけないゆるいピクニックに最適だ。中学生になった娘を連れて、わたしはときどき、弁当片手にここを訪れる。夫が仕事で留守にしている休日に、娘といっしょに羽を伸ばすのだ。

わたしはもう大人になっていて、だれかの奥さんで、だれかのおかあさんになってしまった。この子を育てなくてはならない立場だ。かつての自分によく似て、でも自分より若干出来のいい、この娘を。だから夢はもう見ない。あれから、ずっと、窓の外。

「おかあさんー」

「なぁに」

「わたしもね、ああいう服がほしい。買って」

娘が箸で指しているのは、土手を歩く同い年ぐらいの女の子たちだ。フリルとレースがたっぷりのおかしな服を着ている。

「なぁに、あれ」

「下妻物語とかさ」

「え」

「おかあさん、そんなことも知らないのー」

わたしは苦笑する。女の子たちのあいだでは、またもやああいう服が流行っているのか。時はめぐり、繰り返し、ただわたしたちの顔ぶれだけが、つぎつぎとめまぐるしく変わり続ける。女の子という存在はまるで、おなじ映画がくりかえしリバイバルされる、小さなさびしい映画館のようだ。

「いいけども、高くないの」

「高いよ」

「仕方ないわねぇ。一着だけよ」

がたごとと音を立てて、遠くを電車が行き過ぎていく。目を閉じると、あの遠い日の夜汽車にからだごと連れていかれそうになる。もう何年もわたしは、休日のこの土手で、昼下がりの台所で、夜空を見上げる寝室の窓辺で、その衝動にじっと耐えている。

思い出は、まこと不思議でやっかいな力をもつ。わたしのこころの一部はまだ、あの日の中村由美子先生といっしょに、夜汽車に揺られているのだ。がたごとと、ふたりを乗せて、どこまでも。憧れといっしょに、絶望的な光のなかへ。あぁ、中村先生もあの日のふたりのことを、忘れないでいてくれるといいのだけれど。


「おかあさんー」

と、また娘がわたしを呼ぶ。

「なぁにー」

と、わたしは振りむく。

ゴッドレス

父に呼びだされてその男に会ったとき、私は降る雪のように口を利かなかった。体中が冷えて、死んでしまえとだけ繰りかえしていた。口の中で。聞こえていたかな。聞こえてなかっただろうな。聞こえていても気にもしなかったのだろうな。あの男たちは。きっとそう。

父の名は香（かおる）さんといって、もう若くないが見るからに美男子だった。同性愛者で、二十五歳の時、進歩的という名の思考停止を患っていた女友達の協力で、体外受精で娘を得た。それが私ことニノだった。そのニノは二十五歳までなんとか生きのびて、いま、久しぶりに香さんの前に座っている。

昨夜、めずらしく電話をかけてきた。香さんは会社から帰って、自宅で晩酌してほろ酔いで、「ニノ、一休（いっきゅう）さんって子供向けのアニメ覚えてる？　先月、あれにそっくりのお坊さんと出会ったんだよ」と上機嫌で唱え続けた。

「うっとりするような美男子なんだよー。ニノ。ニノ」

「はぁ？」

「君に紹介したいから、明日そっちに連れてくよ」

「……私も、明日は休みだから、会えるけどさ。でも、どうしてわざわざ紹介するの？」

「あのね。じつは、ニノは、勉クンと……」

勉というのがその男の名前らしかった。職業である坊主としての名前は、チンネンみたいな坊主っぽいのだった気がするけど。なんだっけ。

私は大学を卒業してから父を振り切るように地元を離れて、あのちいさな町から車を飛ばしても三時間かかる都市に就職した。それから三年。毎日、それなりに忙しく働いている。で、土曜の昼過ぎであるいま、香さんが愛車のクラウンで高速を走ってきたので、駅ビルのレストランで久々に再会しているのだった。それもこれも、いま斜め前に座っているへんな男と会うために、だ。

勉とかいう男を、戸惑いながら、見る。

坊主頭で、全体的にべったり湿気って太っている。怠惰な肉の塊と見える。不気味な無表情のまま顎を上下させ、舐めるように私を観察しやがる。一休さんには似てなくて、美形でもなく、むしろ居酒屋の前によく置いてある狸の置物とソックリだった。瞳孔が開いていて、口も半開きで……それにしてもさっきからずっと何も言わない。

香さんのほうは上機嫌だった。今日も趣味のいい服装をしていた。シンプルだけど上質なセーター。銀の腕時計がネコの目のように光る。

私はむっつりしながら、上目遣いに見た。

――この男との生活は、立ち直れるかどうかわからないぐらいの息苦しさをいまも残していた。だめな大人なんだといまではよくわかっているけれど、でもそれでも、子供のころの私にとっては唯一の神さまだったから。それで……。大人になって、香さんの相手をし続けるのが辛（つら）くなって、結局逃げだしてしまった自分は……いわば神の国からの哀れな脱落者なのかなぁ、と思えて落ち着かなかった。

「勉クンを、ぼくは、息子のように愛してて。だからニノに会わせたくて」

幸福そうに笑う。

隣に座る狸の置物みたいなやつと、目を合わせてみせたりする。でも男のほうの反応はというと、ぬぼーっとしててよくわからない。

私は心の中にたくさんの扉を作ると、順番に鍵をかけていった。扉ひとつにつき南京錠を十個ぐらいつけてみる。そしていちばん奥で天文学的な数の鍵をかき集めて握りしめ、こう言い聞かせる……。

〝香さんのすることではもう傷つかない。無事のまま帰ろう。だって、どんなに香さんがおかしくってても、人の心をコントロールする技術を持ってても、私はもう子供じゃない。自分の心一つぐらい、いくらでも守れる〟と。

守れる……。

薄目を開けて見る。と、

「ニノは強い女の子だから、安心してる。でも勉クンはぼくが支えてあげなきゃいけないからさ」

……強い女の子？　えっ、私が……？　いまも香さんの言葉にこんなに怯えてるのに？

と、不思議に思った。

「勉クンこそ、ぼくが守りたい大事な子供だよ」

えっ……？

自分の意思で地元を離れて、香さんの許から逃げだしたはずなのに、もう私のことはいらないのかな、と悲しみを感じてしまった。

しまった、と舌打ちしたくなる。

心の中でつぎつぎに南京錠が壊れて、音を立ててつぎつぎ地面に落ちていくイメージが見える。両手から天文学的な数の鍵が落ちていく。

私は反射的に、短く「あっ、そう……」とだけ答えた。降る雪のように冷たかった沈黙が途絶えた。香さんが、一瞬、唇の端でほくそ笑んだように見えた。

要するに、香さんは自分の許から逃げだしてしまった子供の身代わりをみつけたということだ。かわいがって、コントロールして、支配する相手を。それはあなたの自由だけど、どうしてわざわざ見せびらかしにきたりするんだろ。

どっちにしろもう関わりのないことだもの、気にしちゃだめ、と言い聞かせながら私はうつむいた。

　そのとき、

「ニノと勉クンに結婚してほしいんだよ」

「……は？」

「君たち結婚するんだ」

「……なに？」

　私は顔を上げて、正面から見た。

　この三年間ですこしは老けたかと思ったけど、相変わらずの美貌だった。昔から女たちが惚れては苦い思いをする、あのブロマイド的な笑みを浮かべている。

　隣の男のほうを窺い見ると、相変わらずただぬぼーっと座っているだけだった。本当に置物みたいなやつだな。

「ニノったら、ちゃんと聞いてるの？」

　呑みこみの悪い子供のようにたしなめられる。

「ぼくたちは男どうしだから結婚できない。だけど家族になりたいからさぁ」

「……えぇ？　つまり二人は恋人どうしなんだよね？　えっと、父親の恋人と娘が結婚する？　って、なにそれ？　どこも一ミリもわからないんですけど！」

「こらこらっ、ニノ！」

演技っぽいおおげさなため息に、神経が苛つきだす。

この人のこういうしゃべり方に長年コントロールされてきたのだと思うと、奥歯を噛みしめて割りたいような気持ちになってくる。香さん、香さん、とまっすぐに慕い続けてきた、そしてなにもかもたいへんだった子供時代を思いだしてしまう。

香さん。香さん。

ねぇ、香さんったら……。さっきからなにを言ってるの？　やっぱり、頭、おかしいの？

「勉クンの親御さんが厳しくてさぁ、養子にくれっていうのも無理そうで。でも女と結婚するなら反対しないだろうって気づいたんだよ。それにニノは、ほら美人だし、背も伸びて広告のモデルみたいに育っちゃってさぁ！　頭脳明晰で、会社でも優秀だし。性格も温厚だし。お堅いほうだから妙な話も出てこないだろうし……」

「さっきからいったいなんの話よ？」

「だから、ニノは結婚するんだよ。そしたら、ぼくと勉クンは家族になれる」

「香さん、私の意思はどうなるの？」

「……えっ？」

とても不思議そうに聞きかえされた。理路整然と反論しようとして、息を吸いながら、香さんのあまりにも澄んだ甘い目を見て、降参するように自分の言葉をあきらめて肩を落とした。

この人、なんて疑いを知らない子犬みたいな目をしてるんだろ。

私の意思が存在しない、神さまの楽園、おかしな父と従順な娘だけの家にたちまちもどってしまいそうだった。まったく、時間をかけて逃げたつもりでも、もどるのは一瞬なんだなぁ。引っ張って伸ばしたゴムからうっかり手を離したみたい。

「あの、香さん……」

「ニノも適齢期だし」

「香さ……」

「ねっ？　そうすればさ、勉クンとも家族になれるし……。ニノともまた昔みたいに仲良しにもどれるし……。いいでしょう」

また仲良しにもどれるし……？　えーっと……？　はぁ？

私は力なく天井を仰いだ。それからおそるおそる、

「だいたい、私、つきあってる男の子、いるんですけど……？」

香さんはなにも聞こえてないように、押しつけるような笑みを浮かべている。

ようやくウェイトレスが運んできたオムライスとハンバーグとカニコロッケのプレートを、香さんが口に運びだした。

まったく同じ注文をした勉が、真似してまずハンバーグからつつきだす。親の後に続く子供みたいに。三十近くの大人に見えるけどなぁ。っていうか、だいたいこいつはなんなの。

「ちょっと！　あなたはこの件、どう思ってるの？」

男に聞くと、たっぷり十秒は黙ってから、絵に描いたようなキョトンとした表情でこっちを見た。私は神経が苛ついてきて、香さんに言いたいことが言えない分、男に向かってきつい声で、

「えっと！　あなたは香さんの恋人なんだよね？　それで私のほうとはいま初対面だよね？　なのに結婚したいわけ？　いったいなんなの？　ねぇ、香さんはこんな勝手なことを言ってるけど、あなたの考えは？」

男は口を開けてこっちを見続けていた。咀嚼しかけのハンバーグがぐちゃついて覗いている。気持ち、悪い……。困ったように香さんを見やる。と、香さんが身を乗りだして代弁しだす。

「そりゃ、勉クンもニノと結婚したいよ。だってさ……」

「も？」

「ぼくの血を分けた娘ならきっと好きになれるはずって、勉クンは自信を持ってるって」

「いや、あの、娘だからって似てるとは限らないし、だいたい私、母親似だって言われるし。あの……っていうか自分の意見はないの？　ねぇ、こいつ、腹話術の人形みたいで気持ち悪いんだけど……。あ……っ」

思いだす。

そういや私も子供のころはこんなだった。かも？

誰かに話しかけられるたびに、香さんが代わりに、えっとニノはねぇ、と返事をしていた。いつも。いつも。

香さんに愛されて暮らすのは、自分の意思のない生活を送ることだった。辛いけど甘い日々だった。

私はゆっくりと目を閉じた。目の前にいる、五十にもなったのに相変わらず魅力的な男である香さんと、腹話術人形みたいな、狸の置物みたいな気味の悪い男を見ているのに耐えられなくなったから。子供のころの自分もこんなふうだったのかと思うと、嫌悪感で満ちてきた。

箸を口に運んで、砂の味のする刺身定食を齧（かじ）る。赤々としたマグロも、白地にピンク柄の入った鯛（たい）も、なにもかも、口に入れると砂に変わる呪いがかけられてるようだった。

私は香さんをもの悲しくちらっと見た。

愛って、何だろう？

これはちがう。香さんはいつも人間に対してまちがってる。そう思うと、また香さんの捩れをどうしようもなく好きになりそうで、苦しかった。

一人暮らしの部屋に帰り、震えながら壁によりかかり、壁を弱々しく一度殴り、それから私を産んだ女の人に電話してみた。

彼女は男友達の子供を産んでやった後も親友という名のだらけた関係を続けていた。頼りにはならない相手だけど、ほかに相談できる人もいない。

『あぁ！　どうもへんなのよねー、あの二人の関係！』

と、電話の向こうから、もういろんなことに思考停止して久しいようなノリで言う。

私は電話をぎゅっと握りしめて、

「香さんと恋人が家族になるために、私が結婚するって、へんな話、でしょ……？」

『うん、へん！』

なにか食べてるらしい。もごもごした声だ。

「私は……もう自立した大人だし……。つきあってる人もいるし……。香さんの都合で籍を汚さなくても、いいでしょ？」

『そりゃ、いいわよ！』

「ん……」

『まーったく香ったら。いっつも思いつきで動くんだもんね。あんたを作ったときもそうよー。子供欲しいって言いだしてさ。本能で動くくせに、人をコントロールすることにかけては、たまに策士でさー。あいつにはほんっと苛々させられる！』

「はぁ？　はぁ……」

やっぱり、断っていいよね……？　はーあ。

とは思ったものの、母親であるはずのこの人から父に意見してもらえそうな気配もなかった。そういや、そういう意味では、私には昔から保護者はいないようなものだった。あの田舎町に残してきた人間関係は、ずっとこんな、どっかへんな感じ。誰がいちばんおかしいんだかもうわからない。

あまり関わりあいにならないように、悩みたくない、って逃げてきたのに。

電話を切ると、入れ替わりに香さんからかかってきてしまった。甘えた声で、勉の前では話せなかったことがあるからいまからきて、と言う。三時間かけてあの町に？　なんなの？　香さんったら。

……話せなかったこと、というのが気になってしまって、結局特急列車に乗った。

こうして私は香さんの魔力の通じる場所に、吸い寄せられてたちまちもどっていってしまった。

で、国道沿いの平屋建てのかたむいた古い家。香さんの祖父が建てた。私も大人になるまでここで暮らしていた。昔の木の匂いが強い。

玄関の前に立つ。

中からプロレス中継みたいなすごい音がした。

バキッ、どごっ、と壁にぶつかるような音と、獣のような唸り声。長く強い咆哮。鐘の音のようにすぼまっていきながら完全な無音にはもどってくれない。

男と女、女と女の営みと、ちがいすぎる……。

私は玄関の横にしゃがむ。

嘔吐する。

刺身定食。

何事もなかったように立ちあがって、涙とよだれをよく拭く。近くにできたコンビニに入って時間をつぶす。中学の同級生と行き会い、つまらない立ち話をする。このへんってほんとなにもかも変わらない。人も。町も。あぁ。もう。

もういいかと思って、もどる。待っていると、ようやく香さんが出てきた。すっきりしきった表情のまま、私をみつけると眉間に皺を寄せて手招きした。

夏の始まりだった。父の汗が空気を通じて伝わってきた。

庭先。子供のころみたいに私の頭を引き寄せて、右耳に唇を近づけてくる。

父の身から精液の匂いがプンッとした。

これが私の父親。神さま。支配者。

安価。量産型美男。

ほんっと安っぽいのに。

逃げられない……。

えっ、香さん……。なぁに？　耳がくすぐったいよ。いったいなに？　おかしいほど一生懸命かき口説き始めちゃってるけど。もう……。

「ニノ」

と、甘い声が聞こえてくる。

「勉クンはさぁ、ぼくをお父さんみたいに慕ってくれてるんだよ。本当のお父さんみたいにだよ？」

「はぁ？　あっ、そう……」

「勉クンのお父さんは、厳しい人でさ。甘えたり仲良くしたかったのに、怒られてばっかりで、それに子供に暴力をふるう人だったんだって。あいつ、ぼくに抱かれながら、もう泣いて訴えるんだ」

「……えっ、香、さん？」

私の顔色が——スーッと変わった。

香さんは気づかない。自分の都合という王国にいる。こちらを見ない。いつものこと。

恋の熱に浮かされたように、

「勉クンはね、ぼくみたいな優しいお父さんがずーっと欲しかったんだって。今日ぼくとニノを見て、ますますそう思ったたって……。ぼくに育てられた子供時代が心底うらやましいって。そう思うとニノのことも愛せそうだって、泣くんだよ」

ゾッとして、私は、

「で、でも、でも……。で、でも！」

「ぼくも勉クンのいいお父さんになりたい。戸籍上は、まぁ、義理の父親ってことになるけど……」

「香さん、でも、あ、あ……あなたは、そんなお父さんじゃ、なかっ……た……よね？」

「君に約束してほしいことが二つ。まず勉クンと籍を入れること。それから……」

私は間近にある父の目をじっと見た。

優しそうに濡(ぬ)れた目。愛情深そうな。でも自分勝手そうな。こっちの判断も揺れる。ずっと正体不明の男の目。子供のころ、愛さずにはいられなかったけど、愛されてると信じられることもなかった。

「――ぼくが本当はどんな父親だったか、勉クンに言うなよな」

って、口止めするの？

恋人からもたれたいイメージを崩さないために？　娘の口をふさぐ？

そんなことできると思うの？

できるつもりなんだよね、香さんは……。

私は香さんからむりに体を離した。小声で、わかった、あなたがどんな父親だったのかは勉っていうあの男には黙ってるけど、でも結婚はしないわよ、もう大人だし、人生の伴侶は自分で選ぶもの……と伝えた。

足をもつれさせて駅に向かい、都市にもどった。

つきあって一年半経（た）ってる大学生の男の子の部屋を訪ねた。親ともめちゃってさ、としょんぼりしている私に、恋人は最初だけ、大丈夫かよぉ、と優しかったけど、いざ服を脱がされてもうまく反応できなくて性に逃げたいのに気が散ってぜんぜん逃げられなくなってる私に、不機嫌になっていって、なんだよ今日は濡れねぇじゃん、と性器を人差し指でデコピンみたいに弾（はじ）いた。思いのほか痛くて、私は両腕で自分の肩を抱いて、丸くなって泣いた。

週が明けると、会社が忙しくて残業、残業の日々。

私は我ながら頭もいいし、如才ないほうで、昔から、両親をどっちも知る人からはキャリアウーマンの母親似だって感心されるんだけど、ほんとその通りで、自分で言うのもなんだけど優秀な人材らしくて、なんだけど、でも……。

godlessっていう、知り合いが誰も知らないTwitterのアカウントで、ちょっとした失言をした芸能人や、なにかで議論の的になってる文化人に理路整然と話しかけ続けたり、時事問題をネタに延々投稿し続けたりすることが多かった。

この週はとくに荒れた。香さんから理不尽な口止めをされたせいか、裏での罵詈雑言が雪崩のように止まらなくて。会社でも、恋人の前でも、優秀な女性、しっかりした女の子のポーズを崩さなかったけど、幾つもの鍵を壊されて開いた扉の奥から悪意が論理を引き連れて飛びだしてきて、私は毎晩、自宅のパソコンの前で、知らない人相手に、怒り、跳ね、暴れてた。

ほんとうは香さんに言いたいことがあったんだと思う。

沈黙は金？

……いや、金なんていらない。無一文になったっていいから、惨めになったっていいから、言いたいことを言いたい相手に言いたいだけ言いたいのよ。

○

言いたいことが溜まってたのはじつは私だけじゃなかったようだった。というのは、つぎの週末を迎えてから、あの勉とかいう男からメールが延々と届きだしたのだ。

ほんといやになるほどしつっこかった。直接会ったときはぽかんと口を開けて呆けてたくせに、ネット上では饒舌なのかなぁ。私としては、気味が悪いの一言だ。だって内容もへんだし。

〝ニノに会う前は恋愛感情を持てると思ってました。〟

〝でも会ってみたらちがった。香さんとはぜんぜん似てない。〟

〝その代わり、ぼくは君を妹みたいに大事に思える!〟

返事は書かなかった。苛立ったぶん、Twitter上で知らない人たちに絡んだ。

勉からは、天気についてとか、こんな本を読んだとか、独り言みたいなメールが届き続けた。そろそろ二十通を超えるころ、私は降る雪どころではない無言のまま、勉のメールアドレスを迷惑メールとして登録した。以降も届き続けただろうけど、もう目を通すことはなく。

また週が明けて、そのぶんどんどん夏になる。

そういや、つきあって一年半の男の子との関係も、曖昧に緩んできてるところでもあって。仕事も忙しいし、恋愛もいろいろだしで、私は香さんのことを考えまいとひたすら日常に没頭した。

私鉄沿線の駅から徒歩三分。多忙な人にはぴったりの、独身者ばかりの三階建ての青白いコーポ。

その日、私が残業を終えてふらふらと帰宅した時、青いペンキで塗られたドアの前になぜか香さんが立っていた。相変わらず、恋をしてても、してなくても、まるでしてるような風情で柳みたいに風に腰が揺れている。

ビックリして、

「えーっ？　連絡くれたっけぇ？　あの……」

「入れ！」

「あ……」

勉からのメールを無視していることを怒られるのだと思いこんだ。すぅーっと息を吐いて、お腹の下の丹田に命の力を集中させる。それから私はゆっくり四肢の力を抜いた。

玄関からワンルームの部屋に入るまで、香さんは笑いを浮かべたままだった。通りかかった住人に柔らかな会釈もしてみせた。人たらし！　住人が振りむいて、眩しげに父を見上げる。

短い廊下から、八畳の部屋に向かって、後ろから背中を蹴られてゴロンゴロンと転がり入った。私は注意深く薄目になって、丹田以外の力をぜんぶ抜きながら床に倒れた。

打撲の痛みはこの世の外側で起こってることにして、外に飛ばして、心を守る。痛みが心に届いて、傷ついてしまうまでの、三秒ルール。いや、三秒じゃぜんぜん遅い。一秒以内が理想だけど。黙ってるのに、じつは気が抜けない作業だ。

　香さんが背中を蹴っている。

裏返して、腹も。

子宮が傷つくと不正出血する！　丸まって守る！

スーツの襟を引きずられて、起こされて、頬骨を何度も殴られる。

「ニノ！　ニノ！」

って、なにか言っている。

「やっぱり……」

腫れあがった瞼(まぶた)の向こうに滲(にじ)む香さんを見る。心を守ってるせいで何も感じないけども。

　香さんは泣いている。

「――勉クンを、おまえに渡したくないよ！」

「とらない……って……。だから……」

「勉クンのこと、ぼくのニノと結婚させようと思ってたけど。でも……いざ勉クンがさ……」

「なに……」

「あいつ、言うんだよッ。――ニノは強がってるだけで本当は弱い女の子だって。都会でがんばって生きてる姿、ほんっと痛々しいし可哀そうだったよねぇって。そりゃいまは結婚したくないなんて肩肘張ってるけど、心配することないよって。ニノは都会に負けて帰ってくるだろうから、ぼくらが優しく受けとめてあげようよって。それを聞いたら……」

うへー、と私は呻いた。

こないだは香さんから強い子って言われたし、今日は勉から弱い子だってことにされてるし。この人たちがなにを言いたいんだか……。

香さんが泣きながら叫んでる。

「いやだーッ！　渡したくない！」

「あの……。だから、とらない……ってばっ。お願い、香さん……。私の話も、聞いてよぉ……っ？」

「勉クンを愛してるんだよーッ！」

ゴボッ、と喉が鳴った。父の拳が胸の谷間にめりこんだ。幻の拳が肉と骨と血管を岩のように粉砕して、背中を抜けて向こうの空間まで到達したように感じた。胸骨の軟骨に傷がつく。半月ぐらいコルセットで固定したほうがいいだろうな。痛んで寝返りが打てなくなるから、寝不足にもなるはず。睡眠導入剤がいる……。あったっけー……？

「愛してるんだ……ッ！　ニノっ、勉クンを、取らないでよ……！」

左手で襟をつかんで、右の手のひらを振りあげる。鼓膜を守るために、タイミングを計って頭をずらした。耳と後頭部の中間に熱い痛みが走る。

痛みと熱は似てる。

でも、痛みってのは、零度で凍りついたように寂しいものでもある。

その日も、禁じられた言葉――香さん殴らないで――の代わりに、父が帰って一人ぼっちになった部屋でパソコンをつけて、芸能人や文化人のちょっとした失言を標的に、理路整然とした罵詈雑言をぶつけ続けた。私みたいな人がほかにもいるから、心強かった。みんなで現実と雄々しく闘ってるって感じ！　夜半、一人の芸能人が耐えかねてアカウントを削除してしまった。いなくなっちゃうと、妙に寂しいな。でも、テレビをつけたら本人が出ていたから、手の届かない存在にもどったことが今度はひどく悔しくなった。くそっ、死ねっ、人間のクズっ、と何度もつぶやく。

禁じられた言葉。

――香さんお願い、殴らないで。

ねぇ。愛して。

……誰か、誰か。私を大切に扱って。

神さま。支配者。量産型暴力男。あぁ、逃げられないのかなァ。私は再び香さんの姿をした過去に捕まりつつあった。


翌日から会社を病欠した。この顔で出かけるわけにいかないし、仕方ない。自宅で過ごした。

恋人が大学帰りに様子を見にきてくれた。でも私は彼を家に入れられずに、声だけで応対した。年上の女のくせに、いい年して親から殴られてるのが恥ずかしかったからだ。被害者なんだな、この人は同情すべき存在だ、と見下されるのが恐ろしくて、誰にも、誰にも、誰にも知られたくなかった。

恋人は不機嫌になって帰ってしまったけど、〝玄関の扉にプリンな！〟とメールをくれた。震えながらドアを開けると、コンビニの袋が下がっていた。私は玄関の床に座りこむと、腹を空かしたノラ犬のようにプリンを三つ、一気にかっこんだ。それからゴホゴホと咳きこんだ。腕を回して体を抱き、前後に揺れながら声を殺して泣きだした。

愛して。愛して。……誰か。

私と、尊厳ある状態で向きあってください。

三日ぐらい経ってまた週末がきた。翌週から出社できるようにと、強力なコンシーラーで顔の痣を消せるかどうか鏡の前で予行演習しているとき、インターホンが一回だけ鳴った。恋人じゃないならまた香さんかなぁと思って、不気味に逢いたくなってて、不安と期待で覗き穴から覗く。

なんと勉だった。やっぱり居酒屋の前によくある狸の置物と似ていた。またぬぼーっと口を開けてこっちを見下ろしている。鼻と口は小作りなのに目だけがやけにでかいのが、さらに気味悪い。

私は玄関で、気配を殺して、立っていた。

勉はドアが開くのをひたすら待っている。

あんたねぇ。このマヌケ男。

厳しいお父さんから虐げられて、傷ついて育って、で、やっとみつけた優しい理想の父が……よりによってあの香さんなの？

ばーか。

で、私のことは、弱い女の子って？　痛々しくて、可哀そうな子だって？　こっちだけ見抜くの？

……私は、本当ならドアを開けて出ていって、この際、godlessとしていつもやってるように言いたいことをぶつけてやりたかった。家にまで押しかけて来られるなんて迷惑だし、それに最初は結婚させたがってた香さんだって、いやがってあんなに大騒ぎし始めてるし、迷惑だからほんとにやめろって、あんた頭おかしいんじゃないのって、だいたい私、恋人いるんですけどって。……だけどこのとき、玄関を開けて外に出て戦うことができなかったのは……顔に残る傷を、被害者の証(あかし)を見せられなかったせい。

私は玄関に立ち尽くしていた。ドア一枚隔てて勉と向きあったまま、やっぱり降る雪のように黙って睨(にら)み続けていた。

○

カナカナカナカナ……。

蜩(ひぐらし)が鳴いていた。

それは夏のさなかのことだった。

インターホンが鳴ったとき、私は淡々と部屋の整理をしていた。恋人が残していった荷物をひととところに集めて段ボールに詰める作業だ。向こうに新しい相手ができたせいで、別れた。こんなことの繰りかえし……。仕方ない。

だるくって、のっそり立ちあがって玄関に出ると、女の二人組が立っていた。暑いのにどっちも黒いパンツスーツ姿だ。一人は若くてかわいいタイプ、もう一人は年増で、じっとりした目つきで私を見上げていた。

「……宗教？」

「だいぶちがう。警察です」

と、手帳を見せられる。――あのちいさな町からやってきた刑事たちだった。

淡々とした口調で、勉を知ってるか、と聞かれた。隠しても仕方ないし、父の恋人みたいですけど、と答えた。仲は良かった？　いいえぇ、あの人のこと、ほんっと苦手でぇ。……ってどうしてそんなことを聞くんです？

「昨日、死んだから」

「……あら？」

恐ろしいことのはずなのに、狸の置物が倒れて割れているところを想像してつい微笑してしまった。

その表情に気づいて、年増のほうが、なに、と聞いた。正直に答えると、若いほうはクスッと鼻を鳴らしたけれど、年増のほう――手帳には蛾田と書いてあった――は、若者の不謹慎な発言が嫌いなのか、表情を険しくした。

「あいつ、どうして死んだんですか？」

「昨夜十二時から三時まで、あなた、どこにいた？」

「じゃ、昨夜のことなのね？　えっと、私は、ずっと家に……。起きてるときはインターネットしてたと思うけど……。でも一人だったし証明とかぜんぜんできないですけど」

「ふぅん……」

蛾田がまた私をじっと見る。

……勉はあのちいさな町の葡萄畑で、殴られて、刺されて、いらないマネキンみたいに捨てられていたという話だった。恨みによる犯行とみられている。警察がメールの送受信を調べたら、相手は香さんと私だけだった。それで刑事が私のところにもやってきたらしい。

心当たりを聞かれる。

もちろん、そんな暴力的なことをしでかしそうな人は香さんしか思いつかなかったけれど、ありますよ、うちの父とか、と言うわけにもいかない。

帰っていくとき、年増のほう――蛾田が振りむいた。

私も彼女の背中を見ていた。絡みあうように目が合う。

なにかを言いたい気がしたけれど、なんなのかわからないし。勉が殺されたことで頭がいっぱいだから、黙っていた。片手を胸元まで上げてバイバイと振ってみただけ。すると蛾田はほっとしたように三回もうなずいた。

勉のお葬式は、本人が坊主だしでその寺であった。

父親が面白いぐらい激昂(げっこう)していて、噂(うわさ)の容疑者である香さんはお通夜にも葬儀にも出入り禁止だった。すると香さんからやっぱり電話がかかってきて、泣いて頼まれて、かき口説かれて、仕方ないので私が出席した。喪服なんてなかったから、わざわざ買ったりして。

女刑事の二人組も隅っこにいて、弔問客を観察していた。

葬式とはいえ、ひどく辛気臭い空気だった。勉には友達がいなかったらしくて、同世代の男女の姿がなかった。代わりに年寄りの檀家(だんか)がゾロゾロいた。

母親らしき人が、この子は小学校でも中学校でもいじめられてて、高校は五週間だけ行ったけど、その五週間で……と、念仏を唱えるような話し方で思い出を言い募った。

弔辞の途中で携帯電話が鳴った。周りから睨まれたけど、知らない人ばっかりだしどうでもいいって気分で、はいと出る。

香さんだった。

泣きながらまた頼むので、仕方なく……了承した。

焼き場でお骨になるのを待つあいだ、やることもないし、知り合いもいないし、刑事の二人組に話しかけた。若いほうと肌の手入れやネイルの話をした。蛾田とは、恋人はいない、別れたばかり、と話す。

で、焼き場にて両親がお骨を骨壺に。

私は職員にたたんだ一万円札をこっそり渡して、頼んだ。「お骨を分けてほしいって人がいて。これに入れてもらえませんか？　お願い」と、飲み終わって空になった緑茶のミニペットボトルを無造作に差しだす。職員は好奇心を見せて、

「もしかして、噂の、男の恋人とかいう人？」

「う、ん。そう。頼まれちゃって。はぁ」

「……アッ！」

「えっ、なに？」

「いやぁ、さっきご両親と捜して、ないなーってあきらめたのに。喉仏、あったよ。どうせ捨てるし、持っていきなよ」

コトン、とペットボトルに入れてくれる。

私はくっくっと笑った。

火葬場を出て、バスに乗って家に帰って、「ほら！」と渡した。

香さんと会うのは、私の住むコーポで大暴れしたあの夜以来。

たった数週間前のことのはずなのに、香さんは見るからにボロボロになっていた。栄養失調のお爺ちゃんみたいに痩せこけてる。目の周りの皮膚が古い木のうろみたいに乾いて皺だらけだった。

勉のお骨と灰を、ペットボトルから、焼き魚とかに使っていた白い細長い皿にザーッと出す。

乾いた腕が震えている。

あのね、香さん、その中に喉仏もねぇ、と言いかけて、言葉を呑む。

香さんが手でつまんでは口に運ぶ。

一心に灰を食べてる。

私は畳に座りこんで、ビクターの犬みたいに首をかしげたまま、ひどく哀れな様子になっちゃった香さんを興味深く眺めていた。

○

それからの、私は……？

見た目はまったく一緒だった。会社でも同じ。二十代後半になったから、結婚しないのって聞かれることも増えたりして。仕事では責任のある立場になって。でも、見えないところが蝕まれるように変わっていった。そのことを知ってるのは、新しい恋人だけだった。

新しい恋人っていうのは女刑事の蛾田だ。事件の後、半年ほどつきあった。大恋愛だった……そのはず。

たぶん、私が台無しにしたのだ。

香さんが勉を殺してしまって以来のことだけど、私は自分を罰したいようないやな気分にとりつかれていて、いや、なにも私のせいじゃないはずなんだけど、なぜかタガが外れたような気持ちでい続けて。

だんだん、恋人の蛾田に、罰して、叩いて、苦しめて、と懇願するように変わっていった。

蛾田は初めは面白がって合わせてくれていた。ちょっと危険な性行為、のあいだはよかった。でも私だけが日に日にエスカレートして、その椅子で殴って、とか、机の角に頭を打ちつけて、とか、壁に背中を叩きつけて、とか、ついには、携帯してる銃で殴って、ううん、撃って、撃ち殺して、と泣きながらせがむようになると、我慢できなくな

って、ある日、わぁわぁ泣きだして、私の額に自分の額を押しつけながら、

「大好きよ、ニノ……！」

と悲鳴を上げた。

「あの日、あのコーポの扉を開けて、一目見た瞬間から……。この子とつきあいたいって思った。心も体も燃え広がるようだった！　警察です、って手帳を出すとき、ほんとは腕が震えてたんだから」

「撃って。撃って。お願い……。ねぇ、どうして撃ってくれないのよ？」

「私、ニノが大切。あなたが望むことを何でもしてあげたいと思ってるの。かわいい子……。できるなら助けてあげたいよ。……私って、ほんとはサディストなんかじゃないんだからね。わかってる？」

「もっと……。お願い……！」

「でももう耐えられないよ！　こんなのいやだもの。私がすべきことじゃない。だってこれってすでにセックスとかじゃないと思う！」

「虐めて……！」

「ねぇ、ニノはどうしてそんなに自分を壊そうとするの？　わざわざ痛みを受けておいて全力で耐えようとするの？　それがニノの愛され方なわけ？　だけど、私はもういや。私はあなたを愛してて、あなたを大切にしたいんだってば。恋人って宝物でしょ？」

　蛾田はせがまれるまま、握りしめた銃を私の口に押しこんだ。いかにもいやいやな仕草だった。肩が小刻みに震えている。それから銃を口から引きだすと、呻きながら、今度は自分の側頭部を幾度も叩きだした。

「ニノのことがぜんぜんわからない！」

　涙を拭いて、

「私、私、愛ってのは、成長できたり、お互いを高め合うことのできる素晴らしいものだと思ってきた。恋愛も、友情も、家族愛も、全部そう。だって両親との関係がそうだったもの。あの人たちが、私を産んで、育てて、愛してくれたから、こうしていまの私がいる。恋人との関係もそうであるべきだって信じてる」

「蛾田、いったいなんの話……？」

「だけど、ニノのはちがう！　恋愛しながら、汚されて孤独になっていきたがってるように見える。で、そういう愛し方を私にも強要してる。……あの人殺しが！　あの糞野郎(くそやろう)が！　あの、香とかいう父親が！　そういう人間だったわけ？　で、この私にもあの男みたいにしろって言うの？　でも……っ。私はあいつじゃないッ！」

「ねぇ、なに言ってるのかわかんないんだけど……？」

「だいたい、ニノは自分がどうされたいかばっかりで、私のことはなにも考えてくれない。こうやって虐めろ、虐めろ、父親がしたみたいに自分を殴れって、毎日、要求ばっかりで！」

「いいから、その銃で、殴ってってばぁ……」

「ニノ……」

「……信頼してるから、殴ってほしいの。何度も何度も殺してほしいの。こんなふうにしか他人を受け入れられない。……って、どうしてわかってくれないのッ。これが私にできる唯一の愛し方なのにッ。こういうふうにしか……。こういうふうにしかッ……。こういうふうにしかッ、こういうふうにしかーッ」

蛾田が銃を置いて泣き崩れた。壁を殴っている。男みたいな泣き方だった。

私も彼女に背を向け、一人で泣いた。

そんなふうになっていって、結局、半年もたたずに険悪になって別れた。

〝かわいそうな女の子。ニノ。最後までつきあえなくてごめん。でも、あなたはこれまで出会った中で最低最悪の人間だった。〟

別れた翌日にきたメール。

……delete.

勉を殺した犯人はというと、ぜんぜんつかまらなくって、このまま迷宮入りになりそうだった。

ちいさな町の駅前では、いまも遺族と関係者が未解決事件のビラを配り続けている。もちろん香さんが犯人なんだろうけど、証拠はない。その香さんは居づらくなっただろう会社にも驚くほど平然と通い続けてて。皺々になってた顔もまたもとにもどって、若くなくうつくしい男として復活してきた。おまけに新しい恋人もできたらしい。私はもう会わないように気をつけてたけれど。

このころから、私は電車に乗るとき、連結部分に立って不安定なまま揺れ続けるのが好きになった。いつまでも揺られていたかった。このまま電車から降りたくないと、毎日ぼんやり思ってた。

――私の記憶がもどったのは、三十歳になる数か月前のことだ。

きっかけはわからない。

頭を打ったとか、高熱を発したのではないかと病院で聞かれたけれど、そうじゃない。そりゃ、蛾田と愛しあってるときに壁や家具や銃に頭をぶつけ続けてもらったけど、そんなことが何年も経ってから効いてくるわけないし。

だから、きっかけは謎のまま。

とにかく、私は……。

カナカナカナカナ……。

カナカナカナカナ……。

カナカナ、カナ、カナ……。

〇

真冬だった。

夜、会社を出て歩きだしたとき、白い虫がフッと視界を横切って落ちたと思った。見上げると、粉雪だった。綺麗(きれい)、と目を細めていたら、目の前の空間にうずくまって苦しむ男のシルエットが浮かびだした。

真冬なのに、カナカナカナカナ……と、蜩の啼(な)き声も耳元に近づいたり遠ざかったりした。

瞬(まばた)きして目を凝らしたときにはもういない。

数日かけて、仕事の合間や昼休みの終わりや自分の部屋でお風呂に入ろうと立ちあがった瞬間に、ふわっと同じ幻が浮かんでは消えることを繰りかえした。疲れてるのかなぁ、それにしてもなんだろう、と不思議に思った。

ある朝、寒い中をコートの襟を立てて地下鉄の駅に急いでいるとき、地面が音もなく反転するように、とつぜん冬が夏になり、朝が夜になり、都市があのちいさな町になった。

拳に熱い痛みを感じる。目の前に勉がいる。まだ生きていて、小作りな鼻や口に比べるとやけに大きなあの目を見開いたまま、私を見下ろしている。

カナカナカナカナ……。

蜩が啼いている。

カナカナ、カナ……。

啼き続けている。

勉はゆっくりと薄目になる。扉が半分閉まるように、瞼が下がっていく。口が開き、表情が死体のように弛緩(しかん)する。

あの町の夜中の路上にいる。すぐ横に葡萄畑がある。

なぜか拳を振りあげて勉の頬を殴っている。

体の大きさにちがいがある。抵抗しようとすればいくらでもできるはず。でも勉は体の力を抜いてたちまち屈する。

暴力は世の中にいつもたくさんあって、暴力とは液体のようなやわらかいものでできていて、だからいつも弱い者へと流れる。

はるか昔からそうなってる。

香さんの真似をして、私は勉を上手に殴り続けた。勉も私みたいに上手に無抵抗で、ひたすらしゃがみこんだ。弱い者、もっと弱い者。水はどんどん低いほうに。私は笑っている。勉は声を押し殺して泣き続けている。二人の息はあっている。

……力を込めてナイフを引き抜いたら血が噴きだした。

……そのうち、勉は死んで。

私は死体の前に立ち、肩を揺らして笑っていた。

あの日以来、するようになったへんな笑い方。

思いだした。

……それにしても、どうしてこんなに見事に忘れていたのか、と私は地下鉄の駅のすぐ手前の路上でしゃがみこんで、目を開く。すこし荒く息をする。

香さんとかじゃなくて。

――私が勉を殺したことを。

こうしてある朝、わすれていた記憶が脳内にそっともどってきた。そして今度はぜったい止まらなくなった。

道を歩いていても、仕事していても、夜寝ようとしていても、なにかのタイミングで勝手に再生され始める。あの時の視界も、感触も、真っ暗な感情も、すべてを完璧に追体験させてしまう。

私は初め、このことを秘密にしていた。自分が殺したのだと、犯罪者だと、誰にも知られてはいけないと。恥ずかしいから。でも殺人の再生が止まらないどころか次第にエスカレートして昼も夜もになり、仕事もままならなくなり、日常生活ももうギリギリで、食事さえ思うように摂れなくなってくると、警察に自首しにいくのがいやで、別れて何年も経つ蛾田のところに駆けこんだ。

「……殺したっ？　はァ？」

久しぶりに会った蛾田の顔には、隠せない嫌悪感がよぎっていた。こうして私の姿を再び見ること自体がたまらなく不愉快なことらしかった。

「……私が勉を殺してたのよ。記憶がもどっちゃった……！」

蛾田はこのとき、もう別の女の人と暮らしていたけれど、その人は寛大な質で、常軌を逸した状態でやってきた私を見ると、労ってやるようにと助言した。そのあいだも記憶の再生が続いていた。蛾田に助けを求めながら、勉を殺し続けていた。手の感触。鈍い音。薄目の奥に見えるあの濁った黒目が揺れている。命がなくなって冷たい物になっていく。液体のように満ちる暴力衝動が、温度のない青い炎になって私の全身を包み続けていた。私は冷えて燃えていた。青く光っている。その幻の火はいつまでもいつまでもリアルだった。

もう五日も悪夢が終わらないの。助けてほしい。

でも蛾田は話を聞いても、私が犯人だという事実を認めなかった。その代わり、朝一番でどこかに電話をかけたかと思うと、私を病院に連れて行き、カウンセリングと脳の検査を受けさせた。

病院は都市からすこし離れた郊外にあって、南国の木々が茂る中庭のある、不思議に優雅な建物だった。

医師は私の話を聞くと、全身を震わせながらいまも再生されるシーンを見ている私に、

「記憶を失った日に飲んだ薬は、本当に睡眠導入剤だけですか？」

「ええ……。あの、多めに飲みましたけど……」

「それもきっかけの一つなのでしょうかね……。以前、頭部に受けた打撃から前頭葉が一部損傷しているせいでもあるのですが……。あなたが起こしているのは、じつは極めて珍しい症例なんです。記憶の層がなんらかのきっかけで地殻変動を起こして、抑圧されていた記憶が表に出てしまい、反動でカセクシス……強い集中状態に陥っている。検

査の結果では、両側頭葉で強い興奮状態が見られます。確実な治療法はないのですが、興奮を抑える薬物を投与して様子を見てみましょう」

「なんでもいいから治療してください」

私は震えながら、

「こんなの、死ぬより怖いから」

「ええ、わかりますよ」

……えっと、ほんとにわかってる？

一日がかりで検査とカウンセリングを終えて出てきた私を、蛾田が待っていた。私は恨みがましく、

「どうして逮捕しないの？　ねぇ、どうして？」

蛾田は目を伏せる。

「……うーん。ねぇ、ニノ。その記憶って本物？　ニノ。だって私たちはあなたのことも捜査したのよ。ねぇ、被害者が死んだはずの時間、あなたは自宅でインターネットをしてたって言ったわよね」

「ん……」

私は震えながらうなずく。

「でも、たぶんそうだったろうなと思うってだけ……。自分でもよくわかんない……」

「あなたの使っているTwitterのアカウントから、被害者が死んだと思われる時間と近いタイミングで投稿されてたのよ。それが自宅のパソコンからの書きこみだったから、容疑者候補から除外されたの」

「えっ……。でも……！」

「といっても、車を飛ばして、町まで帰って、被害者を殺して帰ってくるのが、ギリギリ可能なような、やっぱり不可能なような微妙な数字だったんだけどね。だけど……あなたの父親よりもずっと白に近かったわよっ！　あの男のほうが犯人らしいわっ！」

「香さんは犯人じゃない！　私は知ってる」

「妄想でしょ……」

「ちがう。ちがう」

「やめてよっ」

「……私を逮捕してくれないの？」

沈黙が流れた。

「だって、私っ、ナイフでどこをどう刺したのかも、後頭部を何でどう殴ったのかも、再現できるほど見続けてる。きっと勉の死体の状況とぴったり一致すると思う……。警察に連れて行って尋問するべきじゃない……？　そしたら妄想なんかじゃないってわかる」

いつまでも黙っているので、蛾田の顔を見下ろす。すると、彼女らしくない表情が見えた。素直でまっすぐな人だったはずなのに。唇をへんに歪めて床を睨み続けている。私の闇に汚されてしまったのか。

「しないわ！　なにも聞かなかったことにする。とにかく……」

「でも」

「逮捕とか、ぜったいしないから。もうこないで！」

蛾田は吐き捨てるように言った。

ごみ虫でも見るような目つきで私を冷たく見上げると、

「私があなたにそんなこと、できるわけない。でも、あなたのことが虫唾が走るほどきらい。好きで、きらいで、混乱する。だからもう二度と逢いにこないで。お願い。消えて！　消えて！　このばかっ！　消えて！」

風が吹いた。

私は一人でヨロヨロ歩きだした。殺人の記憶を抱えたまま。

その後は、投薬治療を続けながらむりに会社にも通い続けた。退職したほうが楽だったけれど、こうして記憶の再生が続くまま家に籠っていたら、遠からず衰弱して死んでしまうような気がした。殺人の瞬間を体験しながら日常をこなすことに、我ながら超人的な精神力と技術を駆使して耐え続けた。世間からはみだすことが怖かったから。社会に居場所があることがかろうじて心を支えた。

病院に通い続けた。でも治療の成果はあいまいだった。

ある週末、ちいさな町に帰って、勉の墓参りなどしてみた。自分が殺したのだとわかってみても、墓石を見ても、勉に対して申しわけないとか、同情とか、共感とかは一切感じることができない。暴力の川下の情景はよく見えないものだ。私にとってはやっぱり、すごくどうでもいい、いやな男でしかなかった。墓石を睨んでいると勉のことが一層うっとうしくなるのだった。

記憶の再生、もしくは妄想の上映は続いた。

もうそれとともに生きていくしかない。

再生されつつも日常を生きる。逃れられぬシーンとともにいく。

私はじつはこの時期からたくさんの男の人に出逢うことになった。でも結局、自分に空いている穴には誰もなにも挿れられないのだとわかった。その穴には失われた時代が詰まっている。愛されたかった時、殺さねばならなかった瞬間、忘れねばならなかった日々。

誰か私を尊厳ある状態で抱いてください。

誰か私を尊厳ある状態で抱いてください。

と、空を見上げる。

いつも冷えて、粉雪が降っている。

さて治療の成果があったのだろうか。

わからない。

でも、三年ほど経つと、記憶は少しずつ治まって、薄まり、意識の左側で再生され続けるもう一つの夢のせかいへと変わっていった。

○

香さんが、まったく香さんらしくないことに、元気じゃなくなってきた。急速な変化だった。転がり落ちて雪崩になってまだ止まらないみたいに。体調を崩して膵臓（すいぞう）に異常がみつかって、即入院だと聞いたけど。

私は仕事を片付けて、片付けて、忙しいという言い訳ももう無理があるというぐらい時間が経ってから、あのちいさな町にある大学病院に見舞いに行くことにした。

手術できないぐらい悪いのだと聞いていたけれど、会ってみると、顔色も悪くないし、第一、饒舌だった。初め、六人部屋の真ん中のベッドに王のように堂々と寝ている香さんをじっと見下ろしてみた。すぐ目を覚ました香さんは、私をみつけるなり露骨なぐらい顔を輝かせると、病気のことや、家のこと、病院の人たちのことを、昔よりもしわがれた声でいつまでも話し続けた。

久しぶりの再会だったけれど、これまでと同じく、香さんは自分の話をするだけで、私に、どうしてたの、とか、仕事はどう、恋人はいるの、ごはん食べてるの、とかぜんぜん聞かなかった。一人きりで自分の王国の話をし続けていた。私は、香さんと話すのは今度こそこれが最後になるかもしれない、もし自分がもう会いにこないとしたら機会は永遠になくなるのだと思って、そしたら後悔が残るような気がして、勇気を振り絞って、

「香さん。あのね……。勉ってやつのことだけど」

「病院食ってのは、しかし、あれだねぇ。まずいという以前に味がないよね。栄養価としては文句がないけれど。うまくないならないでさ、まずいって文句ぐらい言いたいもんだよなぁ。今日のメニューは、あれだったよ……」

「私が殺したのよ」

「煮物がすこしと、サラダがすこしと、薄い焼き魚が一切れだけ……。それにしても、米がよくなくてねぇ……」

「香さんが犯人だってみんな思ってるでしょ？　だから苦労したでしょ？　ねぇ、誰が

殺したんだろうって不思議に思ってた？　それとも、私が犯人だってほんとはわかってた？　ねぇってば！　私が勉を殺したのよ。ずっと黙ってたけど」

「……えっ、でもなんで？」

香さんが不思議そうに聞いた。

六人部屋はしーんとしていた。ほかの患者は眠っているのか、固唾(かたず)を呑んで私たちの会話を聞いているのか、どっちかよくわからない。どうでもいいやと思った。いまこのとき、せかいには自分と父親の二人きりしかいないような気がしていたから。

天も地も、上も下も、右も左も、前も後も、男も女も、親も子も。

境界というものが何もなくなって、ただ香さんと自分だけが、宇宙の果ての、時間も空間もない場所に、ようやく二人きりになれて、浮いてるような。

幼いころにもどったような。

父は、私の顔をまっすぐに見上げている。

「――憎かったから」

私は万感の思いをこめて伝えた。

「えーっ、勉クンが？　なんでなんで？」

「いいえ、ちがう」

首をゆっくり振る。

「あんなやつのことは、いまでも、ほんっとどうでもいい」

「じゃ、な、なんで？　ニノ？　ニノ？　ニノ？」

「——香さんのことが、憎くてたまらなかったから」

憎くて。

愛しくて。

忘れたくて。

逃れたくて。

自由になりたくて。

罰せられたくて。

何度でも——殺してほしくて。憎くて。憎くて……。

ねぇ、私の神さま？

あなたはプラスチックでできてるみたいに安っぽい存在だね。

ただの量産型暴力男。

そんなあなたのことが、私は、憎くて。愛しくて。

でも、なぜかあなたではなく、あなたの恋人を殺してしまいました。しかもそのことをずっと忘れてました。罪の報いとして、もう三年……。いまこのときも私はあのシーンを再生し続けています。生きてる限り続くようです。

香さんはぶんぶん首を振って、

「ニノがなに言ってるのかわかんないよ」

あ……。

……二人きりの宇宙空間がかき消えた。

そこはもとの病室だった。

夏で、蟬（せみ）が鳴いている。日射（ひざ）しがじっとりと暑い。

私はばかみたいにぽかんと口を開け、香さんを見下ろしていた。香さんは不機嫌そうにふくれて、

「ぼくたちっ、仲のいい親子だったのにさ。ずっと友達みたいでさぁ。それなのに急に何を言うのさ、ニノ？　君どっかおかしいんじゃないの？」

「香、さん……？」

「やめてよねぇ、そういうの」

私はおおきく息を吸った。

勇気を振り絞った。だって、きっとこれが最後なんだ、だから負けるな、この人にこれ以上コントロールされるな。言いたいことを言いたい相手に言いたいだけ言いたいんでしょ。なのにずっとできずにいたんでしょ。最後ぐらいちょっとは戦いなよ。この臆病者、臆病者。臆病者……。

「でもっ、香さんはっ……」

「はぁ？」

「で、でもっ……。あなた、はぁっ……。はぁっ、はぁっ……」

「だいたい！　ニノはねぇ！　意外と神経質な子でさぁ、男からしたら扱いづらい女なんだよな。君とうまくいく男なんていないよ。だからそうやって、三十過ぎてるくせに独身でさぁ。美人で、仕事もできて、性格もいい子っぽいのに、不思議とずーっと縁遠い女っていう……。君の根本的な問題はねぇ……」

「あっ、あなたはっ、私に暴力を振るってきたでしょ？　わ、わ、私の意思を歪めて、コントロールしてっ。ずっと私の自尊心を奪いながら生きてきたでしょ？　どっ……。どうしても……抵抗できなくて、だから、あなたのことが、憎かったんです……」

「はぁ？」

香さんは不審そうに私を見上げた。

「いったいどうしてそんなこと言うわけ？　あんなに仲のいい親子だったのに」

「香さ……」

「だいたい暴力って何さ？　ぼくはそんなことしたことないでしょ！」

「したこと、ないって？」

それきり二人とも黙った。

私たちは、もはや親子ではなく、友人でもなく、男と女でもなく、ただただ運命的な宿敵どうしのように、燃えあがって睨みあった。

香さんの視線は凄まじいほどのエネルギーを発散していた。いったいどうしてなのかわからない。だいたい、この人、死にかけてるはずじゃないの……？　目と目が刃物を向けあうように戦っている。私は唇を噛み、感じたことのないほど強いプレッシャーにじーっと耐えた。香さんの痩せた全身から発散される真っ黒な向かい風を受けて、いまにもその場に倒れて先に死んじゃうような気がしていた。

やがて香さんが怒号のように、

「君との、生活で……」

と、喚いて枕を投げつけてきた。死にかけの病人とは思えない、素晴らしい輝きと力強さだった。

「――ぼくは、楽しいことしか覚えていないよ！」

それが香さんと私が最後に会ったときのことだ。

どうして香さんがあんなふうに言ったのか、私にはまったくわからなかった。

約七年前に勉を紹介しにきた日には、自分がどんな父親だったかを勉にはばらすな、と頼んできた。つまり、あのときはまだ自分のしてきたことに自覚があったはずだ。七年の歳月、心身の老化、死に至る病。なにがどう作用して、忘れた……いや、忘れたふりを私にしてみせたのか。

もう、わからない。

だから、香さんが死んだあと、やっぱり根強い後悔が残った。地上に残された者には疑問符と後悔と自己嫌悪がもたらされるのだ。

そのころつきあっていたのは日本と韓国のハーフだった。彼女がアリランという向こうの国の歌を教えてくれた。そして歌ってくれた。

〝ねぇ、愛しいあなた。
あなたは一人で峠を越えて消えていくのですか。
私を置いて逝ってしまうのですか。
愛や、憎しみや、執着する思いを、私の心に残したままで。
それなら、せめて、私を置きざりにしていくあなたの足が、
強く、強く、痛んでくれますように！〟

さようなら、香さん。

私を置きざりにして逃げていくあなたの足が、どうか血を流し続けていますように！

こんどこそ。こんどこそ。

さようなら、おとうさん。

父がようやく死んで数週間が経ったときのことだ。

ある日、会社の帰りに、いつものように電車の連結部分に立っていた。ゆらゆら揺れる足場で踏ん張って、視線は車内を彷徨(さまよ)っていた。

私はとつぜん幽霊を見たのだった。

向こうの車両との連結部分に、いつのまにかよく知る男性が立っていた。香さんだった。ブロマイド的な横顔を見せ、うつくしく生まれることができた男特有の自負を漂わせている。上品で趣味のいい服装。手ぶらで両腕を胸の前で組んでいる。

視線を察したように、その顔がゆっくりと動きだした。こちらに向かって、正面を向き、そして、そろそろ、呆然(ぼうぜん)とみつめている私と、目が、合う……。

と、つぎの駅名を告げるアナウンスが流れた。

新人の車掌なのだろうか。言い間違えてしまい、あわてて言い直している。

私ははっと息を呑み、とっさにきびすを返した。

――神の国がずっと追いかけてくる。

どこまでも。どこまでも。

生きてる限り、逃れられない。

長いあいだ、もう何年も、立ち続けた電車の連結部分から離れて、私は足をもつれさせながら車内を走りだした。転びかける。ぶつかる。男の人に怒られる。子供連れの母親に抗議の声を上げられる。仰向けに転んで、高校生の集団に助け起こされる。

後ろからまだ追いかけてくる気配がする。

逃げて、走り続ける。

つぎの駅に着いて、ドアが開く。私は飛びだす。

はぁ、はぁ、はぁ……。

カナカナカナカナカナ……。

はぁ、はぁ……。

はぁ……。

自分の息が、頭蓋骨の中から不気味に響いて、耳の奥に届く。

走って逃げているうちに、奇妙な爽快感が生まれてきた。どこまでも逃げられるという気がした。香さんから。神の国から。きっと今度こそ自分自身のせかいにいけるのだと。ほんとはどうだかわからない。でも体が勝手に動いて、自分がすこしだけ微笑(ほほえ)んでいるのがわかった。

ホームを走りながら、それにしても必死で進む自分の二本の足を見下ろす。あぁ、それでもどこかに向かっている。

生きているのは恐ろしいことだけれど、生きているのはいいことだと思った。

脂肪遊戯

「お兄ちゃんなんだから、紗沙羅を守ってやれよ。賢一」

と、口ぐせのように親父はぼくに言う。耳にタコだ。といっても田中紗沙羅は妹でもなんでもなく、国道をはさんで向かい側の家に住んでいる幼なじみなのだ。向こうは村会議員をしている山林持ちのテカテカの父親がいて、裕福な、でかい旧家だった。一方こっちは、春から秋まで出稼ぎで親父のいない、崩れかけた古いおもちゃみたいな平屋で、ぼくは中学一年からずっと、放課後は農協でアルバイトをしていた。〝助けてほしいのはこっちかも〟。それがぼくの、国道の向こうに住む年下のお嬢さま、紗沙羅に対する正直な見解だった。

それに、紗沙羅はきっと誰にも守れない。男が守るには、あまりにも強すぎるからだ。彼女よりひとつ年上のはずのぼくは、ひょろひょろと痩せて虚弱体質で、小学生のときはよく朝礼で倒れたものだった。女の担任教師に背負われて保健室のベッドに放りだされて、額に浮かんだ汗をティッシュペーパーで乱暴にごしごし拭かれたのが、小学生時代の思い出のシーンの一つだ。紗沙羅はそんな虚弱な幼なじみとは逆に、でっかくて、丈夫だった。小学四年生までは色白でほっそりとしたなかなかの美少女だったが、とちゅうからなぜかからだがむくむくと巨大化し始め、中学生になるころには、身長百五十センチ、体重七十キロの小山のような巨漢に成り果てた。色白でむっちりとしたからだをミッション系女子校の制服で包んで、横幅だけ通常の二倍の姿で、紗沙羅は毎朝どすどすと、国道の向こうのでかい家から出てくる。

「お兄ちゃんなんだから、紗沙羅の面倒を見てやれよな」

親父はあの巨大な姿が見えないのか、なんなのか、冬場になって出稼ぎから帰ってくるといつも、酔っ払いながら同じことを言う。そのたびにぼくは心の中で同じことを繰り返す。

守ってほしいのはこっちだよ。紗沙羅はまっしろな脂肪のかたまりで、でかくて、すごく強いんだ。相撲（すもう）を取ったらぼくはぜったいに負ける。彼女は誰にも守れやしない。

これはぼく、矢井田（やいだ）賢一が中学二年生、紗沙羅が一年生だったころに起こった、あるいくつかの出来事の断片の物語だ。虚弱なぼくと巨漢の紗沙羅と、ある、有り触れた罪悪が出てくる。

これはただそれだけの物語。

〔シーン1〕

夜になると国道は騒々しくなる。昼間は車もほとんど通らない田舎道（いなかみち）で、ときおりトラクターがゆっくり通り過ぎる、一車線だけの道。国道とは名ばかりの、歩道もついていないせまい崩れかけのアスファルト道路。だが夜になると轟音を響かせて闇のように黒いダンプカーが何台も通り過ぎるのだ。

ぼくが住むこの町は、島根県益田市の郊外にある。中国山地と日本海にはさまれた、せまくて湿気った村落には老人が多くて、ごく少数の未来を担う子供たちであるぼくたち、中学生は比較的都会である松江市にある中学までバスや電車に乗ってはるばる、通っている。

夜になると通り過ぎるダンプカーの荷台には、どうやら不法廃棄物なのではないかと思われる古い冷蔵庫やテレビなどがほの見える、灰色のごみの山が積まれていることが多かった。夜、十時過ぎになると轟音が響きだし、何台も何台も、国道を通り過ぎては中国山地の山中に向かう。そして朝方、こんどは軽めの音を響かせて山から戻ってくるのだ。

ぼくは壊れかけた窓をがたぴしと開けて、自分の部屋から顔を出した。夜空には星が瞬き、今夜は月がひときわきれいだった。通り過ぎていくダンプカーの運転席には、哲学者のような風貌をしたインド人の若者が乗って、チョコレート色をした肌で月光をてかりと照り返していた。奇妙に無表情で、運転席に乗せられた人形のようにも見えた。

国道の向こうにあるおおきな家に、目を凝らした。母屋の二階、ピンク色のカーテンがかけられた紗沙羅の部屋に、電気がついていた。そろそろかなと思っていると、布団の上に投げだしたぼくの携帯電話が着信を告げた。以心伝心だ。

田中紗沙羅、と電話をかけてきた人の名前が表示されている。ぼくは電話に出ると、窓に頬杖をついた。

「ほい」

「賢一お兄ちゃん」

紗沙羅の低い声だ。

太るほどに、紗沙羅は声が低くなる。どういう理由なのかはよくわからない。

「なにしてた?」

「ちょうど、紗沙羅の部屋の辺りを眺めてた」

「へぇ」

「今夜は星がきれいだよ」

そう言うと、電話の向こうでがたがたと物音がした。窓の外で、国道の向こうにそびえる家の窓が開くのがわかった。おおきな影が顔を出す。

まっしろな、ぱんぱんの顔。

肉に埋もれつつある目鼻はここからではよく見えない。

紗沙羅だ。

「ほんとだ。星空だね」

もういっそ、おとなの男みたいな低い声で紗沙羅がささやく。夜空を見上げている大女のシルエット。窓辺で頬杖をついて、それからこっちに目を凝らすのがわかる。

「静かだね」

紗沙羅がささやく。

「うん。……こっちの家は特にね。お袋はもう寝てるし。親父はいま、いないし」

「寂しい？」

「いや。いないほうがいいよ、あんなやつ」

酒焼けした醜い顔で、家族に当たったり、わけのわからないシュールなダメさ加減を露呈することがある自分の父親のことを思いだして、ぼくは吐き捨てるように言った。貧乏で醜悪で負け組の、ぼくの親。そういう親に振り回される子供の立場を思うときに、逆説的に、ぼくは奇妙に自分を、もう大人のように感じる。現状に絶望できるのは大人の特権みたいな気がしてしまう。

国道の向こう側からこちらをみつめている紗沙羅には、それがない。あの家は資産があるし親父にも威厳があるし、恵まれている。紗沙羅はミッション系の女子校に通うまっしろで巨大なお嬢さまだ。ぼくはこの絶望を自分の特権、反転させた特殊能力みたいに感じて、紗沙羅に、大人びた優越感を覚える。

「いいおとうさんなのに」

「紗沙羅は知らないんだよ」

つい声を荒らげてしまう。

「それにうちの親父、なんだか紗沙羅には優しいんだよな。よく言われる。お兄ちゃんだから守ってやれって」

「男っぽいね」

「うーん」

親父は良くも悪くも、昔の男だな、なんて、虚弱体質の痩せこけたからだを縮めながらぼくは思う。「いやな大人だ。でも親だから仕方ない。ぼくはひたすら忍耐だよ」とささやくと、紗沙羅はくすくすっと笑った。

「なに、なんだよ。なんで笑うの」

「お兄ちゃん、忍耐とは、小型の種類の絶望だよ」

「あら、へえ」

「ただし美徳に偽装していることもある。要注意」

「ふぅん」

「そして美徳とはなにか。それはあるいくつかの責任回避であるのだよ?」

電話の向こうから、中一の女が語るには哲学的にすぎる言葉とともに、ページをめくる音も聞こえてきた。ぼくはからかうように紗沙羅に問う。

「なーに読んでるの、紗沙羅」

紗沙羅は悪びれることなく、ネタ本を明かす。

「へへ。ビアスの『悪魔の辞典』」

「なにそれ、おもしろい？」

「うん。今日、学校の図書室で借りてきたの」

読書好きのインテリである紗沙羅は、くすくす笑いながら言う。続けて「子供時代とはぁ」と、甘えたような声で読んでみせる。

「人間の生涯において、白痴も同然な幼年時代と、愚行にみちた青年時代との中間にあってぇ、罪多き中年時代からは二段階、悔い多き壮年時代からは三段階、へだたってる時期なんだって」

「うわ、絶望するね」

「へへ。……罪、多き、中年時代かぁ」

己が中年になったときのことでも考えているのか、紗沙羅は「……うぅぅ」とうめいた。

「あとね、お兄ちゃん。醜さとは」

「む？」

「えっとねぇ」

電話の向こうで、ばり、ぼり、ばり、ぼり、と、頭から骨ごと鼠（ねずみ）を食うような鈍い音が響きだした。声、音、声、音と順番に響き、ふたつがやがてマーブル模様になる。

「醜さとは、ばり、謙譲の美徳を、ぼり、発揮しなくてもぉ、ばり、貞操を守れるぅ、ぼりり、神さまがある種の、ばりり、女に、ぼりりり、与えた、ばりばりばり、救い」

「すごい音だね」

「食べてるの」

「だね」

電話の向こうで紗沙羅が、なにか食っている。こんな夜中にそんなに食べるなんて、とぼくは、いつものことながら紗沙羅の丈夫な胃腸がちょっぴりうらやましくなる。まるで鋼鉄製の、選ばれし胃袋だ。

ばりり、ぼりり、ばりばりばり、と小気味いい音がする。

「生の鼠でも食べてるの？」

「なに言ってるの、お兄ちゃん」

紗沙羅がけたたた、と笑う。

「ハーゲンダッツのアイスクリームを、カレースプーンですくって、マリービスケットに載せて、食べてるの」

なものだから。口うるさくなってしまうのだ。

強い紗沙羅がけして腹を壊さないことを知っていて、ぼくは言う。一応、兄貴のよう

「うん」

「そりゃ、よかった。腹壊すなよ」

「この世のものとも思えないぐらい」

「うまい？」

「どれぐらい食べるの？」

「今日はねぇ。ええと」

なにか考えこんでいる。それから楽しそうに、歌うように、

「いっぱい。食べる。限界を。超えて」

「だから、腹壊すぞ」

「ハーゲンダッツは、おおきい容器のが、三つある。ぜんぶ、バニラ。それからマリー

ビスケットは、二箱ある。ぜんぶ。食べる。限界を。超えて」

「そ、そっか」

「ぜんぶ。食べる。限界を。ばり。超えて。ぼり。なにもかも。ばりり。超えて。ぼり

ぼりぼりり」

紗沙羅が壊れたレコードのように繰り返しだす。その音を聞くとぼくはなぜかあせり

を感じる。食べて食べて、風船みたいにまっしろな脂肪でふくらんでいってしまうこの幼なじみのことが心配になる。

「食べ過ぎるなよぅ、紗沙羅」

「うふふ。ばりぼりばりぼりばりぼりりりりり」

返事の代わりに、咀嚼(そしゃく)するおおきな、鈍い音が電話の向こうから響き渡る。ぼくたちのあいだに横たわる、藍色の川のようなちいさな国道をまた、哲学者じみた顔のインド人を運転席に乗せた黒々としたダンプカーが、不法廃棄物の山を不吉に揺らしながら、轟音とともに通り過ぎていく。

紗沙羅がけたたた、と笑い声を上げる。

〔シーン2〕

益田市の春は埃(ほこり)っぽい、この地域にしては空気が乾いた、砂まじりの風が吹く季節だ。日本海の向こうにある巨大な大陸からはるばる飛んできやがる黄砂もだいぶおさまって、黄色くそまる心配もなくシーツが干せる、とお袋がつぶやいていた。

農協の鉄筋ビルの駐車場に建てられたプレハブで、ぼくは春野菜の仕分けをしていた。夕方で、中学のジャージを着てかったるそうに働くぼくの前を、ぴかぴかのランドセルを背負った小学一年生の群れが、五、六年の上級生たちにそれぞれ手を引かれて通り過ぎていった。黙々と、ひび割れたアスファルトを見下ろしながら歩く、うつむき加減の新小学生たち。ぼくも五、六年のときはちびどもの手を引いてこの国道を歩いたものだ。山と田んぼに挟まれた古い木造校舎のことを思いだして、気が遠くなるほど長かった朝礼に、いまさらながら悪態をつく。

　ちょこちょこちょこ、と通り過ぎた小学生たちの後、ぼくが野菜の山から顔を上げると、ちょうど下校途中の紗沙羅が遠くから歩いてくるところだった。離れていても一目でわかる。はちきれそうな制服。どすんどすんと、右足、左足、また右足、と踏みだすたびに白いお肉が揺れる。ぼくは目を細めた。

　巨大化する前の紗沙羅のことがもう思いだせない。華奢（きゃしゃ）でひらひらっとした美少女だったような気もするのだが、気のせいかもしれない……。

　近づいてくると、紗沙羅は一人ではないことがわかった。巨体に隠れて、紗沙羅の半分ほどの幅の少女がいた。金堂（こんどう）さんちの子だ。紗沙羅と仲良しで、一緒に松江の女子校に通っている。

　ボブヘアの金堂さんちの子は、紗沙羅がぼくに気づいて手を振ると、つられてこちらを見た。それからちょっと緊張したように「ども」と言った。

「おぅ」

「お兄ちゃん、バイトごくろう」

「そう思うなら手伝えよ、紗沙羅」

「え、やだよ」

そう言って、紗沙羅はくすくすと笑った。金堂さんちの子が不思議そうに「これなぁに？」と段ボールの中を覗きこんだ。

「フキノトウ」

「えー。そこらへんにはえてるもんなのに」

紗沙羅が鼻で笑った。

「翡翠、こういうのは都会じゃ重宝すんだよ。料亭とかで、春の味とかいって」

「苦くて、まずいよね」

「非常食としか思えないけどな。都会のやつら、だまされてありがたがってこういうもの、食ってんだよ。ふっ」

紗沙羅は、ぼくと話すときとは別人みたいに乱暴な言葉遣いで、不良少年みたいに、山の向こうの遠い世界にいるフキノトウの買い手を全否定してみせた。あんまり雰囲気がちがうんでぼくはびっくりしたけれど、金堂さんちの子はそんな紗沙羅を、憧れるように、目玉を見開いてじいっとみつめていた。

「紗沙羅はなんでも知ってるね。すごい」

「〝黒い読書〟のせいさ」

紗沙羅は照れたように顔を赤くして、乱暴にうそぶいた。

「老齢とは、すでに犯すだけの冒険心をなくしちまった悪徳を悪し様にけなすことで、いまだ失っていない悪徳を棒引きにしようとする、人生の一時期っ」

「すごーい。かっこいい」

ぼくは段ボールを持ち上げながら「例の『悪魔の辞典』？」と聞いた。紗沙羅はうなずいた。

「あさってまでに図書室に返却しなきゃ」

「ふぅん」

金堂さんちの子が、遠慮がちに「つぎ、あたしが借りてもいい？」とつぶやいた。紗沙羅がいいよ、とうなずいたとき、国道を走ってきた白いカローラがゆっくりと停車した。

運転席から、紗沙羅の親父が顔を出した。ぼくがひそかに、こっちが自分の親だったらいいのにと思っているところである、村会議員をしている山林もちのおっさんだ。ぱりっとスーツを着ていて、無人のガソリンスタンドで磨きたてのカローラは、貴族の豪華な乗り物に見えた。

「紗沙羅、おかえり。翡翠ちゃんも。おおきくなったね」

「おじさん、こんにちは」

友達のほうが礼儀正しく、頭を下げる。金堂さんちの子はずいぶん素直な、屈折してない女の子に見える。それはなんというかあまりにも退屈な情景で、これって自分好みじゃないな、とぼくは思う。

紗沙羅は親に会って照れているのか、そっぽを向いて、

「……うん、いま帰り。おとうさんは？」

「一度帰って、ご飯食べて、それから会合に出るんだ。乗っていくか」

「う、うん」

おじさんはぼくにも「精が出るね。なかなか働きもんだ」と、たぶん褒めてるんだと思うコメントをした。「働かずに生きていけるのがいちばん理想っすよ」と、ぼくは若者を代表してつぶやいてみた。でも聞こえなかったのか、返事はなかった。おじさんは助手席に紗沙羅を、後部座席に金堂さんちの子を乗っけた。そこに、一団から遅れた小学一年生と上級生のコンビが一組、ちょこちょこと歩いてきた。おじさんはその二人にも明るく声をかけて、後部座席に乗せてやった。

「紗沙羅、後ろの席に飴(あめ)があるから、やってくれ」

「飴ぇ？」

「うん、飴」

「おとうさん、飴なんて食べないのに」

「こういうときのためだ。たくさんあるぞ」

「えー」

カローラが発進した。ぼくはゆっくりと遠ざかっていく眩しいそれを見送った。暮れ始めた日射しを浴びて白い車体がぴかぴかと輝いていた。

〔シーン3〕

夏がやってきて、稲穂が海のように青々と輝きながら風に吹かれて、田んぼに波模様をつくる。蟬が鳴き始めて、空がいっそう高くなる。

その季節の初めに、ちょっとばかりこわい事件が起こった。近所の三雲さんちで起こった無理心中事件だ。おかあさんがいきなり子供たちを殺して、どっか逃げちゃったってやつで、こんな田舎町にも取材クルーがやってきて、おかげで農協でバイトしているときもやたら、灰色のバンに乗った都会の男たちに道を聞かれた。ぼくはそのたびに真面目な顔をしてべつの道を教えてやった。中国山地の獣道に迷いこむ暗黒の道順をだ。ちょっと山に入ると携帯電話も通じないし、さぞかし困ったことだろう。

倒れてる三雲さんちの子たちを発見したのが紗沙羅と金堂さんちの女の子だったらしくて、そのあとも、生き残った子のところにとどめをさしにきたおかあさんを紗沙羅が撃退したりして、しばらくは騒がしかった。その事件についてはぼくは詳しいことを知らないのだけれど、幸い、それを機に紗沙羅が変わってしまう、ということはなかった、と思う。どちらにしろそれはまたべつの話だ。

それで、夏休みの直前。学校を出て松江市内を歩いていたら、珍しく一人でいる紗沙羅をみつけた。これまでは必ず、金魚の糞みたいに金堂さんちの子がくっついていたのだ。もっとも、紗沙羅のからだに隠されて見えないこともあったけれど。

紗沙羅がいたのは、市内にひとつだけあるちいさな教会だった。クリーム色をした三角屋根のちいさな建物で、白い柵で囲われて、まるで夢の世界のような様子だった。さいきん、松江市のカップルのあいだではこの中を散策したり、ここで結婚式を挙げるのが流行していた。今日も昼間にそれがあったらしくて、紗沙羅のことが気になって一歩、教会の敷地に入ったら、石段に米粒が散乱していた。ライスシャワーってやつだ。もったいないことをするもんだ。

紗沙羅は石段に腰かけて、巨大な肉のかたまりであるからだを投げだすようにして、両腕をだらりとさせていた。制服の膝には読みかけの本がおいてあった。古い文庫本だ。例の〝黒い読書〟の一環なのだろう。

長い睫毛。くるりとカールされてつぶらな瞳を囲んでいる。通った鼻筋。あきらかに美しいその顔が肉に埋もれている。百貫デブの紗沙羅。みにくい肥満児の紗沙羅。視線の先にはステンドグラスに描かれたキリストがいた。そういえば紗沙羅はミッション系の学校に行ってるんだよな、とふいにぼくは思った。となりに座って、そうっと紗沙羅の顔に手を触れた。

しっとりと柔らかな、頬のお肉だった。瞳だけこちらに向けて、

「お兄ちゃん」

「どした。ぐったりして」

ぼくはからかうように言った。

「陸に上がった白アザラシみたいだぞぅ」

「みにくい？」

「……」

ぼくは迷った。

それから正直に、うなずいた。

「ああ」

「わかってる」

「時代によってはちがうかもしれないけど」

紗沙羅があんまりかなしそうに見えたので、あわてて付け足した。遠くで鴉が鳴いた。

「そういうのを美と言った時代がありそうなのは、歴史を調べなくても、おまえを見てるとわかるよ。ときどき、急にそう……思うことが」

そう言いながらも、ぼくはみにくい彼女に対して抱いている愛情を隠したかった。だからぼそぼそとした言い方になった。紗沙羅が反論する。

「でも、現在においてわたしは圧倒的にみにくい」

「うん……」

「太ってはいけない。現在の掟。脂肪は差別的視線を生む。わたしはみにくい。圧倒的にみにくいの」

「じゃ、どうして」

ぼくは聞いた。

「どうしてあんなに食うんだ？　胃腸が丈夫なのはわかるけど。そんな食わなくても生きていけるだろ。それが現在。逆に、死ぬぞ。食いすぎると」

心臓肥大とか血液どろどろ地獄とか繊細な脳の血管のことを考えながら、ぼくは言った。紗沙羅はけたたた、と笑って、

「お兄ちゃん、誰にも言わないって約束して」

「ん」

「わたしは強いということになっているから。誰にも言わないでほしいの」

「うん」

「この脂肪が、わたしを守っているんだよ。あれは生きるための食事。わたしは強い。

わたしはけして傷つかない」

ぼくは首をかしげた。

プロレスラーは、筋肉のほかにある程度、脂肪もついていたほうがクッションになるからいいんだ、というのを思いだして口に出してみると、紗沙羅はうなずいて、

「まぁ、いいや。そう、そういうものだよ」

「紗沙羅、おまえ、だいじょうぶか？」

ぼくは気になって聞いた。あの三雲さんちの事件で、見た目以上にじつは弱ってるんじゃないだろうか、と思ったのだ。紗沙羅はだいじょうぶだよ、と首を振った。それからステンドグラスをまっすぐに、告発するように指さした。天啓を受けた預言者みたいだった。いつものことながら、なんだか絵になっていて奇妙にかっこよかった。

「な、なんだよ」

「お兄ちゃん、あの人、キリスト」

「あぁ。なんとなく察してた。特徴あるし。ひげとか髪型が」

「キャラたってるよね」

「うん。大事なことだよな」

「神さまってとてもこわいと思わない、お兄ちゃん？」

紗沙羅はステンドグラスを睨(にら)みあげていた。キリストはこちらを向かない。紗沙羅は

脂肪に埋もれたつぶらな瞳を見開いて、一心に見上げている。

「古来、神さまをめぐって人が争って、たくさんの大量死もあったよ。地上ではいろんなことがあるよ。なにがあっても助けず、ただ受け入れろと説いて、平気な顔をしているなんて、じつはとてもこわい人ではない？」

「人じゃないんだよ」

「だね」

紗沙羅は遠くをみつめるように目を細めた。

「神さまなんて、信仰なんて、なんの役に立つものか」

声がいっそう低くなる。

「この脂肪こそわたしの神。肉体こそがわたしの信じるべきもの。脂肪。脂肪。脂肪。脂肪」

紗沙羅は繰り返した。それから立ち上がると、まっすぐに、もう二度とこないというように毅然（きぜん）として教会を出て行った。散らかったライスシャワーを踏まないように身軽によけながら。

ぼくも、米粒をよけながら教会を出た。

〔シーン4〕

その夜。

十時を過ぎて、暑さのせいかめずらしくぼくが眠くなっていたら、布団に投げだした携帯電話が鳴り始めた。田中紗沙羅、と通知されていた。ぼくは電話に出た。

「よぅ」

「……あれ、なんか、眠そう？」

「そんなことない。ぜんぜん」

紗沙羅の声を聞いていたいので、ぼくはがんばって答えた。カーテンを開けてぎしぎし音がする窓辺によっかかると、国道の向こう側のおおきな家からも、紗沙羅のぱんぱんの顔がぼうっと浮かんでいるのが見えた。

ふたりのあいだに、藍色の、アスファルトの川。船のように、黒いダンプカーたちが今夜もまた通り過ぎる。運転席には、哲学者のようなインド人。二十歳(はたち)を少し過ぎたぐらいだろうか。なにを考えているのか。荷台で古い冷蔵庫や壊れたオートバイががたごと揺れている。もういらないもの。必要ないもの。捨てられてゆくものたち。

夏の夜空に星座が浮かび、あまりに鮮やかなのでかえってプラネタリウムの人工的な光のようだ。電話の向こうで紗沙羅がうめく。

「お兄、ちゃん」

「ん?」

国道を白いカローラがゆっくり走ってきて、柔らかくすべりこむように田中家の敷地に入っていく。田中のおじさんが、後部座席に飴が積まれたカローラから出て、玄関へ。相変わらずぱりっとしている。さすが村会議員だ。ぼくは、都会のどこかの土木工事現場にいるはずの自分の親父のことを思う。飲んだり打ったりで使い切らずに、ちゃんと金を振りこんでくれよ、と苛立つ。

「ばり」

電話の向こうで、紗沙羅がなにかをかじる。

「ぼり」

「なに食べてるの」

「ばり、ぼり、ばりり。ぼりりりり。ばりぼりばりぼりばりぼり。絶望」

「それ、食べれるの?」

「小型の種類の絶望。つまり全体としては忍耐。忍耐。忍耐を食べてる」

「すごい音だ」

「生クリームをバケツに入れて泡立て器で泡立てておたまですくって、チョコチップクッキーも一緒に口に流しこんでるの。ばり」

「腹、壊すぞ」

「しゃく。しゃく。しゃくく」

「……それはなに？」

「西瓜。はんぶんに切って、カレースプーンで。全部。食べる。一口一口が、絶望。つまり忍耐の、欠片。食べる。食べる。食べる。限界を。超えて。けけけ。なにもかも。超えて。しゃくしゃくしゃくしゃく」

「また太るぞ」

「ち、ちがうの、お兄ちゃん」

紗沙羅は声を張り上げる。国道の向こうにあるおおきな家で、紗沙羅はストラップのつけすぎできらきらしたハリセンボンみたいになった携帯電話を握りしめて、訴える。

「わたし、痩せやすいの」

「えっ、そうは見えないぞ」

「これだけ食べてないと、もとにもどってしまうの。痩せてしまうの。食べないと、維持できないの。この脂肪はすぐにどこかに逃げてしまうの」

「……」

「痩せちゃだめ。皮膚のような脂肪で守るの。わたしの本質を。ひくっ」

電話の向こうで紗沙羅がさめざめと泣いているので、ぼくはあわてる。泣きじゃくりながら紗沙羅がまた、しゃくしゃくと西瓜を馬鹿食いし始める。電話の電波とともに、うにゅうにゅと、白い、とろみのある紗沙羅の脂肪が襲いかかってくるような気がする。とろとろと垂れる脂。ゼラチン状のコラーゲンのかたまり。ぎとぎと光る動物の油脂。白く、きらめいて、夜の部屋に、電話から出(い)でて、溶けだしていく。

息苦しくてならない。ぼくは震えながら、電話の向こうで咀嚼する、嚙(か)み砕き飲みこみまた口の中に含む、紗沙羅の食卓のおそろしい音に耳を澄ます。聞いているだけでぼくは痩せ細る気がする。お兄ちゃんなんだから守ってやれ、と親父の言葉が耳によみがえる。どうやって？　どうやってこの巨人を守るんだ？　夜は更けていく。

食事が終わると紗沙羅は、満足そうに電話を切った。ふいにぼくは、かかってくるこの電話は毎夜のこの、異常な食事のためであるかのように思った。闇に覆われる、紗沙羅の食卓。黒い食事。溶けて光る脂肪の海。

ぼくは震えて、その夜は眠れなかった。

〔シーン5〕

いったいいつごろから、紗沙羅はあんなによく食うようになったのかなぁと首をかしげてみると、小学校四年のときの、ある夜まで記憶はさかのぼる。

電話というのは便利なもので、はなれた相手と、目の前にいるかのようにしゃべりながら、こっちは好き勝手な行動を取れる。着替えの途中で半裸のまんま、紗沙羅と話しだしたこともあるし、口の中に入ってた煎餅を飲みこみながら出たこともある。煎餅を食ってたことはもしゃもしゃとした声で相手に伝わるけれど、半裸だったことは、声だけはふつうに出てるんだからわかるまい。

そんな気安さもあってか、紗沙羅はすぐ向かい側の家にいるのに、夜、よく電話をかけてくるのだと思う。その小四の夜もまた、紗沙羅はあえぐように息も絶え絶えな感じで、かけてきた。

「どしたの」

「……なんでも。賢一お兄ちゃん、なにか食べてるの」

「わかる?」

「もしゃもしゃしてるもの」

「煎餅。いま、飲みこんだ。もうない」

「夜中に、煎餅?」

「小腹が減って。お袋が、夜中に食うと太るって言うけど、ぼく、ガリッガリだしな」

「あはは。そうなんだ。夜中に食べると、太るんだ」

「らしい。どしたの、声がへんだ」

「へんじゃない……」

「あ、そう」

　ぼくは窓の外に目を凝らした。そのときたしか、紗沙羅の部屋の窓が真っ暗だったのを覚えている。真っ暗な部屋で電話をしているのか、とぼくは不思議に思った。電話の向こうはまさに闇で、どんな姿で、なにをしながらかけてきているのかはわからない。

「わたしも、なにか、食べようかな」

「なにかって」

「お菓子があったはず」

　やがて電話の向こうから、もしゃもしゃとなにか咀嚼するようなくぐもった音が聞こえてきた。黙って待っていると、紗沙羅は律儀に、

「いま、クッキー二枚、食べた」

「そう？」

　もしゃもしゃと、しばらくまた咀嚼の音がした。

「また二枚、食べた」

「あぁ、そう」

「太るかな」

「太るね」

「ふ」

　ふふふ、と紗沙羅は笑った。笑い声が大きくなった。紗沙羅の部屋は相変わらず真っ

暗で、あんな暗闇の中で、電話をしながらクッキーを食べているのかと思ったらすごく奇妙な気がした。笑っている紗沙羅が、しだいに声を荒らげた。ぼくが心配になって、紗沙羅、と声をかけようとしたとき、遠くから父親の、あきれたような声が電話に混ざった。電話を切りなさい、と叱られて紗沙羅は、ちいさく「おやす、み」とつぶやいて電話を切った。

闇に浮かび上がる、暗い窓。その夜から紗沙羅は、電話してきては、ものを食うようになった。そしてあっというまにデブ女になった。電話の向こうはほんとうに闇で、おたがいに、どんな格好をしてなにをしているのか、わからない。声だけがいつもどおりだ。

半裸であわてるまぬけなぼくも、電話は隠す。でも口の中の煎餅は隠せない。闇がひろがっていて、その向こうに、ぼくの紗沙羅がいる。姿は消えそこに残るのは、食事。紗沙羅の食事の気配。

そんなことを思いだした。季節は夏の終わりに差しかかっていた。

〔シーン6〕

そのまま夏は過ぎ、秋になり。紗沙羅は相変わらず電話の向こうで、夜中の苦行のような食事を続けた。ぼくはただその咀嚼の音に耳を澄まし、哲学的なんだか女の子っぽいんだかよくわからない言葉に相槌をうった。ぼくは紗沙羅にシビレていたのだ。

不思議なことにどれだけ食べても、紗沙羅はあれ以上は巨大化しないのだった。七十キロ以上にはなれないと神に定められているように、いつまでも、おなじ大きさのままでまっしろにむくむくだった。紗沙羅が語っていた通り、あいつはもともと痩せっぽちで、あれだけの量を食べないと、あっというまにぼくと同じようなガリガリのからだにもどってしまうのかもしれない。

ぼくのほうはそれでも、中学二年のその夏から秋にかけて背がのびて、虚弱なりに、肩幅もしっかりしてきた。農協のバイトも力仕事のほうに回された。時給が七十円上がるので、すこしうれしかった。できれば働かずに生きていきたいという気持ちに変わりはないけれど、それでもその七十円はぼくの〝大人分〟なのだ。

松江市の駅裏にたまっている女子中学生の一団をみつけたのは、秋から冬に変わるころの、とある放課後のことだ。見慣れたミッション系の制服だったので、思わず足を止めた。十人ほどの集団で、真ん中に巨体がいた。紗沙羅だ。

紗沙羅はぼくに気づかなかった。ほかの中学生たちも一心に紗沙羅を見上げていて、まるでほかのなにも見えないようだった。紗沙羅は片手を天に向けて、まるで預言者みたいなポーズをして目を閉じ、なにかつぶやいていた。低い声がわずかに届いたけれど、なにを言っているのかはわからなかった。

中学生たちは一心に聞いている。

紗沙羅がなにかを短く告げると、一斉にほうっ、と息をつく。

いったいなにをやってるんだ、とぼくは首をかしげた。それから、この集団の中に親友のはずの金堂さんちの子がいないことにも気づいた。考えてみれば夏ごろから、二人で歩いているところを見ることがなくなった気がした。もっとも、紗沙羅の巨体に隠れて見えていなかっただけかもしれないけれど。

中学生たちは不気味な様子だった。紗沙羅しか見ていない。その声しか聞いていない。それは友達に対する態度とは奇妙にちがう気がした。ばしっ、と乾いた音がしたので驚いてそちらを見ると、紗沙羅が恐ろしい顔をして、一人の女の子の頰を打っていた。ばしっ、ばしっ、と、二度。三度。

女の子は泣きだした。

ほかの女の子たちがつぎつぎにその子を叩(たた)きだした。理由などなく、とつぜん決まったイケニエの子羊みたいだった。

いったい紗沙羅はなにをしようとしているのだろうか。脂肪しか信じないと言ったあいつは。少女たちの暴力はあっというまに加速して、人数のせいなのか、興奮が伝染し、倒れた女の子を紗沙羅がその巨体で蹴り飛ばすと、ほかの子も真似(まね)して、笑いながら踏んだり、脱いだ靴でちいさな顔を叩きまくったりした。

興奮した一人が、舗装されていない駅の裏道に転がるこぶし大の石を持ち上げた。倒れた女の子に向かって思いきり投げつけようとする。死んでしまう。ぼくはあわてて走った。

「やめろ！」

女の子の手から、ごろりと石が落ちた。みんな、戸惑ったようにぼくを見上げ、ついで、判断を仰ぐように紗沙羅を振り返った。

まっしろな、ぷくぷくの、紗沙羅の顔がぼくをみつけて蒼白になった。黙って、倒れた女の子を乱暴に助け起こす。そして弱々しくぼくに微笑（ほほえ）みかけた。

起こされた女の子はスカートを両手でぱんぱんとはたいて、涙を拭いた。それから、仲良しらしい子と手をつないだ。みんななにごともなかったように、笑いさざめきながら駅に向かって歩きだす。紗沙羅だけ振りむいて、不安そうに顔をゆがめてぼくを見た。おおきなからだを揺らし、遠ざかっていく。ぼくはただ戸惑って立ち尽くしていた。

〔シーン7〕

その夜、ぼくはめずらしく自分から紗沙羅に電話をした。スリーコールめで紗沙羅が出て、「……ほい」と言った。ぼくが知る、いつもの幼なじみの声だった。

ぼくは聞いた。

「夕方のあれ、いったいなにをしてたの」

「ガス抜きだよ、お兄ちゃん」

電話の向こうで、紗沙羅はこともなく言った。

「毎日、いろいろいらつくでしょ。だから、わたしが決めた子をみんなで殴るの。決めるのがわたしならみんな不満に感じない。さいきん始めたの」

「紗沙羅、いったいなにになるつもりなの」

「神さま、の、マガイモノ。へへへへへ」

紗沙羅は笑った。

またなにか食っている。咀嚼の音。かすかなため息。絶望を頭からがりがりと。神さま、の、マガイモノ。

「憎しみが溢（あふ）れだしてもう息もできないよ、お兄ちゃん。優しい大人には絶対になれないよ。すべてが憎くてたまらないよ。ガス抜きが必要なの。神さまだって、だからこそ、不幸な魂をみつけても救わないんだよ。わたしはあらかじめ、救われないと、指名された人間なんだ。神さまのドラフト。ああ、すべてが憎くて、もう息もできない」

「なにが。なにが。紗沙羅」

ぼくは戸惑って、聞き返した。電話の向こうからはばりり、ぼりりと骨を噛み砕いて飲みこむような異様な音が響いている。染みだしてくる、しろくてとろとろの脂肪。ゼラチン状のコラーゲン。ぶよぶよと霜降りのお肉。肥大した内臓のまぼろし。マガイモノ。

恵まれている、お嬢さまのはずの。ぼくと、国道を隔てた向こう側のでっかい家にいる紗沙羅は、出稼ぎにいく人間とそれを雇う人間ぐらいの明確な価値のちがいがある。そのはずなのに。これまでずっとそう信じてきたのに。電話はぼくらの真実の姿を隠し、ただ伝わるのは言葉と、咀嚼。それしか、見えない。

天地が反転するほどの恐怖を持って、ぼくは聞いた。

「なにが憎い。誰が」

「………おとうさん」

紗沙羅はようやく言った。しかしそれ以上はなにも言おうとせずに、ただばりばりと咀嚼を続けた。

ばり。ぼり。ばりり。ぼりぼりぼりり。

〔シーン8〕

田中紗沙羅の父親が逮捕されたのは、その冬の終わり。三学期も終わるというころのことだった。

山沿いを中心に積もった雪もすこし解けた、そのころ。うちには父親がもどってきてじつにくだらないことで暴れたり幼児性ここに極まれり、といった様相で、冬のあいだ、ぼくは人んちのことどころじゃなかった。夜中の電話だけで、紗沙羅の様子をただ見守っているだけだった。

ある日、回覧板を持ってきたとなりのおっさんが、ずれた股引をひきあげながら、

「田中さんちのだんなさん、昨夜、捕まったがや」

「えっ。なんで」

「小さい女の子に、いたずらしただがよ！」

台所から出てきたうちの親父が、ふっと顔を曇らせた。

「……とうとう捕まったか」

「なんだ。知っとったが？」

「いや……」

親父は口を濁した。無精ひげののびる頬をごりごりかいて、「なんとなく、なぁ。しかし捕まったか。村会議員がなあ」とつぶやいた。

それから黙って台所にもどると、ワンカップの蓋を取って、電子レンジに入れた。せまい町のことだからすぐに噂は広まったけれど、表向きはみんな知らん振りをしていた。大騒ぎせずにこそこそっと話すのが、こういう小さな社会の掟なのだ。

飴をあげる、というのが口ぐせだった。……母親が仕入れてきた噂によるとそういうことだった。ぴかぴかのカローラの後部座席にたくさんあった飴のことを、明け方に見たいやな夢のようにふと、思いだした。

弱いもの、幼いものを守るのが、大人になり、偉くなった男たちの仕事じゃないのか。ぼくたちの糞（くそ）みたいな労働の犠牲のもとに、その権力はあるのに。

〝………おとうさん〟。

窓の外を夜の闇がゆっくりと覆いつくしていった。あの日の、もうずっと前のあの夜の、紗沙羅の部屋の窓のように暗い。電話の向こうにどんな風景が広がっているのか、ぼくたちにうかがいしることはできない。声だけは近く、しかし、なにも見えない。

あの日、食べることを選択した子供。電話の向こうから聞こえた、もう切りなさいと命じる声。いつからあの部屋にいたのか。暗かったあの窓の向こう。

闇が舞い降りて、外は黒く塗りつぶしたように、暗い。

酔っ払って赤ら顔で寝ている親父を足で揺り起こして、ぼくは聞いた。

「親父。親父」

「いま忙しい」

「寝てんじゃねぇかよ、くず。そんなことより、親父」

「親に向かってくずはないだろう。いい加減にしろ！」

「親父。親父」

「……なんだ」

「むかしからずっと、ぼくに、お兄ちゃんだから紗沙羅を守ってやれ、って言ってたよな。出稼ぎに出る前に、よく」

「……あぁ」

「親父、知ってたのか」

「……」

「あのおっさんのこと」

「……」

「紗沙羅のこと」

国道の向こう側にずっといた、イケニエのこと。

神さまがガス抜きのためにほうっておく、不幸のこと。

村会議員のおっさんがカローラに乗せていた、あまりにも、有り触れた罪悪のこと。

紗沙羅の憎悪。

繰り返しかかってきた、闇からの電話——。

「どうなんだよ」

「……知らん」

親父は嘘（うそ）をついてふて寝をした。ごろりと寝返りをうつとそのまま、呼んでも返事をしなかった。

窓の外に青白い月がかかっていた。

親父は固く目をつぶり、ぼくに背を向けて寝転がっていた。お袋が台所で大根とブリを煮ていた。煮汁の平和な匂いが充満している。どこか脂っぽいその臭い。

〝脂肪が、わたしを守っているんだよ〟

〝醜さとは謙譲の美徳を発揮するまでもなく、貞操保持を余儀なくされる、神々がある種のおんなたちに与える贈り物〟

『悪魔の辞典』。

それ以上、考えそうになったとき、ふいに国道でおおきな音がした。窓を開けると、雪でスリップしたダンプカーが横滑りになってぼくのボロ家をぎりぎりですり抜けて、砂利の散る空き地に滑りこんでいくところだった。

ボロ家からぼくが、向かい側のでっかい家からパジャマにどてら姿の紗沙羅が、出てきた。紗沙羅がどすどすと走って国道を横断してきたので、ぼくは「風邪（かぜ）ひくぞ」と言った。

「うん」

「寒くないか」

「うん」

「……親父、捕まったんだな」

「うん」

紗沙羅はただうなずいた。

それ以上は聞けなくて、ぼくは黙った。

ダンプカーから、哲学者のような顔をしたインド人がゆっくり這い出てきた。難しい顔をして、横倒しになったダンプカーをみつめている。荷台から古いテレビやラジカセ、脚の折れた机、けばだった灰色のソファなどが溢れだしていた。ぼくがおそるおそる日本語で「怪我は……?」と聞くと、相手は、日本語はわからない、というように首を二、三度振った。

それから、はるか遠い国、たぶんインドの言葉でなにか言った。

耳慣れないそれが、ぼくの耳には、こう聞こえた。

「オマエタチハ、ミンナ、ヨワイモノヲ、タスケラレナイ。コレカラ、サキモ、ズットダ!」

虚をつかれて、ぼくはただじっとインド人をみつめ返した。

彼はしばらくそこに立っていたけれど、やがてパトカーの音が遠くから聞こえてくると、あわてたようにきびすを返して、ダンプカーを置きっぱなしにして走りだした。山のほうへ。無許可の労働に、事故はご法度だ。しかし逃げられるのかな、徒歩で、とぼくは他人事のように思った。

近づいてくるパトカーと、遠ざかっていく哲学者の後ろ姿を、紗沙羅と手を繋いで、寒さに震えながら見ていた。

ぼくはふと、紗沙羅の変化に気づいた。じっと見下ろす。紗沙羅がぼくを見上げて、首をかしげる。

もうふつうの女の子だった。ふつうじゃなく太ってはいたけれど。ぼくは紗沙羅が、あの特別性を失ったことに気づいた。不幸の素とともに紗沙羅を逆説的に輝かせていたもの。ぼくの心を魅惑し続けたもの。夜中の電話から溢れだしていたあの光。紗沙羅。紗沙羅。


そしてその夜から、紗沙羅はぼくに電話をしてこなくなった。毎晩、毎晩ぼくは待っていたけれど、電話はついにいちども鳴らなかった。ぼくに電話をかけることと同時に、おそらく、夜中の食事もまたやめたのだろう。というのは、あっというまに、紗沙羅の体重が落ちたのだ。肉に埋もれた顔から、美しい目鼻立ちが春の息吹のように現れて、そのせいで彼女はあれこれ忙しくなってしまうのだが、それはまたべつの話だ。

すらりと痩せた紗沙羅はしかしあきれるほどふつうの女の子で、そのことにぼくは道徳的には安堵するべきだったのだけれど、心のどこかで、不幸な巨漢であったむかしの紗沙羅をなつかしく感じていた。二度と会えない。その悲しみは良心の呵責をともなっていた。そのせいでぼくはなんとなく、あまり、あの子と親しく話すことはなくなった。

つぎの年はぼくも受験生だったし、有り触れた美人になった紗沙羅と話していると、しだいに気後れと退屈を感じた。それで、そのまま、ぼくとあの子とは疎遠になってしまった。


電話はもう鳴らない。

あの子は痩せて、ぼくは忙しくなって、そうしてぼくたちはゆらりと悪い夢から醒めるように大人になる。

解　説

朝宮運河

今年（二〇二〇）は桜庭一樹が『ＡＤ２０１５隔離都市　ロンリネス・ガーディアン』でデビューを果たして、ちょうど二十周年にあたる年である。

芸術でもスポーツでも、二十年選手といえばもはやベテランの域だろう。人気シリーズ「ＧＯＳＩＣＫ―ゴシック―」（二〇〇三〜）を書き継ぐかたわら、『赤朽葉家（あかくちばけ）の伝説』（二〇〇六）で日本推理作家協会賞、『私の男』（二〇〇八）で直木賞を受賞するなど、作家として着実にキャリアを積んできた著者もまた、堂々たるベテランと呼んでさしつかえない。

しかし、桜庭一樹ほどベテランにつきものの「老成」「円熟」といった言葉が似合わない作家も、いないような気がする。

もちろんそれは、作家的技量の話ではない。テクニックということでいうなら、著者はデビュー直後から独自の文体と物語作法をそなえた、恐ろしいほどに早熟な書き手であった。

たとえば、製鉄業を営む一族の数奇な歴史をマジック・リアリズムの手法で描き、海外文学ファンをも瞠目（どうもく）させた『赤朽葉家の伝説』――。

あるいは、倉橋由美子（くらはしゆみこ）の『聖少女』から、父と娘の禁断の愛というモチーフを受け継ぎ、現代によみがえらせた衝撃作『私の男』――。

この二作をひもとくだけでも、著者の小説が膨大な読書量に裏打ちされた、技巧的かつブッキッシュ（書物愛的）なものであることは、明らかだろう。

音楽の世界で同業者に敬愛されるミュージシャンを、〈ミュージシャンズ・ミュージシャン〉と呼ぶが、これに倣うなら、活字マニアを唸らせる作品を連発する桜庭一樹は、〈ライターズ・ライター〉とでも呼ぶべきだろうか。

だがその一方で、彼女の作品にはいつも生々しく、荒々しい衝動が渦を巻いている。自分を取りまく者たちへの違和感、自己愛と裏返しにある劣等感、力への意思、逃避願望、そして孤独――。

こうした感情が、巧緻に組み立てられた物語から血のようにあふれ出てくる桜庭ワールドは、老成、円熟の境地といった平和な世界とは無縁なものだ。

ここで個人的な思い出を述べさせてもらうなら、私が桜庭作品とファーストコンタクトを果たしたのは二〇〇五年、東京創元社より刊行された単行本『少女には向かない職業』であった。

新刊ミステリの一冊として予備知識もなく手に取った私は、痛々しくもサスペンスフルな物語にたちまち引きこまれるとともに、自己愛と劣等感のはざまで日々悶々と過ごしていた十代の自分をまざまざと思い出し、ひどく動揺を覚えたものだ。

その後『推定少女』、『砂糖菓子の弾丸は撃ちぬけない』（ともに二〇〇四）などの既刊にも手をのばし、一冊ごとに打ちのめされながら、内心こうも考えていた。

この作家は若くしてペンを折ったアルチュール・ランボーのように、〝消えた天才作家〟になってしまうかもしれない、と。それほどまでに作者の描く世界は鮮烈で、危うい初期衝動に満ちあふれたものであった。

しかしご存じのとおり、それは杞憂に終わった。著者は直木賞というビッグタイトル受賞後も、滝沢馬琴（たきざわばきん）の伝奇小説をリメイクした『伏　贋作（がんさく）・里見八犬伝』（二〇一〇）、借金に追われる人々を描いた迫真のサスペンス『ばらばら死体の夜』（二〇一一）、耽美な吸血鬼ファンタジー『ほんとうの花を見せにきた』（二〇一四）と、一作ごとに新しい世界を切り拓いており、その創作意欲は尽きる気配がない。それでいていい意味での「青さ」を失わない作者の感受性には、驚嘆すべきものがある。

やや前置きが長くなったが、本書『じごくゆきっ』（二〇一七）は作者にとって二冊目となる短編小説集である。ミステリあり、SFあり、恋愛小説ありとバラエティに富んだ七編には、二〇〇五年から二〇一四年まで、『私の男』でのブレイクを挟んだ十年間の著者の歩みが刻みこまれている。

以下、各編について簡単な解説を付す。ネタバレというほどではないが、作品内容に触れるので、先入観なく読みたいという方はご注意いただきたい。

「暴君」

島根県益田市、列車を降りると、牛糞と藁をまぜて発酵させたような匂いが鼻につく小さなこの町で、悲惨な事件が発生する。母親がわが子を殺傷するという衝撃的な出来事は、コンプレックスを抱き、カリスマ性のある親友・紗沙羅に憧れのまなざしを向ける中学生・翡翠の世界に亀裂を入れる。

純粋で高慢な「少女」と、世間体ばかり気にする「元少女」の対立を描いているが、単純な二項対立の構図にはとらわれない多様な視点を含んでおり、大人も子どももハッとさせられる青春小説の佳品だ。

タイトルは翡翠が校内の読書サークルで回し読みしている、カミュの代表作『カリギュラ』から。桜庭作品において読書は、いつも〝ここではないどこか〟へ参入するための儀式の役割を果たしている。

「ビザール」

マニアックな映画を好む主人公カノは、趣味の合う「隣の課のおじさん」更田と朝の喫煙室で雑談を交わすようになる。仕事前の十五分間はまっとうな大人の仮面をつけて生きている彼女にとって、素の自分に戻れる時間だった。タイトルどおりビザール（風変わりな）で、どこに進んでゆくのかまったく予測のつかないラブストーリー。

現在と過去に引き裂かれつつ、そのどちらにも心地よさを感じてしまうカノが、ふと浮かべる「ドロボウみたい」な笑顔。そこには思春期を生き延びた大人の、もの悲しさと美しさが顕れている。恋愛小説のアンソロジーを編む機会があったら、ぜひ取りあげたい作品だ。


「A」

二〇五〇年代、かつて一世を風靡した伝説のアイドルを復活させるため、広告代理店の職員がある女性を訪ねる。「アイコンの神」に憑かれ、社会を熱狂させたアイドルAは、単なるタレントというよりは、巫女的存在といえるかもしれない。運命に翻弄される人々を描いたSFだが、ジェンダー・消費などの切り口からもアプローチができそうだ。

孤高のスター（明らかにマイケル・ジャクソンがモチーフ）を描いた『傷痕』（二〇

一二）しかり、代理店によってスターが生み出される本編しかり、リアルが虚像にとって代わられるショービジネスの世界は、〝ここではないどこか〟への憧憬を好んで扱う作者にとって、まさに恰好の舞台なのだろう。

「ロボトミー」

美しい女性と結ばれた主人公。しかし新婚生活に思わぬ邪魔が入る……。記憶障害をモチーフに元夫婦の男女と、妻の母との奇妙な十数年間を描いた作品。母親の過干渉ぶりが鬼気迫る冒頭から、思いがけない展開を迎える中盤、そして不気味な静謐さにみちた後半と、刻々と変化してゆくトーンが特徴的だ。

「人を愛することとは、まっすぐで、純真で、混じりけのないものにちがいないと若いころのぼくは思っていた」という主人公が、現実を前に心変わりを余儀なくされてゆく。女性が語り手の「ビザール」と好一対をなすような、半分大人の恋愛小説である。

ちなみにロボトミーとは、作中ではある人物のツイッターアカウント名だが、本来は脳の前頭葉を切断する外科手術を指す。精神障害の治療のため、二十世紀のある時期までさかんにおこなわれたが（ロボトミー創始者の医師エガス・モニスはノーベル賞を受賞している）、患者の感情を奪う非人道的治療法との批判にさらされた。記憶と人格の関係を扱った本編に、ふさわしいタイトルといえる。

「じごくゆきっ」

高校のクラス副担任・由美子（ゆみこ）先生と、生徒であるわたし。ピンクハウスのドレスに身を包んだふたりの鳥取（とっとり）への逃避行を描くロードノベル。とはいえ「おばかでかわいい」由美子先生との旅は、あらかじめ失敗することが約束されている。それでも逃げたくてたまらない、という心の揺れを、巧みにとらえた語りが素晴らしい。旅の目的地も仰々しい「地獄」ではなく、あくまでカジュアルな「じごくっ」。その絶妙にリアルな軽さが、ふたりの旅の切実さをより際立たせているようにも思う。

わずか二十数頁に、人生の切なさと美しさと馬鹿馬鹿しさを凝縮した、これぞ桜庭一樹と呼びたくなるような傑作である。

「ゴッドレス」

主人公のニノは同性愛者で色男の父・香（かおる）に、コントロールされて生きてきた。ある日、香の恋人である男との結婚を求められ、ニノは困惑する。昨今話題のいわゆる「毒親」との関係を扱った作品だが、ニノにとって香は倒すべき暴君であると同時に、離れがたい庇護者（ひごしゃ）でもある。

父娘間の恋愛を描いた『私の男』と同じく、法やモラルを超えたところにある甘美なユートピアを描き、読者の心を揺さぶらずにはおかない犯罪小説。

なお本作と「ビザール」「ロボトミー」の三作は、著者自身のエッセイによれば「〝脳と視覚のあいだに起こるイレギュラーな病〟に強い興味を持って」執筆された作品であるという。本作の後半で主人公を責めさいなむ症状も、実在するものらしい。

「脂肪遊戯」

ある日を境に突然太り始めた美少女、田中(たなか)紗沙羅。彼女はなぜ、脂肪という鎧をまとい続けるのか。その秘密を幼なじみの賢一(けんいち)が知ったのは、中学二年のある日のことだった。

「暴君」でカリスマ性を発揮していた紗沙羅の、知られざる秘密に思わず胸を衝かれる青春小説。本編と「暴君」は初期の代表作『砂糖菓子の弾丸は撃ちぬけない』とも共通した世界観をもつ（ストーリーに表面的なつながりはない）。

展開上、電話が重要な役目を果たしているが、これは電話がテーマのホラー競作集に発表されたのが理由。ダークな味わいの桜庭作品はホラー・怪談とも相性がいいはずなので、ぜひまたこの手の作品を執筆してほしいものだ。

以上全七編。読者の現実を揺さぶるような、不穏な想像力にあふれた作品揃いだ。

先に私は、『少女には向かない職業』を読んだ際に動揺したと書いたが、本書でもやはり同じような感覚を味わった。特別であろうと焦る「暴君」の翡翠、投げかけられる正論にギャップを抱く「ビザール」のカノ、チープな逃避行に出てしまう「じごくゆきっ」の由美子。

世の中で〝普通〟とされているものへの異議申し立てを、変幻自在の語り口を武器に、さまざまなレベルで続けている桜庭一樹の小説は、たとえ主人公が大人だろうが老人であろうが、本質的には青春小説と呼ぶべきものだろう。

その世界は日常に安住しがちな私たちに、「じごくっ」の素晴らしさを吹きこみ、扇動する。桜庭一樹の小説は、翡翠が読書サークルで回し読みする「黒い本」の横に並べられるべき、取扱注意の危険なフィクションなのだ。そしてその不穏な物語は、平々凡々とした現実をなんとかサバイブする術を教えてくれる。

本書をきっかけに、桜庭一樹という甘美な毒の感染者が増えることを、心から願ってやまない。


（あさみや・うんが　書評家）

本文デザイン／西村弘美

本書は、二〇一七年六月、集英社より刊行されました。

引用文献

『カリギュラ　誤解』カミュ著　渡辺守章・鬼頭哲人訳　新潮文庫・１９７１年
『新編　悪魔の辞典』ビアス著　西川正身編訳　岩波文庫・１９９７年

初出

暴君　『オバケヤシキ　異形コレクションＸＸＸⅢ』井上雅彦監修　光文社文庫・２００５年
ビザール　「小説すばる」２０１３年10月号
Ａ　「SF Japan 2005 WINTER」徳間書店
ロボトミー　「小説すばる」２０１３年８月号
じごくゆきっ　「小説すばる」２００６年５月号
ゴッドレス　「小説すばる」２０１４年１月号
脂肪遊戯　『闇電話　異形コレクションＸＸＸＶ』井上雅彦監修　光文社文庫・２００６年

集英社文庫 目録（日本文学）

- 坂村健　痛快！コンピュータ学
- 佐川光晴　おれのおばさん
- 佐川光晴　おれたちの青空
- 佐川光晴　あたらしい家族
- 佐川光晴　おれたちの約束
- 佐川光晴　大きくなる日
- 佐川光晴　おれたちの故郷
- さくらももこ　ももこのいきもの図鑑
- さくらももこ　もものかんづめ
- さくらももこ　さるのこしかけ
- さくらももこ　たいのおかしら
- さくらももこ　まるむし帳
- さくらももこ　あのころ
- さくらももこ　のほほん絵日記
- さくらももこ　まる子だった
- さくらももこ　ももこの話
- さくらももこ　さくら日和
- さくらももこ　ももこのよりぬき絵日記①〜④
- さくらももこ　ひとりずもう
- さくらももこ　おんぶにだっこ
- さくらももこ　焼きそばうえだ
- 桜井進　夢中になる！江戸の数学
- 櫻井よしこ　世の中意外に科学的
- 桜木紫乃　ホテルローヤル
- 桜木紫乃　裸の華
- 桜沢エリカ　女を磨く大人の恋愛ゼミナール
- 桜庭一樹　ばらばら死体の夜
- 桜庭一樹　ファミリーポートレイト
- 桜庭一樹　じごくゆきっ
- 佐々涼子　エンジェルフライト　国際霊柩送還士
- 佐々木譲　犬どもの栄光
- 佐々木譲　五稜郭残党伝
- 佐々木譲　雪よ荒野よ
- 佐々木譲　総督と呼ばれた男(上)(下)
- 佐々木譲　冒険者カストロ
- 佐々木譲　帰らざる荒野
- 佐々木譲　仮借なき明日
- 佐々木譲　夜を急ぐ者よ
- 佐々木譲　回廊封鎖
- 佐藤愛子　淑女失格　私の履歴書
- 佐藤愛子　憤怒のぬかるみ
- 佐藤愛子　死ぬための生き方
- 佐藤愛子　結構なファミリー
- 佐藤愛子　風の行方(上)(下)
- 佐藤愛子　こたつの人　自讃ユーモア短篇集一
- 佐藤愛子　大黒柱の孤独　自讃ユーモア短篇集二
- 佐藤愛子　不運は面白い　幸福は退屈だ　人間についての断章326
- 佐藤愛子　老残のたしなみ　日々是上機嫌

集英社文庫　目録（日本文学）

佐藤愛子	不敵雑記　たしなみなし
佐藤愛子	自讃ユーモアエッセイ集　これが佐藤愛子だ　1〜8
佐藤愛子	日本人の一大事
佐藤愛子	花は六十
佐藤愛子	幸福の絵
佐藤賢一	ジャガーになった男
佐藤賢一	傭兵ピエール(上)(下)
佐藤賢一	赤目のジャック
佐藤賢一	王妃の離婚
佐藤賢一	カルチェ・ラタン
佐藤賢一	オクシタニア(上)(下)
佐藤賢一	革命のライオン　小説フランス革命1
佐藤賢一	パリの蜂起　小説フランス革命2
佐藤賢一	バスティーユの陥落　小説フランス革命3
佐藤賢一	聖者の戦い　小説フランス革命4
佐藤賢一	議会の迷走　小説フランス革命5
佐藤賢一	シスマの危機　小説フランス革命6
佐藤賢一	王の逃亡　小説フランス革命7
佐藤賢一	フイヤン派の野望　小説フランス革命8
佐藤賢一	戦争の足音　小説フランス革命9
佐藤賢一	ジロンド派の興亡　小説フランス革命10
佐藤賢一	八月の蜂起　小説フランス革命11
佐藤賢一	共和政の樹立　小説フランス革命12
佐藤賢一	サン・キュロットの暴走　小説フランス革命13
佐藤賢一	ジャコバン派の独裁　小説フランス革命14
佐藤賢一	粛清の嵐　小説フランス革命15
佐藤賢一	徳の政治　小説フランス革命16
佐藤賢一	ダントン派の処刑　小説フランス革命17
佐藤賢一	革命の終焉　小説フランス革命18
佐藤賢一	黒王妃
佐藤正午	永遠の½
佐藤多佳子	夏から夏へ
佐藤初女	おむすびの祈り　「森のイスキア」こころの歳時記
佐藤初女	いのちの森の台所
佐藤真海	ラッキーガール
佐藤真由美	恋する短歌　22 short love stories
佐藤真由美	恋する歌音（カノン）　こころに効く恋愛短歌50
佐藤真由美	恋する四字熟語
佐藤真由美	恋する世界文学
佐藤真由美	恋する言ノ葉（コトハ）　元気な明日に、恋愛短歌。
佐野眞一	沖縄　だれにも書かれたくなかった戦後史(上)(下)
佐野眞一	沖縄戦いまだ終わらず
佐野藤右衛門／小田豊二	櫻よ　「花見の作法」から「木のこころ」まで
沢木耕太郎	天涯1　鳥は舞い　光は流れ
沢木耕太郎	天涯2　水は囁き　月は眠る
沢木耕太郎	天涯3　花は揺れ　闇は輝き
沢木耕太郎	天涯4　砂は誘い　塔は叫ぶ
沢木耕太郎	天涯5　風は踊り　星は燃え

S 集英社文庫

じごくゆきっ

2020年6月25日　第1刷
2020年7月22日　第2刷

定価はカバーに表示してあります。

著　者　桜庭一樹（さくらばかずき）

発行者　徳永　真

発行所　株式会社 集英社
東京都千代田区一ツ橋2-5-10　〒101-8050
電話　【編集部】03-3230-6095
【読者係】03-3230-6080
【販売部】03-3230-6393（書店専用）

印　刷　凸版印刷株式会社

製　本　凸版印刷株式会社

フォーマットデザイン　アリヤマデザインストア　　マークデザイン　居山浩二

ISBN978-4-08-744124-6 C0193